贵州出版集团有限公司出版专项资金资助项目

编 委 会

主　　任 欧阳黔森

主　　编 彭学明

策　　划 孟豫筑

特约策划 杨庆武　谢亚鹏

项目执行 王丽璇　向朝莉

多彩民族文学书系

彭学明 主编

何似在人间

黄咏梅 著

贵州出版集团
贵州民族出版社

图书在版编目（CIP）数据

何似在人间 / 黄咏梅著. -- 贵阳：贵州民族出版社，2025. 5. -- （多彩民族文学书系 / 彭学明主编）.
ISBN 978-7-5412-3068-4

Ⅰ. I247.7

中国国家版本馆 CIP 数据核字第 2025DF8343 号

DUOCAI MINZU WENXUE SHUXI
HESI ZAI RENJIAN
多彩民族文学书系
何似在人间

著　者：黄咏梅
主　编：彭学明

出版发行：贵州民族出版社
地　址：贵阳市观山湖区会展东路贵州出版集团大楼
邮　编：550081
版　次：2025 年 5 月第 1 版
印　次：2025 年 5 月第 1 次印刷
印　刷：贵阳精彩数字印刷有限公司
开　本：880 mm × 1230 mm　1/32
字　数：180 千字
印　张：7.25
书　号：ISBN 978-7-5412-3068-4
定　价：58.00 元

目 录

这个平凡的世界

　　金杯太高了，酒柜根本放不下，除非放到最底下那层，但那层的柜门是整片木板，放进去就等于藏起来了。酒柜是那种老式的，里边没几瓶名副其实的酒，大多是骆霞用玻璃瓶子浸泡的药酒，有枸杞黄芩酒、胡椒根桂圆酒、肉苁蓉酒，还有最近在坊间流行起来的黑豆泡五度醋。瓶瓶罐罐，没有任何章法地塞着，唯一讲究的是，每只玻璃瓶身上都整齐地贴着便签，上面写着时间、成分。赵似锦的钢笔字还是有笔锋的。

　　骆霞在客厅里看了看，确认唯一能摆放的地方只有电视机旁边，只要将那个常年插着一株万年青的花瓶挪走，金杯正好可以跟电视机齐高。

　　赵似锦没力气折腾了，听从骆霞的意见，挪走花瓶，将金杯摆上去。金杯太新又太亮，将老房子衬托得更寒碜。单看客厅，直接可以作为拍摄二十世纪年代剧的布景，道具都不需人为做旧。脱皮的黑沙发，骆霞用几张印花棉垫盖上，餐桌、茶几、椅子……这些家具的陈旧也统统被花布遮掩了起来，因为铺盖的时间不一致，布的颜色花纹都不配套。这些家具，都是他们结婚时岳父提供的，多年摆放在那个位置就生了根。他们家很少添置大件东西，东西堆多了会妨碍骆霞的行动，也可能是遵循一种不轻易变更的规则。电视机倒是新的，是那种薄薄的液晶电视，五十五英寸的。机顶盒子、宽带盒子日夜闪着指示灯，好歹使这里有了点当下的痕迹。眼下，是这只大金杯带来了生气。

傍晚时分，赵似锦一进屋，骆霞和儿子就激动得叫出声来。即使他们已经在手机上看到过这只被赵似锦高高举起的金杯，但见到实物，他们才感到光荣和骄傲随之进了家门。那个装着三万元奖金的信封，骆霞并没有立即收起来，而是像另一座金杯，摆在饭桌上，直到吃晚饭前才收走。谁都不会想到，赵似锦坚持下来的一项业余爱好，竟还能赚钱。他们不再将赵似锦风雨不改出门跑步的习惯视为一种变态的养生方法，而是将其看作十年磨一剑的本领了。

骆霞要到菜市场买只鸡来庆祝。赵似锦表示自己体能消耗太大，除了喝茶，任何东西都不想吃。骆霞坚持认为，今晚的饭桌上如果没有一只完整的白斩鸡和一杯酒，就配不上客厅里的这只金杯。儿子赵骆举双手赞成。于是，骆霞欢快地摇起轮椅，沿着家门口那条落霞路，一路滑下。他们家实在太久没有高兴的事了。骆霞加快速度，这种速度相当于她在"跑"了。轮子碾过几处残破凹凸的路面，颠簸幅度大，轮椅倾侧，这些刺激引起她身体上的一些愉悦感。

一只完整的白斩鸡会先被摆在供桌上，在三炷香烧光之前，骆霞会跟桌上的"爸妈"汇报家中近期的大事，有时报喜，有时报忧。骆爸爸和骆妈妈去世多年还在他们家里"活"着，并像从前一样具备决策的权力，他们做出的决定，通通经由骆霞转达。回忆一下，他们家最近一次的大事，竟然是赵骆填报高考志愿。三本的成绩，赵似锦的意思是选个职业技术学院，学点烹饪、机修、兽医之类的专业，掌握一门手艺，往后还能找口饭吃，但骆霞在一只完整的白斩鸡跟前，听到她爸爸的意见，最后决定让儿子报了远在牡丹江的一所学校，学金融管理专业。赵骆在牡丹江上了四年学，除了带着一身入冬即复发的冻疮回来，看起来并没有学到什么名堂。至于金融管理专业，赵似锦认为赵骆只会管理自己的支付宝。每月十号，赵骆都会准时将一张花呗账单截图发给他，后边偶尔会追加一个作揖的表情。赵似锦至今仍像还房贷一样支付着儿子的日常开销。

隔着白斩鸡蒸腾起来的热气，骆霞指指电视机旁的大金杯，又将那个信封在手上"啪啪"拍打几下，她郑重地跟照片上的人报告："爸、妈，阿锦今天拿冠军了，全市冠军哟，还有三万块奖金……爸、妈要好好吃啊，这是散养的走地鸡，鸡味够浓哟……爸、妈，喝一杯庆功酒。"两杯白酒缓缓洒入香炉。赵似锦和赵骆循例在桌前叩拜三下，骆爸爸和骆妈妈就算吃完了。

"刚才，爸讲了，阿锦将来要去拿省城冠军，以后还要去拿全国冠军。"骆霞笑眯眯地把一块大鸡腿夹到赵似锦的碗里。

赵似锦连吃鸡的力气都没有，他现在只想喝点水，或者抿两口小酒，吃几根软软的通心菜，然后安静地睡上一觉。他把鸡腿夹到赵骆的碗里。

"无功者无禄，一条蚰米大虫没资格吃鸡腿。"骆霞觉得赵似锦不领情，很扫兴。

"妈，省级的'跑马'要去省城跑，老爸对路况不熟，没有优势。"赵骆把鸡腿在酱油碟里转了一圈，举到嘴边啃起来。

骆霞看得生气:"那你呢,你的优势在哪里?"

眼看着战火又要烧起来,赵似锦不得不张嘴说几句:"也不是没可能,跑步的人,只要有路就行,关键看自身能力。"

"嗯,我觉得老爸状态越来越好。妈,你看,老爸一点肚腩都没有,身上全是肌肉。"赶在骆霞发火前,赵骆赶紧讨好老爸。这策略他驾轻就熟。

"你以为啊,这是十年工夫练出来的,你但凡有老爸十分之一的毅力就不错了。"

"妈,我也有毅力的。"鸡腿啃完了,赵骆吮吮手指。

"你倒是真有毅力,是打游戏的毅力。"骆霞今天心情不错,不像平日,一提到"游戏"这两个字就火冒三丈。

见骆霞心情好转,赵骆趁势讲起自己打游戏挣钱的计划:当电竞主播、打比赛、卖装备……头头是道,兴致勃勃,把骆霞都讲晕了。骆霞不信他那些话,她已年过半百,从未见过一例玩玩就能挣钱的——现在她不再认为赵似锦独自出门跑步是撇开她去玩了。

赵似锦两杯小酒下肚,疲乏被酒精缓解了一些,有了点力气,他的话多起来。"其实也是运气,那个小伙子跑得挺专业的,进入西圩不到五百米,感觉他就开始出状况了。"赵似锦跟他们讲自己开始提速冲刺的那一幕。眼看小伙子在一个拐弯的地方消失,失去了参照,他有点焦虑,加快速度追赶,等他拐过弯,看到那小伙子已经躺倒在地上,三五个救护人员正从前方赶过来。就那样,赵似锦轻轻松松地跑过那个倒下的身体,最后按照自己的速度,冲过了终点线。

"你的运气从来就不错。"骆霞的手搭在赵似锦的手上,拍了几下。她的手指关节粗壮，无名指上戴着那只从没脱下来过的金戒指，看起来就像戴在一个男人的手上。

"下次省际'跑马'，我在网上帮爸报名。省冠军，奖金总得十万元起步吧。"赵骆举起小酒杯跟赵似锦碰了一下。

"省际'跑马'，就没那么好运气咯。"赵似锦似笑非笑，抿了一口酒。

"肯定没问题，在我们这里破破烂烂的路都能跑冠军，省城的路更好跑，说不定全程绿道。"

赵骆讲的似乎也不是没有道理。逆境往往能成就人。"飞人"博尔特从小训练跑步，努力拿到世界冠军仅仅是为了教练提供的那盒免费午饭。在运动员身上能找到许多改变命运的励志故事，可是他好像不记得跟儿子讲过几个。在这方面，他一直不能跟儿子深谈太多，即使像今天这样拿到一个奖杯，也不能有更多可以向儿子炫耀的。十年前，他开始坚持跑步，仅仅出于锻炼身体的目的而不是兴趣。进入中年，他意识到自己的健康得准备双份儿，一份给自己，一份给骆霞。他选择了跑步这项简单的锻炼方式。刚开始，他先是沿着西门街小路跑到河岸，之后一直向西跑，从小跑到长跑，越跑越远，越跑越爱跑，后来他已经能从这里跑到乡下老家西圩去了。

孙少安和孙少平两兄弟，用平板车拉着秀莲回双水村过年。这些热闹的场面，让赵似锦看得不耐烦。他有多年看电视剧的心得，知道大结局都不会太精彩，有的没悬念，有的很拖拉，但他又忍不住要看完。这部《平凡的世界》一共五十六集，每晚播放两集，经过近一个月的追剧，他发现自己从没像现在这么焦虑过大结局。

"少安，你笑，我跟着你笑；你流啥泪，我都替你抹……"秀莲对孙少安讲。

赵似锦眼睛湿润，从沙发上站起来，好在客厅只有他一个人。

"结尾太没劲了。电视剧都假。"他一边自言自语，一边揉着眼睛，好让自己尽快从难为情的投入里走出来。他从客厅直接走进儿子的房间。吵闹声就是从那里传出来的。在双水村夜空升起烟花的那一幕时，他听到了骆霞尖锐的声音。

骆霞坐在赵骆的床上，赵骆坐在电脑桌前，背对着骆霞，屏幕少见地乌着。地上，拐杖竖一根，横一根。看来骆霞气得不轻，平时，她的拐杖会整齐地靠在一起，就像两根等待夹菜的筷子。

看到赵似锦，骆霞又掀起了新一波的叫嚷："你问问你儿子，说的还是不是人话！"

不用问，赵似锦都知道。儿子四肢发达，脑子"进水"。这结论不是骆霞的气话，而是赵似锦总结的。从牡丹江那所学校毕业回来，赵骆几份工作都做不长，原因不一：薪水少，加班多，太受气，压力大……总之，他宁可回家"啃老"。打游戏成本低，他对赵似锦说："老爸，给个盒饭就行。"这状态持续了快三年。

"恩啊，你打算打游戏打到过世？"赵似锦讲话无力，好像还没从看电视剧的情绪里走出来。

赵骆佝偻着背，一动不动。类似这样的谈话，三个人最终都习惯了以沉默结尾。

骆霞没想到盼来的援军，竟是这样的哀兵。她望望赵骆弯弯的背，又望望对面软塌塌的赵似锦，眼泪说下来就下来了。

赵似锦把骆霞抱到客厅去。赵骆习惯性地跟在后边，将地上的拐杖送到了客厅。

实话实说，除迷恋游戏以外，赵骆没给他们惹过大麻烦，也可以算得上乖了。赵似锦看着儿子紧闭的房门，情绪越来越沉重，他要出门透透气。换下睡衣，他把衬衫整齐地扎进裤腰里，出门前还梳了一下头。他是一个整洁的人，就算出门买包味精，都不会像楼上老马那样，赤膊短裤说走就走。

西门街在老城区，"夜晚"比其他街区结束得早，就算是周末，窄路两边的摊档也会因生意寥落早早收摊，只剩下路灯和野猫在聚会。赵似锦不会走太远，顶多沿着落霞路走几个来回。

这条落霞路，在网络地图里没有，现在大多数年轻人也叫不出它的名字，他们跑到这里来，坐在斜坡上拍些氛围照，会奇怪为何无端多出这样一条路。当年，岳父把单位分的两居室给他们做婚房，为了方便骆霞，特意跟人换到了一楼。房子建在北山脚下的一个小岭上。二十世纪九十年代初，这里可是黄金地段，在防洪大堤还没有建起来之前，这里可以躲过上街撵人的洪水。他们那栋工商局宿舍是岭上第一栋，无遮无挡，视线可以直达西江两岸。发大水的时候，西门街菜市场被淹，但他们从来不愁，菜农用箩筐挑着菜，翻过北山直接到他们楼前售卖。虽说地势高是优势，但宿舍门口有道近百米的阶梯，骆霞因小儿麻痹后遗症导致左脚不便，拄着拐杖上下阶梯实在够呛，坐轮椅几乎要绕过整座北山才能到街面上。刚结婚那阵子，赵似锦每天背着骆霞上下阶梯，在众人眼里是很模范的，不过这场景没持续多久，岳父一当上局长，便立即为女儿跑关系跑出了一条路——在阶梯一侧，交通局硬辟出了一条平坦光滑的"之"字形人行道。道不宽，终点是西门北街，起点则是他们家门口。这条人行道当时在梧城是出了名的，人们有事没事就跑过来看，私底下议论这条"属于"骆霞的路，说的人多了，这条路也就成了"骆霞路"。某一天，赵似锦在《梧城晚报》新闻版上，看到一篇表扬西门街道卫生治理的报道，那记者想当然地将"骆霞路"写成了"落霞路"。这名字印在报纸上，读起来挺美的，赵似锦就将这张报纸保留下来，放在了衣橱里。

那段日子，算是他们家最风光的时候了。赵似锦被岳父安排在西门街储蓄所，三年后被提拔为副所长。儿子出生后，骆霞从原来的五金厂工会被调到残联，每天摇着轮椅从落霞路上下班。儿子开始学走路，赵似锦就牵着他在落霞路上上下下，就像是他们的家延伸到了街上，很是惹眼。附近居民背地里骂当官的仗势霸道，好在赵似锦为人亲和，嘴巴勤快，人们觉得他看着清清爽爽，偏要做个上门女婿，"嫁"的又是个残疾人，着实可惜，如此对照一下，心态便逐渐平和，那些不愿意爬楼梯的人也会踏上落霞路走走。小孩子们最爱这条路了，让李木匠用边角料给打辆滚轮小车，屁股坐在木条上，一溜到底，两只脚往地面一撑，刹车。儿子赵骆长大一点，吵着要坐骆霞的轮椅，就算吵翻天，骆霞也绝不会让儿子坐轮椅摇进落霞路，这画面会让她心惊肉跳。赵似锦就给儿子买了一辆黄色的小鸭子滚轮车。礼拜天，骆霞摇着轮椅在前，儿子坐小鸭子车居中，赵似锦走在最后，一家三口从落霞路到西门街市上，逛逛摩啰街，一人嗦（吃）一碗牛腩河粉，叉几块酸木瓜，最后买盒鸡仔饼带回家。每当回忆起这些，骆霞都会感叹好日子太少了，她宁可赵骆永远停留在那个年纪。

赵似锦慢吞吞地走在落霞路上，脑子里尽是《平凡的世界》。那都是些什么感受，他说不太清楚，他只读到初中毕业，"四大名著"只读过《三国演义》和《水浒传》，年轻时还陆续看过几部金庸的小说。他喜欢看电视剧，很容易牵挂上里边的故事，跟着角色代入感情。他实在不理解这部电视剧为什么取名《平凡的世界》，在他看来，剧中的每一个人都活得比他更不平凡，他的生活世界才应称为"平凡的世界"。想来想去，他习惯性地去求助于网络。掏出手机，输入"平凡的世界"，跳出的是一本书的名字，又在"平凡的世界"后边加上"电视剧"三个字。没想到，竟然有那么多人在讨论这部电视剧。他随便点进了一个贴吧，翻几屏，有人讨论故事情节，有人评价演员的演技，还有不少是在讲自己的个人经历。他看得津津有味，索性就停在台阶上，脱下一只鞋子垫到屁股下，坐在那里一屏一屏地看。

整部剧中赵似锦最在意的人物是孙少平，从他拒绝给曹支书当上门女婿以换取城市户口的那一集开始，赵似锦就格外惦记他，暗中期待他在剧中比谁都过得好。可是，越看越沮丧。孙少平真正喜欢的女人死了，他想靠自己的努力改变生活，却又被矿难毁了容貌，运气使他捡回一条命。赵似锦不满意这样的安排，依他的期望，孙少平最终应该获得成功，最好像他们这里的刘水仙一样大富大贵。至少，要比自己的现状好。他不自觉地拿自己跟孙少平比较。二十四岁那年，他的选择跟孙少平不一样。在一个蝉噪的中午，他身着簇新的白衬衫、黑长裤，脚上穿着一双还在磨脚的皮凉鞋，坐在班车最后一排的木凳子上，瞥见窗外闪过由长平镇进入梧城的界碑。媒人领着他走过工商局大门口，坐在骆明德敞亮的办公室里，像谈公事般谈妥了这门婚事。骆明德提出的条件不多，只强调一条，必须脚踏实地照顾他女儿，至于事业，只能排在第二位。跟骆霞结婚后，就算赵似锦喝酒喝到脚踩浮云，只要听到骆明德类似这样的话，也会条件反射般站稳挺胸承诺。此后的生活里，他无数次想起那个盛夏的中午，必然连带着记起阿娟在送别他时说的那句话——你这是重新投胎，做了城里人。直到今天晚上，他才深深悟到，原来这句话，是有多么——歹毒。

骆霞老生常谈，逼迫儿子出去找工作。赵骆不耐烦了，朝她大声嚷了一句："挣那点钱，有什么用？我下辈子投胎去刘水仙家得了。"如果不是行动不便，骆霞肯定会冲过去甩他一个耳光。

"不要等下辈子，你现在就爬上顶楼，不过，我们家是一楼，你还是跳到我们家啊，我看还是到城西的国盛大楼跳比较保险，但也不保证就能投到刘水仙家啊，我建议你在胸前挂个牌子，写上：我要投胎到刘水仙家。"听起来，骆霞更像是在生刘水仙的气。

在他们这里，几乎没有人不知道刘水仙，她白手起家，从种植罗汉果开始，她的产业慢慢做成了梧城的支柱产业，旗下涉及房地产、食肆、交通，后来但凡新开发的领域都有她的名号，有一段时间，《新闻联播》尾音刚断，全国人民都能听到刘水仙集团的广告响亮出场。好些年前在菜市场，有人指给赵似锦看那女人，样子再普通不过，又矮又瘦，倒是鼻头圆圆的，让人觉得她呼吸都带着福气。因为她是刘水仙，他就站定了多看几眼，见她拎着一只袋子，袋子中竖着一捆芹菜，叶子从袋口凌乱地挂下来，显得很狼狈。他认定她不是那种家务能手。前些年，刘水仙把公司总部迁到北京，人们就只能在新闻上看到她了，渐渐地，她对于这里的人来说，因为差距太大而丧失了励志的效果，人们只会在嘲讽某类人过于不切实际的时候才会想起这个名字。

赵骆说出那句话，赵似锦并不觉得意外，也气不起来。儿子的前途他起不到一点作用，儿子多次给他讲起他那几个同学被家人安排得妥妥的，混得很不错，他听了只能沉默以对，暗自生出对儿子的亏欠之意。岳父在位时患了肺癌，拖了两年告别人世，再不会有人听到他从一张照片里做出的决定。二十一世纪之初，大多数的储蓄所都面临合并升级的局面，手工记账的存取业务也很快被电脑代替。赵似锦学习能力一向不好，加上整个心思都用在照顾骆霞和儿子上，对付这些新技能自然比别人慢上好几拍，到现在他连五笔字型口诀表都记不全。储蓄所撤销后，他这个副所长被分流到银行的西门街营业所，每天站在大堂引导客户，遇到保安请假的时候，他还得顶班值夜。他早就对儿子承认，自己就是一个平凡的人。

　　赵似锦不止一次想过，如果当日他做出了跟孙少平一样的选择，他的结局又会怎么样？他能够确定的是自己还在西圩村，耕田或者养走地鸡，跟自己的妹妹、妹夫一起承包鱼塘和果园，赚到一些小钱维持生活。当然最大的可能是跟阿娟结婚，生下两个小孩。他早就知道了，阿娟现在过得很滋润，大儿子在深圳赚钱，小儿子在上海读大学。西圩村最醒目的四层小楼，是她大儿子建造的。赵似锦清明回去扫墓，看到过那座红墙小洋楼，前庭有两根又高又粗的罗马柱，上边攀爬着灿烂的喇叭花。最引人注目的是小洋楼一侧外墙的那段楼梯，从一楼盘旋到顶层。他们在屋子里装了电梯，这段楼梯平时不用，功能等同于城市高楼里的消防通道。阿娟的小洋楼一度成为新农村建设的成果展示点，村干部不时带着一拨一拨人进去参观，乘坐屋内的那部四层电梯，至于屋外那段螺旋式楼梯，作为亮点，是阿娟老公回答问题的一道必答题。据说西圩村的村民就是在阿娟家里第一次认识了鞋套这种东西。

他没走进过那幢小楼，他跟阿娟没任何联系，他知道她当初很喜欢他，他也喜欢她，但他年轻的时候只想离开西圩村，城市是他朝思暮想的"梦中情人"。直到两年前，他才将阿娟的号码存在自己的手机上。她来他上班的地方办事，要不是她开口喊他，他几乎认不出她来。她胖得快有两个骆霞那么大了，上身穿一件宽大的大红色衣服，下身的黑色长裙都快拖到地面了。她是来办卡的。她那个会赚钱的大儿子，在西门街盘下几间临江商铺，计划打通搞个老码头怀旧茶楼，由他们夫妇协助小儿子一起经营。

"已经准备得差不多了，我就想着在附近的银行开个卡，代扣店里水费、电费、燃气费这些杂七杂八的费用。没想到你在这里上班，真是巧……哎呀，你知道的，这些湿碎（零）钱，最烦管理了。"他们认出对方之后，一直都是阿娟在唠唠叨叨，赵似锦只有听的份儿。

她从肩上那只发亮的大皮包里取出身份证，请赵似锦帮忙操作。帮助那些不熟悉流程的客户是赵似锦的一项工作。他将她的身份证放在叫号机的感应器上，手指一下一下触碰着电脑屏幕，在等待叫号纸从出纸口滑出来之际，他瞥了一眼"躺"在那里的身份证。照片上的阿娟已经完全没有了记忆中的模样，倒是跟眼前这个人很相像，应该是新办的证件。"梧城长平区西圩街道"，这个地址完完整整地印在照片的下方。长平镇划为梧城的一个区之后，西圩村村民的新身份证上自然就都印着这个地址。谁能想到，三十年之后，阿娟和他都是一样的城里人了。长平区紧邻北山区，西门街道与西圩街道相隔四十七公里，比一个"全马"只多出约五公里，他只要下决心就能从家门口跑到那里。

"阿锦，有空多回来看看啦，现在很方便的。"送阿娟走出营业所，她跟他客套了一下。

"回的，我跑步时经常跑回去的。"他不知道自己为什么会说"经常"。

"啊？那么远，跑回去？"

"是啊，我很会跑步的，跑很多年了。"他下意识地挺了挺腰。

"这么厉害，那得跑多少公里才到西圩？"

"四十多公里，准确地说，是四十七公里。"

看到她被吓住的表情，他心里一阵高兴。他请她留下电话号码："下次再跑步回去，我给你打电话。"

不过，就算今天他在西圩街道，接过了主办方颁发的那只大金杯，他也没想过拨一下那个号码。

"世事难料，人生无常，这就是平凡的世界。"一个匿名网友在评论里只贴出了这句话。路灯下的赵似锦忽然愣住了，像是他找了一晚上终于找到了自己想说的话。他站起身，顺着阶梯快步冲下好几级，感觉到一只脚冰凉，又登回去将那只垫在屁股下的鞋子套回脚上。

如果人可以选择重新投胎，没准他也会同意赵骆的话。他被自己这个想法吓了一跳，立即打住。借着昏黄的路灯，他慢慢往回走，右脚脚趾被绊了一下，他低下身去看，那个地方补上去的水泥有点鼓起。"阿锦，门口这条路以后你得自己管理起来。"在病床上，岳父对他叮嘱道。果然，岳父过世后，再没有人来维护这条路了。赵似锦就买了套抹子，隔一段时间会去工地讨点混凝土，铲一

这个平凡的世界

铲、抹一抹，新疤旧痕，斑斑驳驳。他把轮椅推到那些疤痕上试试，除了轮子摩擦时有点干涩，并不会感到颠簸，进而确定轮椅不会侧翻。他打算明天再去弄点混凝土重新修补一遍。他低着头，一路检查到自家门口。

客厅只留了走廊的一盏小夜灯。那只大金杯在暗处精神抖擞，像是在等他。赵似锦心里莫名感到一阵温暖，走过去摸了摸它，坐在它正对面的沙发上，复盘了一下白天那场"跑马"。想到那个摔倒在地的小伙子一定很懊恼，他张开口跟那只大金杯讲："唉，世事难料啊，这个平凡的世界。"他晃晃脑袋，觉得自己有点理解那剧名了。

他看了一眼赵骆那扇紧闭的房门，里边一点声音都没有。他走进卧室，看到床上已没了手机屏幕闪动的光影，以为骆霞已经睡着了，轻轻掀开被子，还没等身子躺平，就听见她在黑暗中发出一声冷笑："哼，刘水仙。"赵似锦知道她还在生儿子的气，伸手进被子里揉捏她那只变形的左脚踝，说："小孩子的气话，你还当真啊。"骆霞不接话，好像赵似锦的手是在抚摸着自己的头和脸，是在为她擦眼泪。

"我跟你讲啊，如果我是个男人，赵骆还真有可能就成刘水仙的崽了。"

"深更半夜，你说什么梦话。"

"真的，阿锦，你不知道，当年刘水仙刚办罗汉果厂的时候，就悄悄跑去找爸爸单位里的人，问骆副局长家有没有儿子。哼，可惜我是个女的……要是我有个哥哥或者弟弟就好了……"

赵似锦懒得搭理她，把身子侧到床的另一边，心里盘算着明天是到校场路的工地还是到碧云广场的工地去讨点混凝土。

不知道骆霞还在想什么，时不时叹出一口长气。

如果有意用耳朵在这安静的夜晚里去找，他们能听到后边北山动物园里那只东北虎的叫声，过去还能听到狮子的吼声和猩猩们打闹的尖叫声。作为小城唯一的一家动物园，节假日大人们必定会带着小孩子来看孔雀开屏，给猴山上的猴子喂饼干，让长颈鹿低下头来吃孩子手上的草，玩累了就在草地上铺块塑料布，一家人坐着吃自带的干粮。过去，他们把北山公园当作自家的后花园，只要赵骆一吵闹，他们抬腿就带他去看动物。后来游乐场多起来了，游戏厅在小城遍地开花，来看动物的孩子越来越少，他们这种优越感荡然无存。据说，为节省成本，公园将大部分动物卖到省城，有的去了大动物园，有的归了马戏团，只象征性留下一只见人就躲的东北虎、一头老将脑袋埋在肚皮上的棕熊，还有几条终日在水里睡觉的鳄鱼。至于曾经囚着动物的那一格格铁笼，被简单修葺了一下，人们在铁笼中砌个水泥灶，做起了烧烤生意。赵骆还曾畅想在那里开个啤酒铺子，但很快，整个动物园就被刘水仙的一个亲戚承包下来，"大自然烧烤城"的霓虹灯彻夜闪烁。

赵似锦好像隐隐听到那只东北虎低沉地哼了几声。再听听，又觉得像是从隔壁赵骆的房间传出来的。

"阿锦，你认为刘水仙究竟有多少钱？"

赵似锦不吭气，装睡，一睡就睡到梦里去了。他还在跑步，一条看不到终点的小路，两边的羊蹄甲树上开满了粉红色的花，他边跑边看花，也不觉得累。那路的拐弯逐渐变多，弯道弧度越来越大，他在拼命转圈，根本停不下来。最后，他的脚一阵抽搐，整个人跌到地面上。

　　抽筋的是他的右小腿。他从床上坐起，用手扳起脚趾拉向自己，悄无声息地等待这阵抽搐消退。

　　"左边，左边，你快爆破。"赵似锦这下听清楚了，赵骆在房间里呼叫队友。

　　"嗷呜，又挂了。"赵骆发出一声凄厉的怪嚎。

　　赵似锦想冲到他房间骂骂他，可是小腿那里始终像有只手在扯着他，肌肉被拧得死死的。他还得保持这个扳脚的姿势。

档　案

一

人们喜欢将一些美得难以形容的地方称为"天堂"，我也喜欢将很多难以理解的事情一律归结为——命运所致。其实，这不是我的新发现，我们管山人早就说过："同人不同命，同伞不同柄。"如今，我每天跟命运打交道，每天对许多看得见摸得着的命运进行检查、保管、周转，我对命运的魔力深信不疑。否则，我这样一个刚三十出头的小伙子，实在不至于懂得将人生在世所经历过的成败、荣辱都一一归于命运。

我从一个二流大学毕业之后，由于所学专业冷门，得以直接分到这里的人才交流中心档案科。我们托管着广州一个区十万人的档案。也就是说，在我座位后边的那间大房子里，熟睡着十万人曾经经历的命运。不少档案在我们这里一睡就睡上个一二十年。这些档案都记载着每个人曾经的人生阶段。设想一下，如果每个纸袋装着十年时间，十万人，就是一百万年的时间在我们手里保管着，装着二十年时间就保管两百万年，装着三十年就保管三百万年……这样一算，你说多么震撼！然而，这些纸质档案袋看起来却并没那么震撼。它们一个个被编好了号，躺在岁月的温床上。如果不被主人叫醒，就一直沉睡不起。

我一点都不夸张地跟我父亲炫耀，我们管理这些档案，比他在家养一头指望着卖钱过年的猪要小心百万倍。当我父亲听说，我们为了给档案做到恒温、干燥、防虫、避光等，每年都要耗费上百万时，他顿时吓坏了。他死死认定我的工作是一项伟大而高级的任务，从他经常对我母亲唠叨的话中，我听出了骄傲，他总是说："别老去烦小伢，十万人的事都拿在他手上，一搅糊涂了，做错事，饭碗就不保了！"

我父亲不知道，其实跟一个个纸做的档案袋相处，并不是一件难事。它们多半时间都很乖，顺着序号，倒头大睡，也不管这里边曾经有过多么沉重的记录，或者多么辉煌的见证。它们睡着的时候，我就当它们是小狗小猫。可是，一旦它们醒来，我们的神经就绷得紧紧的，因为要小心地把它们送到主人指定的寄存地点。稍有错漏，那个人的命运就被打乱了，而我们自己的命运也会一塌糊涂。

你真的是难以想象，广州这个地方，人口流动有多么快。每天我们叫号办理，经手这些陌生人的来来往往，给新来的编号存档，给出去的涂销转档。这些新旧命运的进进出出，就像我老家屋门前那条小溪一样淌个不停。

我经手过的管山人的档案并不多。半个月前，一个叫刘长武的夹着个公文包应号到了我的柜台。当我拿起他的身份证核对时，我看到了"管山县"的字样。我一阵激动。不瞒你说，虽然离开家乡已经好几个年头了，但是偶尔邂逅老乡，心里都还会热乎乎的。我母亲说，这是管山人走人情走出来的，从小就开始跟着大人走的，哪里会忘记？

这个刘长武，从外表上已看不出一丝我们管山人的相貌特征了。他的头发往后倒，露出一个油光发亮的大脑门，一开口满嘴的烟臭味，嘴唇乌黑发紫，这里的人称这样的嘴唇为"酒精嘴"，大概意思是，酒喝多了，嘴唇都喝乌了。总之，已经看不出我们管山县山清水秀养出来的胚胎啦。倒是他一张口，才暴露了管山人的身份。他带着浓浓的管山口音，一般人是不太能分辨的，但是这口音就如密码暗号一样，被我一对就对出来了。再加上他在激动的时候，那句常用的口头禅，我听着再熟悉不过了。

刘长武将一份调档函拿给我。我按照程序确认符合所有条件之后，就到档案室去找他托管在这里十一年的档案。他的名字好找，在 L 柜、C 栏、W 列。不到十分钟，我就将那只黄黄的档案袋找到了。按照身份证上的出生年月，这个四十三岁的"刘长武"，除开在这里睡了十一年的时光，至少有一二十年的记录在这轻轻的袋子里边。但是，无论他有怎么复杂的经历，无论他的模样经过怎样的七七四十九变，无论他怎样翻越了九九八十一座大山来到这里，他都是我们管山人。档案就是这么奇妙，无论你走到哪里，它就跟到哪里，忠实于你的经历，谁也修改不了。

当我拿着刘长武的档案回到柜台，打算核对之后装进一个指定的机要信封，按照刘长武调档函上注明的地址投递出去的时候，我的老乡刘长武着急了。他眼睛死死盯着那个档案袋，并且粗鲁地制止了我。他一再强调他要自己带走档案。我告诉他档案是不能自己带走的，万一被拆了、弄丢了，或者被修改了，这可是很严重的事情。刘长武不听我的解释，他死活要把那个档案袋带走。他看着我手上的那份档案，恨不得要将它一口吞进肚子里。我只好耐心地跟他解释有关规定。可是这个刘长武哪里会听，他蛮横地咆哮起来："托管费都交了好几千，我拿回属于自己的东西，难道不对吗？"

没等我开口解释，他又塞了我一句："你们不就是变着法儿要收钱吗？邮递费多少？五十块够不够？一百块？"

说着，他真的从口袋里掏出一堆钱，并从中挑出了一张百元钞票朝我柜台里扔。

那张一百元彻底扔掉了我的耐心。我依着我的血性，"呼"的一下从椅子上腾了起来，眼睛死死地盯着我的老乡刘长武，朝他用管山话吼了一句："今天你要真能拿出去，我信都不信！"说完，我将手上那份档案狠狠地摔在了柜台上。

刘长武那乌黑的"酒精嘴"上下抖动了好几下。他并没有被这区区一句管山话耽误，他的目标太明确了，以至于我早就确定，这个家伙的档案里一定有着某个重要的"污点"。我说过，档案这种东西，大部分时间是沉睡的，但只要一醒来，关键时候就可能是个"炸弹"，它可以将一个人的命运"炸"得面目全非。刘长武转走档案，一定有他必须要用的地方，要是我猜得没错的话，他就是想趁机将那枚"炸弹"除掉。

"身正不怕影子斜。"这是我们管山人经常挂在嘴边的话。如果刘长武坦坦荡荡，他怎么会恐惧档案"醒来"？

刘长武确认我们是老乡之后，态度马上缓和了下来，他急速地压制了自己的暴躁情绪，改用一种迂回的方式跟我讨价还价。他告诉我，他从管山出来二十多年了，打工、做生意、搞物流等都干过，漂了二十多年，也混得不那么像回事，好不容易托人找关系找到个安稳的单位上班，也就指望以后养老有保障。麻烦的是，新单位一定要对档案进行政审才接受，他害怕机会被别人抢了，所以才这么着急。

刘长武完全操起了管山话，一边说，一边从口袋里掏出香烟递过来，顺便也掏出了一张名片，还说以后认下了老乡，就多出来喝酒。

说实话，就算我想帮也没法帮。这是我们的纪律，我的脑袋上方，一支"摄像枪"二十四小时指着我呢。

好说歹说，当刘长武最终知道我还是帮不上他的时候，他恢复了原来的暴躁。管山人民直来直去，缺乏耐心的本性从他的血管里奔流了出来。他用公文包使劲地敲着柜台，一边敲一边朝我嚎道："你今天捏着我的档案，别以为就捏着我了，你走着瞧，有种你永远捏着，我让你老娘死都没人送终！"

刘长武一嚎，我的头儿就跑过来了。他让刘长武冷静一点，有什么事情跟他讲，他是这里的负责人，工号是0873。

刘长武跟着我们头儿走开之前，指着我说："你这个手下要收我的保护费，说只有收了保护费才把档案交给我。"

我想我的老乡刘长武一定是拙劣的黑帮电影看多了。要是按照我们管山人的习惯，对于摆不平的事情，一定先是去找人来呼应、帮忙，人越多越有势力，人越多越能摆平。

遇到像刘长武这样的人并不少。隔三岔五就有人来我们人才中心闹着要把档案带走。我们这里不是银行，更不是寄存包裹处，要放就放，要取就取。我们将档案视作一个人身份的证明，比身份证还要详尽的证明。要不是这样，为什么我们从读书开始，就总是很

档案

害怕老师对我们说："如果你们违反纪律，这个处分就会记录在档，成为你们一辈子的污点！"大学的时候，我们有一个老师说过一句话，让我记忆很深。他说："就像每一架飞机都有一个黑匣子，记录着每一次操作数据一样，你们从出生到死亡，都背着一个袋子，记录着你们的荣誉和错误。"所以，那时候，我们对那个谁都没见过的档案袋充满了好奇，甚至恐惧。

当然，现在我觉得档案其实并没那么神秘。它只不过是一点一滴地见证了一个人的人生阶段，包括他的思想、举止、成就或者过失。然而，人们并不见得喜欢翻旧账。无论是谁，就连我那大字不识几个的农村妇女母亲，也都害怕别人老是记起她那年在生产队"烧锅"时偷偷给我们先留出了一大碗红烧肉，更害怕别人指证她为了给我交学费，将几包芝麻掺了沙子卖给收购站。这样的事情，我母亲总是怕别人会记着，并且影响她现在好不容易过上的有面子的生活。档案才不管你怕不怕。从某个方面看，它很像我们管山人不懂得拐弯的性格，有什么就说什么，说什么就记什么。

二

即使我大伯在他的后半生跟他那病一样的懊恼和肉痛纠缠不止，我也不会有一丝一毫的怀疑，不是我大伯亲手将堂哥送给了别人，而是命运将我堂哥"抱"走了。

刚工作的头两年，为了排解孤独，我频繁地参加同乡的聚餐。我那个在广州的堂哥李振声是从不出现的，但是他不出现并不代表他不存在，在座的每个人都会提到李振声，每个人都清楚地知道，聚会的场地、饮食等费用，都是李振声包办的。我们吃着李振声提供的菜，打着饱嗝，彼此叙旧、畅想；我们喝着李振声提供的酒，脸红红地谈交情、谈互助，所有来自管山县的儿女们都沾染到了李振声的财气。酒足饭饱，话多的时候，我还吹嘘地告诉那些离得比较远、不知情的老乡，李振声是我堂哥，亲亲的堂哥。他们听了之后，就好像见到一个快要引爆的炸弹一样，吃惊得半天回不过神来，然后就一直围着我。他们围着我的目的，莫不在于求我找我堂哥李振声办事。我心里发虚地推托说："我堂哥为人很低调，他不是不讲人情，你看，他出了钱都不来喝酒，这么有面子的事他都不出现，是因为他做事情从来都很谨慎，他是做大事的人……"

有好几次，我看着电视里的本地新闻，冷不丁就出现了我堂哥李振声的脸。他在记者的采访中，淡定、稳重地回答着关于广州房地产的问题。通过高清图像，我从没如此近地看着这张脸。一张中年男人的脸。有的时候大概头晚熬夜了，黑眼圈特别明显；有的时候大概是上火了，嘴角下方长出了一颗痘痘，可是这些一点也没有影响到屏幕下方打出"某某房地产公司副总经理 李振声"这样的字幕带给我的激动。在我看来，那字幕变成了"管山县梅林村 李振声"，我的堂哥因为他的赫赫有名而在我心里直接成了我们梅林村廖姓家族的一员。

同时，我也逐渐体会到了我大伯那种肉痛的心情。在我因为没能赶上单位集体分房的末班车，注定终生不得不辛辛苦苦地为买一套房而奋斗的时候，我就会想，要是我的大伯没有把李振声送给别人，要是我的堂哥曾经带着我在村头的田埂边打过架、摔过跤，要是我的堂哥曾经带着我在鱼塘里一丝不挂地摸鱼，要是我的堂哥曾经在过年烧炮的时候把我带在身边去吓村里的女孩……唉，要是，要是李振声真的是我堂哥，那我起码能少奋斗半辈子。每当这些时候，我都有如我大伯一般的肉痛感。我感到肉痛的时候，就会跑到楼下的游戏室玩上一个通宵，做一个通宵的勇士，在魔兽世界里称王称霸，然后一身疲惫地回到租住的单身公寓，洗个澡，无精打采地上班。当下午的太阳照到我办公桌的时候，你说巧不巧，那玻璃上印着"人才交流中心"几个小字，被阳光穿透、拉远、分离之后，竟然将"人才"两个字逼到我的电脑边，其他几个字就依着方向排列到别的桌上去了。这样，我心里就觉得踏实起来，就会想起我父亲那句话："要不是小伢勤奋读书，现在早就在家盯牛屁股了。"事实上，我们村的确有很多子女都过着上一辈人的生活，盯着牛屁股，春耕秋收，日出日落。这就是多数农民的命运。

我不止一次地试图向我父亲和我大伯讲关于命运的道理，因为他们总是在我春节回家的时候争吵不休。可是，命运这玩意并不是一年当中那二十四个节气中的某一个，总是会在某月某日按时到来。他们对它毫无感觉。我大伯始终顽固地认为，李振声身上流着他的血，就跟一张按了手印的欠条一样，走到哪他都得认账。他还认为，我跟他儿子李振声既然在一个地方工作，肯定很熟悉，就让我去找他儿子。我父亲则摆出一贯压倒他的气势，一口拒绝。他说："小伢在广州要努力工作挣钱，又不是去走亲戚的。再说，人家李振声会认我们这些穷亲戚？做梦吧！"说着，他睥睨着我大伯。我大伯一听到"做梦"，立即表现出一种羞愧来。

我大伯在一个秋天的夜晚，的确做了一个比白天发生的事情还清晰的梦。对于一个农民来说，做一个刻骨铭心的梦，是多么不容易。梦醒之后，我大伯披了件衣服，摸黑打开了大门，坐到门前的晒谷场上，将后半夜坐完了。他把那个梦朝着冷清的月亮，照来照去，仿佛在辨别一张百元钞票的真伪。他跟我父亲说，他梦到自己死了，他的儿子李振声跪在他的床头，哭着给他上供，有鱼有肉有酒，还有一辆大得吓死人的黑汽车。

"从来没有做过这样的梦啊，奇怪啊。"我大伯喜滋滋地对我父亲说，那是阎王爷托梦告诉他，他的儿子李振声不会丢下他不管。

我父亲为了打消他要回儿子的念头，狠狠地丢给他一句："活着的时候都没享儿福，到死了就能享到了？什么鬼道理！"

别看我大伯是我父亲的哥哥，可是他在我父亲面前，总是显得胆小。每当被我父亲责怪，我大伯都是一副唯唯诺诺的样子，他倔强而小心地笑着说："鬼有鬼的道理，人的道理在那里，就是走不通！"

我父亲看不起他，又塞了他一句："有本事你找鬼来讲道理啊，找啊，你能找来鬼讲道理，我信都不信。"

我大伯不理会我父亲，依旧对那个如电视画面一样清晰的梦深信不疑。他的眼睛习惯性地朝远处的岭脚望去，咧开了嘴一直微笑不止，仿佛昨天晚上的那一场梦又出现了。

我父亲后来跟我说，我大伯的话也不是没有道理。按照我们这里的说法，宗族的血统不能混淆，阴间的祖先只能享用真正子孙祭祀的供品。反过来说，子孙祭祀的供品，只能是真正的祖先才能享用。父亲还给我讲了村里人经常说起的故事，说的是村头王三根那老头，清明的时候带着儿子去祭祀他家祖先。当天夜晚，他家祖先托梦给王三根说，东西全被村里刚死去的那个磨豆腐的老六吃光了，肉都被他一刀刀先割了来吃了，衣服都被他一件件捡去穿了。他们

档案

025

一口肉都没吃上，一件衣服都没穿成。王三根醒来之后，肉痛得要命，一怒之下，问他老婆到底怎么回事。他老婆吓得半死，最后承认儿子是她跟磨豆腐的老六私通生下的。

我父亲把故事说得仿佛真的发生过一样。在我看来，这说明一个村里人集体相信的道理：人一死，活着的时候一直弄不清楚的事情，都会水落石出，真相大白。

我父亲还说，看来大伯非要到阴曹地府里，才能享到他儿子李振声的福啦。

二十世纪六十年代初，我大伯家生育了三个女儿和一个儿子之后，实在穷得养不起其他孩子了。他决定将这个刚出生没几天的男伢送给李村的大户人家李善房，拿他的话来说就是"当个人情送给李家"。可谁也没料到，那李振声一生下来就是念书的料，一路念书一路考第一。大学毕业后他到广州打拼，到一家房地产公司工作，几年工夫就当上了经理，挣起了大钱，连带着李善房一家也跟着发财了。可我大伯呢？三个女儿不争气，嫁到了隔壁村，过起了跟我大伯母没两样的生活。按说，他还有一个儿子可以指望，却没想到，那儿子高中没读完就跟着村里人到外边打工，一年不到，就在城里跟人打群架，生生被人捅死了。所以，我大伯指望后代改变命运的梦想从此破灭了。

李振声在被李家养大的过程中，从来没有回到过我大伯家，也没有正儿八经地瞄过我大伯一眼。我大伯有好多次找了个借口到李村去，绕到李善房的屋前。李善房让是让我大伯进屋了，可是，却没让我大伯见李振声。李善房总是借口说李振声到小河边看书去了，不在屋里。其实，就算李振声在屋里，他也不会探出脑袋来。李善房还口口声声地说他的儿子是个怪胎，除了书上的字，谁都不想看。最后他把我大伯送出门的时候，还很严肃地对我大伯说："以后不要来看了，这样的怪胎，送人就送人了，没什么可值得看的。"那个时候，李振声早已经名声在外了，他在我们村里考上了县重点学校，分数出奇地高。李振声不仅是老师的骄傲，更是李家的宝。李家就像捂着一颗珍珠一样，将李振声严严实实地捂在家里。准确地说，是为了不让我大伯接近一步。

我们总是听到我大伯骂李善房没良心，当初把儿子当人情送给他，是看在他家没有一个男丁的分上，可怜他才送给他的。现在连亲生老子看一眼都不让。天下哪里有这样的人啊？

我大伯后悔死了。他说："当初就不该做这个人情，亏大啦！"

要知道，我们这个村，跟中国千万个自然村一样，大量地"繁殖"人情。过节走乡串亲的队伍是非常壮观的。过年的时候，我们这里最隆重的节目就是"炮期"了。"炮期"这种传统风俗，是以每个家族为单位进行的一种集体大串门活动。轮到哪个家族摆"炮期"，乡邻们就会拎些礼物来赶"炮期"，吃肉喝酒，当然，更大的意义在于联络感情。比如说，按照约定，每年的正月初四，是我们廖姓家人的"炮期"。那一天，我们廖姓家人从早上就开始张罗了。一桌又一桌的流水席，在晒谷场上从早摆到晚。只要有人来了，就开一桌。谁家摆得多，就证明谁家人际关系好。就好像收获季节，谁家晒谷场谷子堆得多，谁家收成就好。所以，"炮期"往往成为各家各户"收割"人情的时刻。好像人情做足了，就等于你家的粮仓丰收了。

档案

在人情这块大土地里，我大伯可以说颗粒无收。因为他早已经无心耕耘，远亲近邻之间杂草丛生，都长出了隔人的篱笆。我大伯认为，做那些事情没有用，死去的儿子也活不回来了，送人的儿子也要不回来了，做来干啥啊！

不过，在村里人眼里，我大伯不爱做人情主要是因为他太"精巴"了。别的不用说，单是到菜园里看，你就能感觉到他的菜园是用"精巴"做肥料的，那些植物结出来的果实也是"精巴"的。每一寸土地能利用上的都利用上了，密密实实的。站在那上边，仿佛脚下布满的根须都是一个个饥饿的婴孩，争相吮吸着每一滴乳汁。弱肉强食，胜利的丝瓜粗壮地吊在篱笆上炫耀着，而旁边瘪瘪的豌豆则失败地等待着另一个季节的重生，那将意味着另一次争食的开始。在菜园外边，冷不丁你会发现，那里竟然种了一棵小树。起初你不知道那里种的是什么，直到某一天，几个石榴神气地挂在小树上，张灯结彩的，不消细看，在那几个果上，都画着一个歪歪的"龙"字。

我大伯叫廖廷龙。"廖"是我们村的大姓，"廷"是族谱里的辈分名，只有"龙"字是区别于他跟我父亲、我堂叔这一辈的字。所以，在石榴上画"龙"字，谁都混淆不了。那就是我大伯廖廷龙的石榴。

事实上，不仅仅是石榴，我大伯总要给自家的东西都做上"龙"字记号，生怕那些东西落到了别人手上，自家不认自家的了。斗篷、雨靴、箩筐、饭碗等日用品自然是"龙"字号的，鸡、鸭、鹅、牛等畜禽身上也早早地漆上了"龙"字。更可怜的是那些应季的瓜果，长到鸡蛋大小，我大伯就用耳勺的另一头，在它们身上画上了"龙"字。这些有着记号的瓜果，在"龙"字的捆绑之下，一点一点挣扎着长大起来。我大伯似乎将这个"龙"当凭证，有凭证，东西就有根了，就都跟他叫"廖廷龙"了。

我大伯的"精巴"是出了名的。倘若有人路过一个菜园，渴了，扯下一根黄瓜来，恰好园主人看到了，那人就给自己台阶下——这黄瓜怕不是"龙"字号的吧？或者我们这些小孩子，稀罕地分到一点糖果，人家问要，不给，人家再一说："你姓龙的？"我们就不好意思了，心不甘情不愿地分给了人家。

关于我大伯喜欢在瓜果、畜禽上做记号这些事情，村里的人一旦说起，就好像在扯地里的花生一样，一扯就能扯出一串来。扯出来的这些事情，枝枝叶叶，大都围绕着我大伯那个被送了人的儿子。

"有本事廖廷龙在他儿子身上也写个'龙'字！"

"他能要回李振声，我把肉都割下来送给他！"

过年的时候，人们认出了李振声的小汽车开过我们梅林村，一个刹车也没留下，直接往李村开去了。我大伯就被围观的人嘲笑起来。他们怂恿我大伯在李振声那辆黑色的小车上，画上个"龙"字，那样，谁都抢不去啦。我大伯像那头他经常牵着的、身上用白油漆刷着"龙"字的老黄牛一样，沉默地用眼睛朝下扫来扫去。最后，他只好靠到矮墙角，用背蹭了蹭墙，把烟掏出来，似听非听、不远不近地听着人群议论起他的儿子李振声的钱财、大方之类的事情。这些事情，总让我大伯肉痛好一阵子。

基本上，我大伯打我大伯母的原因，都是因为我大伯肉痛。每次我们看到我大伯从屋里扭着我大伯母往晒谷场上打，我大伯母都无声无息的，仿佛我大伯的手拍打的是我大伯母多出来的那个影子，直到有人去劝我大伯住手。几次追问原因，我大伯母才伤心地吐出几句话。唉，谁都清楚，说来说去，都是些小事，不是我大伯肉痛那条因为没藏好而被猫叼走了的腊鱼，就是肉痛那坛酒糟放多了做坏的米酒。遇到这样的小事，我大伯的肉痛就像病一样发作。我母亲事后总是劝我大伯母："随他，随他，他把儿子都送人了，他儿子还发了大财，他不肉痛谁肉痛？"这样一劝，我大伯母也就默认了。

三

一个冬天的夜晚，李振声突然给我打了一个电话。我才知道，原来在我每天都出入的档案库里，一直躺着我的堂哥李振声的档案，躺了十六年了，就在 L 柜、Z 栏、S 列。我很清楚，这些字母的组合，是较多人的姓名组合，所以那里躺着的档案比较厚。也就是说，李振声的档案就"睡"在厚厚的人群当中。

我说过，我对命运的事情总是尤其敏感。像我这样的一个农村孩子，得以离开那个穷乡僻壤来到这个大城市，是我，而不是隔壁跟我一起玩大的廖团结。这就是命运给我友好而深情的一个拥抱。我把李振声的档案躺在我办公室的这件事情，同样看作命运给我友好而深情的一个拥抱。我可以借此机会跟李振声联系上，用我母亲的话来说就是"做做人情"。可是我父亲和我大伯却不这么认为。当他们得知李振声要我帮他转档案的时候，他们兴奋不已。在他们看来，这是一种血缘的、不可逃避的关联。

李振声在电话里约我到天河城见面。他说那里有一家日本料理店，菜品不错，环境很好，我们到那儿聊。说实在的，我有些紧张，好像被一个大人物接见一样。

去之前，我把我们约见的事情打电话给家里说了。那样，我就不是一个人去见李振声，而像是带着我们廖姓家族的人一起去了。我大伯和我父亲一左一右地坐在我两边，我们三个人成一排坐在沙发上，对面是我那成功人士堂哥李振声。

大概是出来时间太长了，李振声的管山话有点"失灵"。他一会儿管山话，一会儿普通话地跟我讲话。这样，他一个人仿佛变成了两个人。正如我听人讲过的，李振声的口才很好。我母亲早就说过，一张利嘴走遍天下。我的堂哥就是用一张利嘴混成了广州的富商。

李振声长得一点也不像我大伯，倒有几分我大伯母的影子。最突出的是那口稍微暴露牙龈的牙齿，不说话的时候，微微做出抿嘴的努力才能将牙齿全部覆盖起来。由于我大伯母不怎么爱说话，她长期抿嘴的姿势就成了她嘴巴的形状。李振声爱说话，所以每当他抿起嘴来，我都觉得他在努力地朝我大伯母的嘴形靠拢。

如果我一厢情愿地将李振声当作我堂哥，那我就大错特错了。李振声不仅不像我堂哥，他连管山人都不像了。他很像一个地道的广州人。根据我在广州生活这些年的观察，我早就发现，就算广州的外地人多得满街都是，但是真正的本地人，他们相互之间是一眼就能辨认出来的，因为他们无一不散发着一股本地气息。那气息跟李振声散发出的极其相似。他们貌似随便的衣着其实暗地里很昂贵，他们貌似很热情待人其实暗地里画着距离线，他们貌似很随和其实暗地里瞧不起别人，他们貌似平庸其实暗地里却是极其有来头的人……李振声也是这样的。当他随随便便地往沙发上一靠，就是一个普通人。但是他用眼睛看着我，却正好把一根线画在了饭桌的一半距离之处。这饭桌倒很像我每天坐着的柜台，一半是顾客的领地，

档

案

一半是我的。我和我堂哥就透过这柜台上一个无形的窗口谈话。

我果然没有猜错，李振声要转走档案。他告诉我，自从大学毕业后，他就一直在公司里干，刚开始由于频繁地换公司，档案居无定所，转来转去也嫌麻烦，只好托管到人才交流中心，这一托管就是十六年。十六年来没想到过用档案，也没什么大碍。最近，政府拟安排他到建设领域的某局当一把手，已经开始操作调动了。这个时候才想到要档案了。

"当公务员跟在公司就是不一样，需要更多的证明，所有证件齐备了，审查完，才能上任。你都知道的，公务员总是不自由的。"李振声几乎花了吃饭的一半时间跟我讲关于公务员这一行当的情况，为了说明他放弃赚大钱的机会而跑到清水衙门去的原因。他说这些的时候，我一直在盘算，如果我将他的话都转达给我父亲和大伯听，他们一定会觉得这孩子脑子出问题了。他们只要听说当了公务员每月工资比他现在的降低了多少，就打死都不会同意。

当然，这些都不是李振声找我的重点。他的重点在我们将各自面前那一壶温热的日本清酒喝光之后出现了——李振声提出要亲自把档案带走，而不是用机要递送的方式。经验告诉我，那份躺在我单位 L 柜、Z 栏、S 列有着一个固定编号的李振声的档案里，沉睡着一个"定时炸弹"，粘着一个迫切需要清理掉的"污点"。那一定是过去的李振声一个不可告人的秘密。

关于这个秘密，李振声只说那是他在大学时候犯下的一个错误。那时候他跟所有男孩子一样血气方刚，做什么事都不计后果。等到做了，后果出现了，已经来不及了。那个学生处的老师指着他的鼻子说了一句："记过处分是小事，记在档案里却是一件大事，白纸黑字，一辈子都抹不掉的！"

大概由于那一辈子抹不掉的白纸黑字，李振声像抛弃一个手足一样将档案抛弃掉了，将之前的人生阶段及时地终止在大学毕业。要不是他步入中年得以成为国家干部，他一定会将那份记录了自己某次耻辱的档案变为"死档"。在我们的档案库里，这样被人终生抛弃的"死档"并不少。

即使李振声不是那个刘长武，他是我大伯的儿子，是我亲亲的堂哥，也是我们管山人的骄傲，我也不知道该如何帮助他。当我表现出为难的神色时，李振声却表现得很有耐心，他说："不着急，回去慢慢想，调档函要到过完年才发，还有时间。你回管山过年吧？"

我的堂哥果然是个做大事的人。他才不会像刘长武那么猴急，更不会像刘长武那么暴躁。他将事情说完之后，就再也没提起过了。可这种轻描淡写竟如千斤之力般压在了我的心上。

分手之前，我终于开口问李振声有没有回去看过我大伯。

李振声看着我，想了想，仿佛明白了些什么，回答说："要是你今年过年回家，我们一道去看看吧。"

年前，李振声果然说要驾车回管山，并约上我一道。我很犹豫，我还没有想到能帮他转档案的方法呢。可是我的父亲却坚持让我跟他一道回去，他说："李振声跟你一道回来，就是要来看你大伯。你大伯这辈子就盼这一天，你不帮他谁还能帮他？"我听了之后很生气，朝我父亲吼了起来："我又不是玉皇大帝，说能帮谁就帮谁，他那么有钱却不帮帮我们，我的饭碗不保谁帮我？我买不起房谁帮我？"自从我去城里工作以后，我的父亲就没再大声教训过我，他既帮不到我，也管不了我。很快，我父亲在电话那头就没声音了。

档案

033

坐上李振声那辆黑色奥迪车，我听他说有十四个小时的车程。看起来，他对这条路很熟悉。我坐在副驾驶位置，这样，我就感觉我的堂哥跟我并驾齐驱，一齐翻山越岭，往家乡开去。

一路上李振声倒跟我说了不少他在广州的事情，广州的房地产生意、广州建筑的优点和缺点等。他那很放松的神态和语调，仿佛伸出了一只不远不近的手，轻轻地搭在我的肩膀上，让人亲不起来，又冷不下去。

没话题了，李振声就教我看车。春节期间，每一条公路都像虫子一样爬满了往故乡赶的车。我算是领教到了李振声的本事。他竟然可以对我们旁边的那些车进行鉴定，几乎每一辆车他都能认得清清楚楚，车的牌子、型号、功能、价位、品质等，只要一辆车出现在车窗外，他就会很快地将那辆车搞得清清楚楚。更厉害的是，他还将人家的车辆归属地都认出来。凭借车牌，他可以准确地告诉我，这是长沙的，那是九江的，这是徐州的，那是江门的……就算一个地图上很不起眼的小城市的车牌他都没弄错。

最绝的一次，李振声指着前面一辆银灰色的丰田车，我一看是"粤A"的车牌，忙抢着说："这不就是广州的车吗？"他笑了笑说："是广州市政府的车。"天啊，他连人家单位都弄得清楚。

这些车在李振声的眼里仿佛都不是车，而是一个个路人，贴着标签的路人。他们的身份、地位、个性等，他一眼就能将人家的老底都翻出来。他认车的时候，像极了我每天到档案库里找那些贴了编号的档案袋一样，几乎一眼就能知道它的出处。

回到梅林村，已经是深夜十二点了。按照地面上的积雪厚度，我断定雪是不久之前停的，车轮不时被积雪厚的地方弄得"吱吱"响。

李振声将车直接开到我们家的晒谷场上，来的路上留下一道很深的车辙。我们家那条养了十三年的老狗，一边吠着一边跑到那些车辙边嗅来嗅去，也不知道是不是嗅出了广州的气味，它兴奋地喘着气，在月光的映照下，可以看到它干瘪的肚子一上一下地起伏不停。

堂屋的灯亮着。我还没把行李从车上卸下来，我父亲已经走到了车边。看到他，李振声礼节性地下了车。我注意到他没称呼我父亲，只是很冷地跺着脚、搓着手、抖着身体、吸着冷气，做出一些热烈的要将这寒冷抖掉的动作。在这一系列动作里，他顺带朝我父亲点了点头。

我的父亲一贯是个很有霸气的农民，他在我们村里的声誉很高，面子很足，但他此刻却变得木乎乎（木讷）的，不知所措地说了句："来家啦。"

李振声又哈着热气，"唉"了两声，算是回答。

等我卸好行李，我父亲拎起一个大包，朝前走了。李振声对我说他先回去了，太晚了，改天再过来。

我和父亲在雪地里，目送着那辆黑色的"粤 A"车发动好，一歪一斜地开往李村的方向。我父亲自言自语地说了一句："嘿，这伢，发了大财也还是个伢子样啊！"

等我们拖着行李进到屋，我才惊奇地发现，我大伯就坐在里边，蹲在一只火桶上。要知道，农村的大雪天，月亮升起来之后，九点以前人们就睡在床上了，天大的事情也等太阳升起来再办。我父亲朝我大伯摆谱地说："回家去吧，回家去吧，明天再说，小伢一路上困死了。"

我大伯看到我，好像心里放下了一块石头，咧开了嘴，点着头。跨出火桶的时候，他一条腿差点伸到底下的炭火里，掀起了一阵炭灰。那炭灰将我大伯呛了一大口。他一边咳着，一边从我们家后门的厨房里穿过去。他咳得眼泪都出来了，用袖管在眼角边揩了揩。咳嗽声在寂静的村路上，显得特别响亮，我大伯中气十足地边咳边走远了。后来，声音已经变得依稀了，谁知道他猛地又剧烈咳了两声，仿佛其实已经咳够了，最后还故意来那么两下响的，响得像两声吆喝。

四

我跟李振声一道回家的那年春节，廖姓家族的"炮期"还没到，我们家晒谷场就热热闹闹地围住了不少村民。我大伯像游街一样，牵着他那头牛，牛的两侧各吊着两笼鸡。一路晃悠来到我家。从我大伯家到我家这一路，村里人就好像牛背上的芒刺一样，一路走一路带，越带越多，一直聚到我家晒谷场上。等我跑到晒谷场上一看，我差点笑出来。我大伯那头牛，像个被剃光了头的癞子，肚子光秃秃地站在雪地上，鸡被关在鸡笼里，仔细一看，也是光着个脊背，背上的毛无端被人剃掉了。

我大伯将牛肚子上、鸡背上漆着的"龙"字全剃掉了。他是来我家做人情的。看样子，我大伯真的不习惯做人情，他招呼我父亲出来之后，就腼腆地将那头牛系到草垛边，跟我家的牛并排站在一起。牛倒没有感到害羞，就连招呼也没相互打一个，默契得就如两兄弟。

我大伯一直没跟我父亲说什么。旁边的人看着我大伯的一举一动，仿佛他们是我大伯请来做证的。我父亲吸着烟，挺着他那在村人眼里一贯霸道的大肚子，二话不说，就站在我家门口，跟其他人一样，看着我大伯。

就在这个时候，人群里趔出个软塌塌的人来，是那个经常跟我大伯赌钱的农安顺，他朝我大伯嚷了句："输大啦？输的啥？"农安顺还以为我大伯将牛都输了。我大伯没搭话，朝我父亲走了过来。这是大雪天的早上，雪经过一夜的低温凝结，才遇到朝阳，还没活过来，死板板、硬邦邦的，我大伯的雨靴敲在雪地上，尽管力气不大，但远远就能听到"嗒嗒嗒"的声音。

我后来才知道，我父亲只是告诉我大伯，帮李振声转档案的事情，不是一件好办的事情。第二天，我大伯就把牛牵来了。

"牛都牵来了，你不晓得肉痛？"我父亲是这样嘲笑我大伯的。

我大伯很不好意思地笑了笑，看看我父亲，又看了看我，半晌才说："自家人，哪里会肉痛，又不是给外姓人。"

我父亲一听这话，笑了，说："李振声算不算外姓人？"

我大伯窘得要命，就没再吭声了。

我大伯的牛那年春节是在我家过的。它很快就熟悉了我们家的草垛，并且很是留恋地一直围在草垛边，也许因为肚皮上光秃秃的，特别怕冷，所以，比起吃草，它更喜欢将肚子贴在草上取暖。我父亲说，等那牛的毛重新长起来，再让我大伯牵回去，漆上个"龙"字，其实还挺威风的。

到了廖姓家"炮期"那天，我们家流水席开了一桌又一桌。现在，我母亲不再嚷着烧几十桌菜太累人这样的话了。我用钱从镇上请了两个"烧锅"的，来帮我母亲张罗。我母亲在厨房里，扎着围裙，像指挥官一样神气。

下午，我们远远地就看到李振声那辆"粤 A"车从岭下爬了上来，那个时候雪已经化得差不多了。我们这里有个习惯，化阳（雪融）的时候是不出门的。雪一般是在十点之后就开始融化了。一化阳，仿佛解了魔咒一样，雪跟泥坚持了一夜的僵持后就妥协了，马上变成了一对相互缠绵的冤家，顺带着将人的脚也绊住了。其实这种糊答答反倒是人最讨厌的。所以，除非不得已，人们都会选在化阳之前出门，不然就被留下来，一直留到太阳下山，再度结冰，地面再度硬朗起来。看起来，那辆"粤 A"车是饱受了雪和泥的折磨，一路挣扎着开到我家门口的，它光亮的身上溅满了泥巴，脏兮兮的。

我的堂哥李振声从车的后备箱搬出了一箱酒，又搬出了一大盒包装很漂亮的礼品，最后又像变魔术一样，搬出了一台取暖器。大概因为人太多了，他没在流水席上停留，而是叫来几个小孩将那些东西一直跟着他搬到屋里。

说来也奇怪，李振声一旦离开那辆黑车，一旦走进我们屋，一旦坐进了我们家那只具有二十年以上历史的火桶，我父亲作为长辈的威严就好像候鸟一样飞了回来，他坐在椅子上，认真地跟李振声说话。

我父亲心里一有事，烟就离不了手。似乎那些烟不是从胸前的口袋里掏出来的，而是从心窝里掏出来的。"心事"也就被他一根接一根地燃着了，燃着燃着仿佛心里就亮堂了。因为烟叶是我母亲留出一块地来特意种的，所以，我父亲抽烟就像喝井水一样方便。他一根接一根地抽，话却一句一句地越发少了。

在我父亲那些话当中，我确切地成了李振声的堂弟。我父亲告诉李振声："堂弟在广州，有能帮得上的一定要帮助，广州人那么多，随随便便哪里会去帮一个人的？你们是堂兄弟，要互相帮助。"

我父亲的话连三岁小孩都能听出来。他一直在强调我们之间的关系。先是我们堂兄弟的关系，接着是我们廖家叔伯的关系。我父亲说话简直就像我们剥棉花，把那些还没完全脱壳的棉花，一下一下地抽出来，一旦白晃晃的棉花完全裸露出来，又白得让人不忍接手。说实话，我父亲的话，真的直白得让人难以接话。

我堂哥真不愧是个做大事的人。他一直得体地微笑着，只顾应承，似乎从一开始，就下定了决心，说什么都是一个反应，点头、微笑、应承，做足一个后辈的样子。从我们一路开车聊天所得到的信息里，我知道我的堂哥李振声出入各种领导家里多次，就连市长家待客室的那把椅子他都坐过，他哪里会对一个农民感到紧张啊。只要看他那副很熟络的样子，不知道的人，还以为他在进行每年一次例行的走亲戚呢。

后来，我父亲让我先带李振声去看我大伯。我父亲说，他们把门关了之后，也到大伯家，点过炮就吃团圆饭。他还说，大伯今年在管山百货店下血本买了一盘一万响的炮，可以从树顶一直挂到泥地上呢。

那一年，我们廖家的炮的确是在我大伯家点的。按照我们这里的习惯，"炮期"当天，所有的宴席都结束了，大家就会商量好在一家点炮，等同于一个晚会的闭幕式。点完炮，各家的前门就必须关起来，人都必须待在屋里，一家人忙了一整天才得以围坐起来吃个团圆饭。迷信的说法是，因为点炮将年这个"鬼"从家族里轰跑，谁家都不能收留，一口饭也不能给"鬼"剩。

档案

当李振声和我下了那辆"粤A"车，进到我大伯屋里时，我没料到，李振声仿佛变魔术般，从一个后辈变成了一个下乡慰问送温暖的官员。

要是当年我大伯没把李振声送走，这屋里的一切东西都应该是李振声所熟悉的。侧屋里那张敞着蚊帐的小床是他做过若干年梦的，屋角那把竹椅子没准就是他从小坐到大的，更不要说我大伯那双皱巴巴的手，一定是他经常牵着蹚过小河坝的手。然而，这里什么都不是他所熟悉的，李振声如同走进了一个我们这里随处可见的贫苦农民的家。

李振声握住了我大伯的手，得体地向我大伯和我大伯母嘘寒问暖，问这问那的，几乎把我大伯家的一年四季都问了个遍。今年家里庄稼如何，床褥有没有垫电热毯，水管有没有结冰，诸如这些问题。我大伯也如实地一一回答，不仅回答了，还带李振声到处看了看，就像是在接待一个参观的客人。

我那沉默的大伯母，似乎还没来得及动感情，就被李振声这副架势搞蒙了。她只是一直抓着李振声递过来的那个颇有些厚度的大红包，站在屋子与厨房的接合处，做梦一般地看着眼前发生的事情。

好在没多久我父母就到了。我父亲一来，我大伯就积极地张罗挂炮了。他那过于积极的样子，在我看来，似乎是在一种困境中得以解脱。他自如地在自家的庭院里走来走去，又敏捷地将那串长长的鞭炮从树上挂了下来。他还从屋子的角落搬出一根长长的树杈，熟练地将那贴着鞭炮的树枝撩到一边，免得被炮炸了。不时地，几只背上写着"龙"字的大白鹅，"嘎嘎"叫着围住我大伯，我大伯一跺脚，它们立马散开了。

我大伯让我点炮。我把炮引线点着了，退到屋门口，所有人都注视着大树的方向，安静地等待着爆响。然而，那炮引线实在是太长了，我们廖家人就整齐地站在那里，一动不动，足足等了一分钟。那一分钟的安静，显得特别长久，我听到身后我堂哥李振声发出了轻微的叹气声，我相信我大伯也听到了，他不知道对谁轻轻说了一句："毛都没那么长！"

炮终于从地面一直烧到了树顶，烧到最后那一响，所有的人都迅速地跳进了屋里，并且迅速地将大门关上了。我们认为，年那只"鬼"被我们关在了门外，在那些烟雾缭绕的地方，被炸得魂不附体，四处乱窜。

还没等到开席，我的堂哥李振声做出了一个让我们都很意外的决定，他说他先回去，要去看另一个亲戚，第二天一早就开车到县城办事，办完事就从县城回广州。我们心里都很不舒服，但没有一个人阻止得了他。

后来，还是我大伯说了句："大门关上了，吃过再走吧。"李振声看了看我大伯，眼睛里毫无犹豫，又转过头来看着我，极为难极抱歉地说："这次实在太匆忙了，下次吧，我从后门走。"我们这里的人，谁都知道，穿过厨房，家家户户的后门都可以绕过一条冷巷，直接通到前门外。

我大伯手里正好拿着一只要摆起来的崭新酒杯，听完李振声的话，又悄悄地把它放回橱柜里。后来我父亲又再三挽留，李振声还是微笑着坚持要走。说真的，你只要看到他那副微笑的样子，你就不会跟他计较的。我不得不佩服我的堂哥李振声，更进一步地相信，他从一出生被送给别人到现在混成一个成功人士，是因为他天生就

档案

041

是做成功人士的料，可怜我大伯当时不具备那样的眼力。我甚至怀疑，李振声真的不是我大伯的亲生儿子，他们搞错了。

李振声跟我们告过别，就要往后门走的时候，我那一直沉默的大伯母猛地冒出了一句："前门走，前门走，头一次来家的客人，走过后门以后就不来了。"

我大伯母的话提醒了我大伯，他立刻将李振声的手臂拉了过来，很是用力地硬拽着他到前门。

那一年，我们廖家第一次破例为我堂哥李振声开了一下前门。我们将他送到门口，看着他在雪地里发动起那辆黑色的"粤A"车，在院子里掉了个头，一溜烟开走了。

我父亲一直对那次开门耿耿于怀。还好那一个整年，我们廖家并没有遇到什么坏事。我父亲经常埋怨我大伯："应该命令他留下的，你这个当老子的，家都没有个家规了，没用的。"我大伯听了之后，只懂得嘿嘿地笑，仿佛老子在替儿子受罚一样，无怨无悔。

等我过完年回到广州后，我父亲的电话就追来了。他仿佛受了惊吓一般低声告诉我："在李振声送来的取暖器的盒子里，有一只大红包，数了数，里边放了五千块，五千块，半个万哩！"我母亲在一边嘀嘀咕咕地说："半个万，要不要还给人家？也不知道你大伯那里给了多少。"

在我们农村，做人情都有个规矩。小辈包给上一辈的红包，无论有钱没钱，都一视同仁，不能多给也不能少给，一碗水端平，这样才不容易出纠纷。所以，做人情之前，他们总是要商量，一商量，谁都捂不住的。我的堂哥李振声包红包，就破了小辈的规矩。

最后还是我做了决定，将那半个万先留着，事情办不成，再退还给人家。

五

这几天，我对帮助我堂哥拆掉档案里的那个"炸弹"进行了全方位的思考。我明确告诉李振声："在柜台上顶着'摄像枪'镜头去消灭他档案里的那一页'污点'，那是绝对不可能的事情，我不是魔术师，不可能将一页白纸黑字变走且毫无痕迹。"我堂哥也非常同意，他说那样一旦被发现，饭碗都保不住了。我一听就来气了，我郑重地告诉他："这还不仅是饭碗的问题，销毁档案是犯法的，要吃牢饭的，你以为我们的工作是搞耍的？是要故意给你们制造麻烦的？我们每天都戴着法律这顶帽子的！"这样一说，我堂哥李振声立刻表现出万分感激的样子："对对对，实在给兄弟添麻烦了，你经验丰富，想想办法，做事情总是要有人帮忙，我们两兄弟以后在广州，一定要互相帮助的，对不？"

在此之前，我还从没干过这样的事情。不过因为我堂哥有一张利嘴，在他对我们档案库工作东问西问之下，我们两个人就好像玩拼图一样，一点一点地将一个完美的方案想出来了。

那天下午，我趁着帮一个叫林学兵的人转档案的时候，先是在L柜，到X栏、B列里找到那人的档案，接着又在Z栏、S列很快地翻到了李振声的档案。掂量起来，我猜那档案袋里根本就没多少页纸，当我想到就是这几页纸当中，其中有一张，必然记载着我堂哥李振声的不良记录，我的心不知道为什么怦怦怦地跳了起来。

我将这两份档案叠在一起，左右望了一下，很快就按照计划将这两份档案一起带进了我们档案库里唯一的厕所。这个厕所平时没什么人用，因为我们人才中心五层楼的每层拐角的地方，都设有厕所。档案库占据了一整层楼，厕所自然也就固定在那里了。偶尔遇到找档案的人一时内急，也会用这个厕所。

这个厕所是我和李振声设计的方案里最重要的一个环节。我必须在没人看见的情况下，进到厕所，关上门，迅速地将李振声的档案袋打开，迅速地将那页不良记录找到，撕掉以后，丢进马桶，放水冲走。那样，走出厕所的时候，我堂哥李振声的历史就堂堂正正、一清二白，即使摆到法官的面前也找不到一点蛛丝马迹了。

当时，我和堂哥李振声商量到这个环节的时候，他既兴奋又迟疑。他知道，那样一来，他那一页不良记录就完全暴露在他的堂弟面前，说不定还会暴露在他管山县梅林村廖家面前，暴露在他那个亲生父亲面前，他就会像一个穿开裆裤的小孩一样，被大人指着刚刚尿完的小鸡鸡笑着说："毛还没长出来，就学会耍流氓啦。"我堂哥李振声不得已地做出一副轻描淡写的样子对我说："唉，其实也没什么大不了的事情。就是嘛，那个时候年轻，对女人特别好奇，从小到大没见过女人的奶，连老娘的奶都没机会见，所以，在大学里，偷偷爬进过女生浴室，看女学生换衣服，头一回看到了女人的奶，结果受了处分。"

我对我堂哥李振声那页不良记录曾经做过很多猜想。我想，按照他从小就那么优秀来看，在大学里即使犯错误，一定也是高级错误。比如说思想激进、带头闹事这一类的，我万万没想到我堂哥李振声犯的竟然是这样的低级错误。要是我堂哥晚生几年，跟我一样，就可以在念大学的时候，一群同学跑到街上就能看到两块钱连场放映的电影，想看女人的奶还不简单？

我认为我堂哥太不值得了。且不说他放弃档案的事，最后还搭上我也不得不冒一次险。不过，这些话我没好意思说出口，因为我堂哥最后说了句话，让我感到很难过，他说："从小没亲娘的人，对女人似乎特别感兴趣。"

在厕所里，当我紧张地将那只档案袋打开，企图要寻找到那页不良记录的时候，我更加认定我堂哥太不值得了。你知道我看到了什么？用一句话来说就是："大好山河一片红！"我一页页地翻看李振声的资料：

一、党团资料：管山一中出具的加入共青团的证明，读管山高中时写的一份入党申请书，几份思想汇报，一份入党介绍信。

二、高考后的资料：一份管山高中毕业生登记表，一份高等学校招生政治思想品德考查表，一份高等学校招生统一考试考生体格检查表，一份高等学校招生志愿表。

三、大学的资料：历年的成绩单，大学生信息表，几份获奖及奖学金登记表。

就这些，没了？没了！

我堂哥一直在寻找的那张不良记录压根就没有！

说实在的，我除了不相信这个结果，还感到深深的失望。要知道，我父亲在我采取行动之前，几乎每天给我打一次电话，仿佛这是我们廖家人有史以来共同面对的一次紧张的战斗。

档案

我始终不承认这是一次徒劳的冒险，正如我始终不相信命运是会开玩笑的。命运怎么会开玩笑呢？命运是那么严肃认真、白纸黑字地记录在案，老老实实地待在我每天必经的档案库里。命运也确确实实地起到过重大的、极其负责任的作用，这一点，从我堂哥从小被送给别人，到现在又要找回我们廖家就足以证明。

基于某种心理，我只是对我堂哥说："搞定啦，里边的不良记录已经被我冲到马桶里了，想找都找不回啦，要在记忆里才能找回啦！"他高兴得手舞足蹈，连声说："好兄弟，真是帮我大忙啦！"当听到他这话的时候，我的心里猛然一松。我相信我的高兴和轻松跟他一样多。我多次听人说过，亲人之间的感情是有感应的，因为他们流着同一个源头的血，基因与基因之间是会相互触碰的。此刻，我完全能体会到我堂哥的那种如释重负的感觉。它们与我对隐瞒真相的不安如释重负一样多。我是这样说服自己的，无论我怎么说出这件事情，结果都是——解决了。

我堂哥李振声某一天拿着调档函到我们中心办理调档，他轻松得跟别人一样，领取号码，等候。当电子语音叫出他手上的号码时，他是被叫到了我另外的同事的柜台上办理的。那份在这里沉睡了十六年的档案，被一个陌生人堂堂正正地装进一只机要信封，寄往李振声未来命运的归宿地，抵达他要开始的另外一段精彩人生。

很长一段时间以来，我都跟我大伯一样，在做一个梦。只不过，由于这个梦过于现实，因此也显得很真实。我认定李振声有一天会帮我，因为他无论如何都欠我一个人情。我们管山人，一年到头都喜欢做人情。人情不是白做的，是"种瓜得瓜，种豆得豆"的盼头。我希望李振声有一天能开口，让我以便宜的价格买到一套房子。在我看来，他们这些房地产商人，买房子简单得像庄稼人用自家的棉花给自己做棉袄一样。

调走档案之后，我好几次给我堂哥李振声打电话，约他聊天，或者想要去他家玩，他都以刚到新单位太忙为借口拒绝了。再后来，他干脆就将我的电话转到了秘书台的语音信箱。最后一次拨打他的电话号码，竟然是空号。

李振声的档案一转走，只在我们人才中心留下曾经托管的记载了，电脑查找得出的结论是：参数无效。我的堂哥李振声在我的生活中也留下了一个"查无此人"的记录。

有的时候，我会很懊恼。懊恼的时候我做过很歹毒的设想，我想我应该跟那些黑帮电影学一招，我只要告诉李振声，他那一页不良记录我始终没有销毁，我还捏在手上。我可以让它消失也可以让它出现，就好像我手上捏着他李振声的软肋一样，我完全可以把李振声的污点当作"人质"。

我跟我父亲抱怨堂哥。我父亲也没办法，只是连声叹气说："唉，你大伯这个儿子，就是个没良心的东西，从小到大都这样，连人情都不懂。"

我的懊恼无处消散，只好朝我父亲吼了起来："那人哪里懂得人情，他从头到尾就知道走关系！"

我父亲哪里知道，在农村里走人情这种事情，一旦被挪到大城市里，就成了走关系了。而关系是多么脆弱，多么容易断的一种东西啊，它没有什么血缘之分，更没有什么情感可言。它就是屋檐下

档

案

047

的蜘蛛捕食时，紧锣密鼓的一次织网。

今年冬天，我们管山县整个地区的冰雪比任何一个冬天都厉害。据报纸上说，这是五十年不遇的一次灾害。我坐在卧铺大巴上，跟着一连串的车流，在高速公路上排队回家。熬了两天两夜之后，才回到我们梅林村。一看见家门，我觉得我像一个流窜犯，刚刚得以逃脱某种困境。我累得要命，话没多说，一进家就躺在床上睡了过去。

我那一睡把他们都吓死了。我从当天的黄昏时分一直睡到了翌日的黄昏时分。听我父亲说，在我睡觉的过程中，我大伯来看我好几回了，每次我父亲都很不耐烦地像赶苍蝇一样把他赶走。我父亲知道，我大伯就是想来问问他的儿子李振声今年有没有回家。现在我父亲认为李振声一定是我大伯的儿子了，在我父亲眼里，他跟我大伯一样"精巴"。

大年初一一早，我站在门口，看到我大伯穿着雨靴，牵着那头漆着"龙"字的牛，经过我们家门口，往岭脚那边去了。我跟我大伯打了个招呼，大概他没听到，没应我。

我母亲神秘地笑笑，说："又到农安顺家赌去啦，我早就说过，牛归还了他，他总有一天还会去那边的。"

一直到晚上，我大伯都没有回来。在我们要关大门睡觉的时候，我大伯母过来寻我大伯。我母亲没好意思提农安顺，就说："他怕不是又往岭脚去了？"

我大伯母当然明白我母亲话里的意思，但是她很肯定地说："要是那样鬼才去寻他，今早喝了一大口滚油茶，把天堂烫脱了一大块皮，还长出了一个大泡，说是到山里弄草药去了。"我们这里的人将嘴巴里上腭最嫩的那个地方称为"天堂"，一直说惯了，当我给有些同事说起这个名词的时候，他们都觉得很不可思议。农村里也知道这个世界上有个最虚无、最美好、最不可解释的地方叫"天堂"？在他们眼里，农民从一出生到长大，就只会指着看得见摸得着的东西，一路认识过来，一路认识到老。我当时被他们问蒙了。要知道，我打小就把这个看得见摸得着的部位叫"天堂"，而且我也像这里的人一样，认为烫到"天堂"是件非常不吉利的事情。

我们为我大伯整整担心了一夜。我甚至问父亲："冰雪天，豹子不会出来觅食吧？"我父亲没搭话，只是一根一根地抽烟，一夜没睡。

第二天清晨，太阳还没出来，云朵在天上也还慵懒得要命。我就听到了一阵"咄咄咄"的声音，之后就看到我大伯跟那头牛一道，从坡下爬上来了。

一看到我大伯，我父亲就跑到雪地里，朝他嚷了一句："伢子来家啦，还不快跑？"

我大伯一听，像一根点燃了的炮引线一样，窸窸窣窣地燃了起来。他连牛也不顾了，跑得很急，但是却不快，因为地面结了一夜的冰，太滑啦，我大伯跑得很受限制。在他快经过我父亲身边的时候，只听到"噗"的一声，我大伯屁股落地，摔了一大跤。惹得我父亲一阵大笑，他朝我大伯走了过去，一伸手，将我大伯半抱半拉了起来。

我父亲笑得眼泪都出来了。我大伯从我父亲的笑声里意识到这是一个圈套，随后也跟着笑了起来，两人大笑不止。

我母亲看着这一幕，也笑了，她说："这两兄弟，笑得连隔夜的冻鱼都鲜了。"

夜间暴走

她以为是树上那两只打架的松鼠，有一只跌到草丛里了。几分钟之前，她透过书房的窗子看到它们，被追的那只瘦小，尾巴比身体粗壮很多，从香樟树的一根细枝溜过去，像鸟在飞。追它的那只大好些，压坠了那根细枝，滑落到下边的树干上。大的那只不得不费点时间回头找到树干的分权继续往上追。大的那只会不会恼羞成怒？一直坐在书桌前观战的她，忍不住笑出了声。她被自己的笑声暴露了。受惊吓的两只松鼠瞬间忘记了打斗，蹿过旁边矮一点的杨梅树，相继逃往北边那棵高高的银杏树上去了。不一会儿，她就听到楼下草丛"唰啦唰啦"响了几下，夹杂着小树枝折断的脆响。她猜是大的那只掉下来了，又或者它们从树上打到了草丛里。她不打算起身跟去北面的窗子。换在早些时候，她会录视频发给朋友们看。现在，这股新鲜劲儿已经消失。

直到听见男人的声音，她才明白那不是松鼠。

年轻女孩站在北面那扇窗子下边，打着一把透明的小伞，完全没察觉雨已经停了好一会儿。她的白靴子挪来挪去，为了避开脚边的一窝积水，寻找稍微干爽的位置。她朝香樟树下望望，又看看自己脚下。女孩望向的地方，被茂密的树冠挡住了。应敏知道，那里种着一排忍冬草，被修剪得整齐圆润。泥土地跟石板路相交处有一块拐弯的三角区，工人不时会往里边补种几块草皮，到了秋冬季节，草皮就像癞痢一样难看，工人们不得不铲掉它们，填上一些塑料的仿真草皮，以免拐弯的行人不小心踏进去滑倒。现在树叶刚刚开始泛黄，那里的草应该还是真的。

女孩不敢离开，也不愿走近，朝那棵树下喊话："我给物业打电话了，保安很快就到了。"

是的，她已经看到两个保安，正穿过没放水的天蓝色泳池，抄捷径往这边一路小跑过来。她想张口告诉楼下那两个人，保安过来了，但最终没吭声，就那样悄悄站在窗边，仿佛生怕自己暴露似的。

"你过来拉我一下。"晚上，应敏迫不及待地向秦烨说到了上午这一桩事，"那人这样说了两遍。女孩也真是的，这点小事都要打电话叫保安。现在的年轻人，是不是只懂得用手指点外卖？"

秦烨走路很专注，担心嘴里吐出一个字都会影响他均匀的气息。

"你过来拉我一下"，应敏接着又对那人的语气挑毛病，"听起来好像他其实并不需要帮助，倒像是在行使某种权力"。

应敏一个人在那里说。她看不清楚秦烨的表情。小区的地灯都藏在草丛里，据说是为了营造"野趣"的氛围，一盏灯只够照亮一小段道路。

"没毛病，教科书式的做法。"秦烨接了一句，又赶紧闭上了嘴巴。

应敏没料到秦烨会认同那女孩，以她对他的了解，他应该会责怪那人的说话态度，他一向将那些不懂得客气的人判定为自以为是，背地里评价某类人，很多时候会对着那个虚空的"你"声讨："你以为你是谁啊，牛皮哄哄的。"在他步入中年之后，事业开始不那么顺意，他认为所有人都对他牛皮哄哄。不过这种事，如今不在他们较真的范围了。她只好闭上嘴巴，让脑子在一种机械的节奏中得以放空。

晚饭后暴走，是应敏和秦烨的必修课。他们找到了不造成膝盖负担的速度，一圈下来，触一下手腕上的智能表，心率显示在120—130之间。第二圈稍微慢一点，心率数值便下降一点；第三圈又加速，心率数值又上升。如此几圈，让心脏像跳动在某条波浪线上，带领着血液、氧气等，谱写一首气血健康交响曲。这是养生专家刘老师说的话。应敏花688元在抖音上买了刘老师的课。下班后，他们一起听课，一起实践，互相纠正，互相监督，好像回到大学时代，一起泡图书馆，一起吃食堂，一起在夜晚的操场上看月亮，然后偷偷用手"看"对方的身体。他们在一起那么多年，但似乎都没有像现在这般感到彻底地在一起，像是被一团无形的绳子捆绑在了一起。

把孩子送出国后，他们把学区房卖了，换了这个长年挂在公交车站灯箱广告上的"有野趣的房子"。在学区挤了多年，第一眼看到这里，确实是有几分"野趣"——城郊，小区占地够大，自然也舍得"留白"。鱼池、泳池这些标配自不必说，还辟出一大块亲子农耕乐园，家长周末会在那里教孩子认玉米、芝麻、番茄等农作物，蹲在泥土里教孩子用小锄头除杂草。这里没有电梯房，四层高的板房东一幢西一幢，楼与楼互相不照面，用樟树、桂树、棕榈树等隔开几十米的间距。树密，对面楼有谁在大声讲话，闻其声不见其人，有点"云深不知处"的意思。这正是他们想要的。

"从现在开始，我要把大多数人请出我的生活。"入住第一天，秦烨整个人瘫在软塌塌的懒人沙发上，望向阳台外边的绿树，出神很久。当天晚上，置身于一片罕见的寂静之中，他们躺在两米宽的大床上，感觉跟往沸水一样的生活断了片，陌生到不真实。开始，秦烨老觉得身体里会腾起一股尿意，但又不是那种要撒尿的意思，往返几次卫生间之后，好像是终于记起了某种感受。在充斥着清漆、甲醛气味的新房子里，他和她续起了中止数年的夫妻生活。不需试探，没有门槛，他们竟然还能像以往那样行云流水。不一样的是，结束之后，他们不但没有很快睡过去，反而比之前更清醒。促使他们清醒过来的不是做爱这件事，而是他们默契地意识到，一种初衷回归了，他们张开怀抱迎接了它，并将它认定为一种新的自由。

在生活这方面，他们一直很合拍。

他们的爱情始于校园里一场再普通不过的冲突。一次在食堂打饭，一个"大只佬"敲着铝饭盒走到他们排队的那一列，大摇大摆地插入一个明显矮下去的缺口。还没等秦烨有反应，那个矮下去的人，举手拍拍"大只佬"，高声质问他凭什么插队。秦烨这才注意到身前这个只到他胸口的女生。他们共同对付了"大只佬"。从"大只佬"悻悻然离开时的眼神来看，倒不像忌惮秦烨，而是讶异于这个女生满脸写着"你敢侵犯我试试"的勇敢和自信。这是后来秦烨跟应敏说的。他爱上了跟她的体型完全不匹配的勇敢，应敏相信是这样的。除此之外，还有什么呢？她相貌平平，丢在人堆里大概只剩下矮小是她唯一的特征了。

夜间暴走

　　他们同时踏入 1988 年的大学校园，虽然读的是外语系，但很快，他们意识到不是把英语讲得如同母语一样好就能出国。光阴匆匆，机会渺茫，跟那个时候的大多数人一样，他们意识到应该去抓住眼前一些实际的东西，比如赚钱。在校园的墙上、电线杆上，只要稍微留心就能获得某种机会。按照张贴的传单信息，他们骑着不知转了几手买来的自行车，光明正大地从校门骑到社会上去，做家教，偶尔也带些旅游散客，顺便跟老外练习口语。有那么一段时间，他把她送到做家教的地方，再转头前往自己做家教的地方，结束后再来接她。坐在自行车后座，应敏整个人贴着秦烨热乎乎的脊背，一路如同骑行在通往甜蜜生活的大道上。

　　从校园往市区要过一座跨江大桥，桥底下的江岸边，是一片草树夹杂的野地。他们算好时间，骑自行车顺坡溜进那片野地，亲热一会儿，要是恰好四周无人，他们会亲热得更深入一些。他们的第一次，就是在那片野地里完成的。凭借迫切的激情和勇敢，应敏甚至都没感觉到疼痛，倒是那种生怕来人的刺激感让她刻骨铭心。大学最后一年，他们用做家教赚到的钱，在偏僻的郊外租下一间小农舍，偷偷当起了周末小夫妻。这行为在那个年代是过于开放了。多数女生还在琼瑶小说的热吻段落里寻找心跳时，应敏已经大踏步把她们甩在了后面，她追随着他。在如胶似漆的那些时刻，她甚至在心里下过决定，跟他在一起去哪里、做什么都行。她不在意旁人那些复杂的眼光，毕竟长期脱离集体早就使他们成为一对"声名狼藉"的男女。她不见得整天都会惦记那事儿，但那会儿他们的确兴致勃勃。在他们看来，那间砖砌的破旧小农舍里，藏着一个世界，辽阔，深邃，这就是他们当时最能想到的自由了。

那么多年来，在结婚纪念日、翻看旧相册之类的某些时刻，应敏都会记起那片杂草丛生的野地，犹如隔世，心里暗暗诧异当年自己的那些做法，那些被秦烨看中的"勇敢"究竟从何而来。

还没有找到暴走这种方式之前，应敏和秦烨的"运动课"是打乒乓球。在那栋玻璃房一样的会所里，免费为业主提供一些休闲娱乐场地，棋牌室、读书室，甚至还有练歌厅、练舞房。二楼最后的一间是乒乓球室，同向摆着四张墨绿色的球桌，乒乓球弹落到木地板上，会发出结实的"嘚嘚笃笃"回声，在外行的他们看来，球室里有一种专业的档次感。他们当然谈不上什么球技，球来球往，弯腰捡球的次数几乎与挥动拍子的次数同样多，如此个把小时，只是为了出一身汗。抖音上的刘老师说，有氧运动可以抵抗皮囊氧化，促进代谢，延缓衰老，增强活力。精、气、神，这些都是他们眼下迫切想挽留的。

球室每天晚上七点半开放，担心占不到球桌，他们总会早早地拎着球具、毛巾和枸杞水在门口等。七点半，走廊尽头会准时走过来一个人，迈着大八字步，左右手从身体两侧四十五度方向轮流甩出，甩得老远，他人又高，腿又长，甩出来的手臂就好像在身体外挂了两只桨。第一次见到他，他们以为他是物业管理员，或者说是物业请来的教练。他掏出钥匙开门的样子，严肃得就像在开一扇保险柜的门。他对他们一直都没表情，就连他们跟他打招呼，他也只是从鼻腔里哼出一声应答。

见过他之后，秦烨每次照镜子在意一下自己的肚腩，应敏都会安慰他——再大也没有"老腴"大啦。

"老腆"这个外号是秦烨起的,是他和应敏的专属。"腆"并不是形容那人的肚腩,只是一种发音,一种接近秦烨老家方言的发音,专门形容老爷子那种走路的样子。他们都是学语言的,对发音敏感,那方言比"腆"多出一个后鼻音,汉语拼音里没有。即便如此,应敏每次都能很准确地发出这个音。每次说出这个字,他们都会默契地附带出一种情绪,类似于秦烨朝空气中那个虚无的"你"喊出那句:"你以为你是谁啊,牛皮哄哄的。"有几次,在路边远远看到他划着两只"桨"走过来,他们会不约而同低声喊出"老腆",然后发出一阵只有彼此才懂的冷笑。

其实,老腆跟他们一样,也是这里的住户。这个球室得以设立,是他牵头领着一帮人找到业委会,层层攻关申请下来的,算是创始人,物业就委托他掌管钥匙。老腆每天准时过来打球,最早到,最晚走。他的球搭子不固定,但换来换去还是那些常客。事实上除了秦烨和应敏,来这里打球的几乎都是老腆的伙伴们,年龄相仿,彼此熟悉。有的偶尔带小孙子过来玩球,老腆会教孩子们发球,球被挥得满地滚,他也会弯下腰来捡。他长期占据的那张桌子在最左侧,唯独那个墙角有张凳子,看上去是专供他休息的。不打球的时候,老腆就坐在凳子上,看到一记好球,评点一下。更多时候,他跟他们聊天开玩笑,讲一些时事或者旧事,中气十足,声音能盖过那些密集的"嘚嘚笃笃",就算秦烨挑了离他最远的那张桌子,一边打球一边仍能听到他说的那些事情。但老腆从不理会秦烨他们,好像他们就是闯入这里的不速之客。好几次,老腆跑到和他们相邻的那张桌子观战,碰巧他们的球滚到他脚边,他都任由那球朝更远处蹦去。

秦烨不喜欢老腆,甚至还揣测过他是不是在暗中收费,相比他对其他人的态度，他对他们两个实在过于冷淡。他们本来也可以不用在意他，但只要一进到球室，仿佛进入了某个气场，秦烨总会在眼角的余光里看到他，怀疑他一直在盼望他们早点离场。

有一回，连着几天，老腆没出现在乒乓球室，秦烨顿时觉得气氛轻松了不少，休息时还跟邻桌那个胖大爷聊了几句，也可能是存心去八卦老腆为什么没来，暗暗希望他今后也不要再来。

老腆不是因为生病，而是跑广西怀旧去了，约了当年在那里下乡的老"插青"（插队知青），要看看他们一手一脚挖出来的月湖还在不在。

"噢，原来月湖在广西。"秦烨做出恍然大悟的样子。

"对，广西。你也知道月湖？"胖大爷和善多了，浓浓的眉毛里长出几根长长的白须。看起来胖大爷跟老腆最要好，这几天钥匙由他代管。

"老听你们在讲嘛。"

这里边的人估计没有一个不知道月湖的。老腆不时地诉说"革命风光史"时，这个湖总是在里边的。他们还知道老腆在月湖勇救跳水者的故事。一个被老腆称为廖教授的人，正月初一一大早去跳月湖，被恰好经过的老腆从水里捞了起来。

"那水冻得能刺破心脏，游了差不多百把米，到岸的时候，我心想，完蛋了，这次要陪葬了，奶奶的，这英雄逞不得。"老腆讲得一惊一乍，仿佛几十年后他仍可以站在这里自称英雄根本就是个奇迹。

人家忍不住插嘴问他："那廖教授人呢？"

"好着呢，活得比我还好，住大别墅，儿孙伺候着。"老腆掰掰手指头，"得有九十多了吧。死过一次的人，都长寿，您别不信。"讲完，老腆又回过头去补充他在湖里跟死神英勇搏斗的细节，连带着，他又说起后来为了给廖教授弄点营养品，他领着两个要好的知青，偷偷割了农场的两头猪的尾巴给他送去的事。

"那两头猪疼得嗷嗷叫，罪过啊，后来做梦都被猪叫声吓醒。"

"没被抓到？"

"被抓到他还能返城？那时候这样的行为，重一点是要被判刑的。"

"那会儿吃猪尾巴，相当于现在吃人参了吧。我们那个农场，顿顿稀粥配番薯叶，要么稀粥配萝卜干。"

看起来，那些人对割猪尾巴这件事更有共鸣，七嘴八舌地回忆起他们当时因为饥饿去偷鸡摸狗的那些事。

跟那个年纪的多数老人一样，老腆喜欢炫耀过去，但秦烨最受不了他那种轻蔑的语气，好像现在人们获得的一切好东西全是靠他们以前争取来的。"现在的年轻人，真不行。"那个"真"字拖得老长。应敏每次听到老腆这么拉长声音说，都会想到，有可能他从开始就将他们两个划入"现在的年轻人"之列，又或者他认为除了自己这一代，之后的都划入了"真不行"的队伍。

"仔细看看，老腆这类人其实很多。他们也不想想，现在能活得这么好，真的是因为'死过一次'？瞎扯吧！"私下里，秦烨会跟应敏一起分析老腆这种人，拿他跟单位那几位退休多年的老领导做比较，偶尔也会跟几个他计划中要"请出自己生活"的人比照出一些共同点。

夏天才刚刚开始，打乒乓球这项抗衰老运动就有点难以为继了。

"嘚嘚笃笃"打不到几个回合，应敏和秦烨已经大汗淋漓，吃不消了。秦烨检查过空调的几个出风口，动静全无，以为是空调坏了，只好咬牙坚持，权当出汗排毒。但往往忍耐不了多久，他们就会早早收兵。直到有一天，他们打得意志力松动，正想结束的时候，那些老球友三三两两过来了，很快，好像某个机关被触动，头顶有阵阵凉风袭来。秦烨顿时意识到，老腆像指挥官一样摁下了不知道他藏在哪里的遥控器。第二天，在凉风还没有到来的时候，有只球蹦到了桌底的中间段，秦烨艰难地钻到桌底下捡，站直后，他将球拍重重扣在桌上，径直走到老腆跟前问："老爷子，遥控器呢？"说完，他指指头顶。老腆看看秦烨，下意识将一只手搭在自己的肚腩上，好像生怕那地方受到了惊吓。"我不知道啊，这玩意儿，就是自动的。"说完便不再理会秦烨，抬头盯着出风口那排小栅栏，仿佛那里边藏着一个暗箱。

应敏的眼睛一刻也不敢离开秦烨，在某个瞬间，她差点想要冲过去，尽管她还没想好，是去支援还是阻止她的丈夫。她看到他举起的手，用力地甩了出去——是那只白色的球，砸在了某个虚空的地方，发出质地结实的一记响声。

这是他们最后一次出现在球室。

相比打乒乓球，暴走更自由。两个人，说走就走，迈开步子，甩起膀子，时快时慢，不需要他人配合，一切都在自己的掌握之中，唯一的遥控器只握在老天爷的手上——阴晴雨雪，共四档。

应敏喜欢那种夜色中并行的感觉，速度上来之后会生出志同道合的安稳感。渐渐地，他们对夜间暴走有点上瘾。买齐了刘老师推

夜间暴走

荐的装备，速干衣、压缩裤、减震鞋、吸汗袜、护膝、腰包……一式几套。每天，晚饭后一个小时，他们默契地推门出去，好像这种让脑袋空空地在路上转圈的运动，才是一天当中最脚踏实地的生活。他们推掉很多可去可不去的晚饭局，只为了专心赴这种生活的约会。有好几次，他们打着伞在夏夜的暴雨里疾行，觉得终于获得了锻炼意志的机会。八月份到来的那场名叫"烟花"的台风，尾巴刚好擦过他们居住的这个城市。"烟花"暴走在他们小区时，没挟雨来，他们两个全副武装，台风打乱了他们的速度，智能表上的数值一派凌乱，但他们走出了壮士般的豪情。一路上，落叶、断枝"尸横遍野"，除他们之外看不见第三人，连时常横窜过路的野猫也没了踪影。他们顶着风，艰难走完规定动作，如同赢了一场报复性的战斗。这算得上是他们夜间暴走活动中的一个里程碑。

他们还加入了"抱息团"。刘老师直播间粉丝有50多万人，但"抱息团"里只有1789人。这1789人除了购买刘老师的课，还办了团卡，一年365元，成为刘老师的VIP客户。VIP可以在群里向刘老师请教养生的知识，每人每月有四次提问的机会。刚加入群那会儿，他们不浪费提问的名额，总要问这问那——血压时高时低与暴走有没有关联？更年期胸闷气短应该怎样缓解？如何只针对肚腩减肥而保留其他部位的脂肪？甚至，他们会请教一些健康膳食的搭配方案。不过他们倒不会像有些人，不避忌隐私，直接问一些具体的治病方案，例如前列腺肥大、脂肪肝、糖尿病乃至盆底肌松弛漏尿等，这些问题刘老师皆统一回答：建议到正规医院问诊，这里只治未病。

很快地，他们就没什么可问的了。之所以还会每天花一元钱待在里边，大概只为了看到自己的步数、配速等数值的排名。这个自动更新的榜单，几乎每天都有不少于 500 人在列。应敏和秦烨的成绩不俗，一般不会跌出前 50 名。秦烨有过几次获得冠军的记录，这些高光时刻都被他用手机截图保存下来，并晒到朋友圈。靠前的那几十位跟他们一样，属于暴走上瘾一族，稳居榜单，雷打不动。其中，有那么十来个人，更是"抱息团"里的活跃分子，天天在群里聊得火热，还会晒身边美食美景的随手拍。应敏只旁观，不爱搭话，倒是"火华"，不止一次跟那些人分享八月在"烟花"中暴走的经历，接着势必收获很多竖起的大拇指。有一次，"火华"又说起这段经历，有个叫"Vinson"的跳出来说："不该在这种极端天气进行户外运动。""火华"就在群里跟"Vinson"打嘴仗。两人越吵越厉害，但没有一个人跑出来劝架。每发过去一句，秦烨就愤愤地跟身边的应敏讲："这哥们有病啊？真理就握在他一个人手中？他敢对我讲一句脏话试试看。"应敏觉得秦烨实在太无聊了，难不成他会跑去找"Vinson"打架？他连"Vinson"是男是女都不确定。最终，刘老师在群里丢出一句"戒暴怒以养其性，省言语以养其气"，无任何立场地结束掉这场嘴仗。

秦烨在"抱息团"里应该算得上是个人物了，具有一定的号召力，不时提出一些意见和建议，往往会得到一些人的附议。比方说，他会突发奇想，提议建立基金会，众筹，然后选择一个城市，举办一次集体暴走活动。于是，整个晚上，那活跃的十来号人就因集体暴走生发出很多联想，漫无边际，不切实际，权当闲聊。到睡觉之前，话题变成了各自居住地的比美。

令秦烨引以为壮举的，是他牵头将"知恩"踢出了"抱息团"。

那个叫"知恩"的，不知道什么时候进的群，话不多，但不时会转发一些心灵鸡汤的文章，夜深人静时，还会发些录制的雨声供大家助眠。说实话，那些抒情文字跟雨声一样，湿漉漉的，读来的确给人一种岁月静好的感受，应敏还蛮喜欢点开看的。但秦烨看不起这些东西，觉得这人在虚情假意地说教。尤其发现"知恩"对暴走根本一点兴趣都没有，他更觉得这个人待在群里格格不入，仿佛暗藏某些企图。刚开始，秦烨猜"知恩"是为了交际，或许是为了工作的某些需要，类似推销保健品之类的，也有可能是为了找另一半——不知什么原因，秦烨认定"知恩"是位女性，而且是位独居女性，至于离异还是丧偶就说不准了。直到有一天，"知恩"在群里发了一条求助信息，大意是自己15岁的女儿确诊白血病，化疗6次，花掉30多万，骨髓移植花了60多万，家里所有积蓄和借款都花光了，现在面临并发症治疗的昂贵医疗费，走投无路了，在此求救于好心人。接着这条信息后边，连续发出了好几张医院治疗诊断和缴纳费用的图片，最后一张，是那个15岁女孩躺在病床上的照片，因为过分消瘦，她的眼睛显得奇大无比，空洞地看着前方。应敏从没见过人竟然会有那么大的一双眼睛，有点骇人。

奇怪的是，这些信息发出很久，后边都没有一个人接话。那些几分钟前还在聊吃聊喝的活跃分子，好像突然被什么东西驱散了一样。

秦烨看到这些信息的时候，已经是"知恩"的第二次转发了。他对应敏说："你看，我就知道，终于露出原形了。"他用手指不断往上滑，好像在仔细做着某个调查。距离"知恩"第一次转发，时间已经过去四个多小时，其间没有一个人接话。只有一个叫"小猪"的来问刘老师，上次在他那里购买的速干衣小了一码，怎么换？刘老师很快给出了解答。

"知恩"那一大串求助信息，仿佛挂到了宇宙。

"您的点滴帮助，将是我女儿奔出死亡绝路的一双跑鞋！"秦烨大声念了出来："嗯，这文案写得不错，是花了心思的。"接着，他丢了一张刚才暴走后拍的照片进群。刚好有几片枫叶落在了路灯的玻璃罩上，红彤彤的，他用手机拍了下来，滤镜处理一下，使背景完全虚化，只剩那几簇红影，就像荒野里燃着的一团篝火。很快就有人对照片开始赞美。群里忽然之间又恢复了往日的气氛，发出来的各种随手拍三几下就淹没了"知恩"。

再次看到"知恩"转发的求助信息，已经是第二天了。好像这一大串信息会赶人，它们一出现，"抱息团"便沉寂下来。

转到第四遍时，"火华"忍不住跳出来，@了"知恩"：请不要在群里发这些乱七八糟的东西，这里不是你做生意的地方。

"知恩"并没回答。第三天，那串信息又浮现在群里。

"火华"终于发火了。这一次，他@了那些平时聊得比较多的，一起要求群主出来"净群"，否则他们就集体退群。

于是，那些人就开始声讨"知恩"的信息。有的说一大早看到这些信息就感觉整天的霉运开始了，有的在积极给这些信息打假，更多的人开始列举一些被碰瓷、受骗的亲身经历。七嘴八舌，讥讽加谩骂，一时间如同暴走般痛快。

最终，刘老师被"炸"了出来，他对"知恩"讲："您好，我们这里不是公益群。您的情况可以向水滴筹之类的组织寻求帮助。您在这里交的入群费，我会在后台悉数退还。"末尾加了个作揖的图案。

从此，群里再无"知恩"。

有那么些个失眠的夜晚，应敏被秦烨震天响的呼噜声困扰，她会戴上耳机，调出她保存下来的"知恩"的那些雨声。是那种完全没有修饰过的雨声。雨水打在屋顶上、树叶上，没有高低起伏，一直就那样没完没了。很奇妙地，雨声反倒使整个黑夜静默了下来。应敏闭上眼睛，仿佛能看到那些密集的雨珠，在漆黑中闪闪发亮。在这种静默中，应敏会想一下那个叫"知恩"的人。不知照片上的那个大眼睛的女孩是否还在，抑或压根就没存在过。但无论如何，这女孩是她对"知恩"唯一能对应的具体形象了。

现在，他们不再需要不时点开腕表查看数值，他们对暴走的节奏控制得像钟表一样准确。除了鼻腔在呼吸之外，他们在夜色中不发出任何声音，不做出任何表情，就像一对在小区梦游的人。通常，走够步数后，他们会缓缓地再来上一圈，相当于做整理运动。这一圈神清气爽，应敏会挽起秦烨的手，不时想到余生会这样过完，说不上来是好是坏。好像他们晚年生活的计划并没有把儿子算进来，尤其听到儿子最近交了个希腊女友，他们更暗自预感到，余生应该就是两个人，一圈一圈又一圈，在这个充满"野趣"的地方完结。

他们并不保守，年轻时选择学外语专业，大半是想到外边的世界闯闯，但这想法在大学校园里就改变了。当初，决定送儿子出国，他们甚至有过争论。从银行里转出60万元给教育中介办出国手续的时候，秦烨严肃地告诫儿子，别光顾着玩，得学点东西回来。至于回不回来，他的态度倒没那么强烈，重点在说"玩"。儿子的确爱玩，出去三年，一次都没回过家。每到一个地方，他会拍些视频发给应敏看。凡尔赛宫、尼亚加拉瀑布、黄石公园、狮身人面像……

好像出国主要是为了打卡全世界的风光。视频全被应敏保存了下来，这些年轻时她奢想过的地方，现在，只是因为儿子才跟自己又有了一点关系。想念儿子的时候，她会反复看这些视频，相比儿子身后那些大名鼎鼎的地方，她更羡慕那张年轻又兴致勃勃的笑脸。偶尔，她也会放给秦烨看，往往没看完，他就不耐烦了，几乎咬牙切齿愤愤挤出一句："满世界跑，真有能耐，也不想想是谁给他创造那么好的条件！"或者用他家乡的土话来上一句："牛耕田，马食谷，老窦揾钱崽享福！"好像他这么一讲就会败掉谁的兴致似的。应敏习惯了他这个样子，不理会他，在心里笑话他嫉妒儿子。她照样会抓准时机帮儿子讨旅游的盘缠，比如像现在这个时候，手挽着手，放松呼吸，说着些可有可无的话。

这次儿子要5万元，先去冰岛，之后整个假期都会待在希腊女友家。他们的钱都存在一块儿，两人有一种取大钱必互相通报的默契。5万元，对他们来说是大钱。应敏还没想好怎么开口，就看到了那座亮晶晶的玻璃房，一群人正从大门口陆续走出来。是乒乓球室里的那些人。秦烨一眼就认出了那个胖老头。

那群人从明亮的地方，三三两两，渐渐走进了暗处。听不清他们在谈论些什么，远远看去，就好像刚从电影院散场出来。

"好像很久没看到老腆了。"

老腆的确不在那群人里边，他那个大摇大摆的走路姿势，用秦烨的话来说，"化成灰都能认出来的。"

那群人已经绕过会所门口的大花坛，朝着他们的反方向走远了。他们又回过头去找，确认老腆不在那里边。他们并没有看到暗夜里那两道荧光杠。

夜间暴走

打球那会儿，他们就注意到老腆喜欢穿那种运动裤，阔直筒，踝关节处束脚，两侧带着两道杠，黑色的裤子配两道白杠，灰色的裤子配两道黑杠，他不经常穿的还有一条白色的，配着鹦鹉绿色的两道杠。他们私下嘲笑过他，认为这些与他年龄不符的裤子是他的儿子或者孙子淘汰给他的。直到有一次，他们在暴走的时候，见老腆划着两只"桨"朝他们迎面走来，暗夜中，发现那两道杠竟然会发光。他们才意识到，是那种反光贴条，类似于夜行者的安全服，让人看见黑暗中的自己，也让自己被黑暗中的人看见。这么一看，在暗夜中走路的老腆，倒像是一条挂着航标灯大摇大摆夜巡的船。他们被这会发光的神器逗乐，待老腆巡过去不远，终于忍不住爆发了笑声，那笑打乱了他们匀整的标准呼吸。后来，他们还无聊地考究起那两道杠的发光原理。应该是利用光的反射，类似于高速路上的反光牌、斑马线上的交警制服以及环卫工人衣服上的反光布，但他们弄不懂究竟那是什么样的材质。应敏对那次讨论印象很深，因为在他们说过后不久，她用手机刷抖音，鬼使神差，竟跳出一个老专家，隔着屏幕给她分析反光条的回归反射原理。大致是反光布上合成了许许多多球形的微粒，每一颗微粒将接收到的光反射出去，于是，许许多多的微粒在暗夜中聚合成了霓虹一样的光。应敏对回归反射原理并不关心，她怀疑手机窃听了他们的对话，庆幸手机没有对他们嘲笑老腆的那些话做出任何回应。

"那果然就是他了。天啊，我还以为那个人不是他。"

"哪个人？"

早些时候的一个下午，应敏两只手拎着从超市买的菜，刚进小区大门，看到前边有个人，高高大大，像是在走路又像是在等人。他每走一步就停顿一下，好像走完一步便需要想好下一步怎么走。多看几眼，她才明白，他身体右侧其实是僵硬的，停顿是为了调整好身体，左边小幅度甩出去的手，要等一等僵硬的右边跟上。这样的老人她见过不少，不过他并不像其他人那么歪歪斜斜，也没那么吃力，他的身板还挺得很直，运动款的衣裤显得他精神抖擞，要是不注意，你只会认为这是一个在慢悠悠走路的老头，走那么慢只是因为路边有什么引起了他爱看热闹的兴致。她加快脚步，迅速地超过了他。

"老腆中风了，走路不利索。"

"啊，太好了！"

应敏突然被吓了一大跳，朝秦烨背上重重地击去一巴掌，不假思索地，如同被某种本能驱使。

他应该是认为又可以重新回球室打乒乓球，才会冲口说出那样的话的，肯定是这样的。每次，应敏只要这么一想，就觉得这话没什么大不了的。就像在更早的时候，两只松鼠在树上打架的那天，她也是这么说服自己的。两个壮实的保安，穿过没放水的天蓝色游泳池，很快就会到达，没准等自己穿好衣服，穿好鞋子，然后将门反锁好，下楼到那棵树底下，那人应该已经被保安抬走了。这些她没跟秦烨说，当时他们正在暴走，秦烨害怕说话会影响他的气息。她也就没接着告诉他，其实那天她从窗子下茂密的树冠里，找到了一个巴掌大的空隙，看见了那条黑色的运动裤，贴着两道白杠，她一看就知道，在夜色里它们会反射出那种亮眼的光，尽管那时候，它们看起来只是两道普通的装饰。

应敏有很多机会说出这些，他们两个日日相对，夜夜并行，但他们后来始终没再谈起过老腆，仿佛那人已完全隐没在夜色深处。

金　石

一

婚礼进行得有点儿慢。不是有一点，而是太慢。母亲赵佳露和女儿蔡文静站在台上，不时交换着眼神，这眼神里都有着一致的焦灼和无奈。

母女俩，一个喜欢穿袒胸露背的性感白婚纱，一个看上一条淡青色的洋装裙子，所以，她们最终决定采用西式婚礼。

为了这场婚礼，母亲赵佳露资助了一万块，洋装是她自己挑的，菜谱也是她自己订的，连老蔡的西装和领结都是她指定的。她私下想，就当弥补自己这辈子从来没捞着举办的婚礼吧。

可是，这西式婚礼也太繁文缛节了。观赏新郎新娘生活的 VCD，证婚人发言，新娘新郎宣读各自的结婚感言、交换戒指……一系列麻烦事。每一个步骤结束，下边二十八桌三百多位客人都报以热烈的掌声。要不是在一个喜宴上，还蛮像开大会的。台上站着的老蔡，听到几百人的掌声，心情紧张。他从矿产局退休后，好些年没开过大会了。

司仪终于请到老蔡代表家长发表感言了。蔡文静和赵佳露顿时松了口气，她们问过了，等老蔡一讲完话，就会开香槟、切蛋糕，台上的部分就算是结束了。

老蔡说，他"简单讲几句"。可没想到，老蔡是这个婚礼上闯出来的一匹"黑马"。他一讲，就讲了快二十分钟。

老蔡讲了什么呢？讲人生。讲女儿女婿未来的人生。刚开始，还讲得情真意切，完全是一个做父亲嫁女儿的复杂情感的流露，听得台下人不时动情鼓掌。可是，讲着讲着，老蔡完全脱离了自己的腹稿，语无伦次地啰唆起来。他希望女儿结婚以后，好好做家务，努力上班，认真学习科学发展观，构建和谐家庭；他又希望女儿勤俭持家，少购物，可买可不买的东西还是不要买，多研究菜谱，慢慢过日子……老蔡想到什么说什么，几次词穷，却又紧紧抓住话筒不舍得放。

司仪好几次试图打断老蔡，又被老蔡抢了回去，弄得台下的人看闹剧般哗然。赵佳露和蔡文静干着急，恨不得不顾一切礼仪将老蔡的话筒抢走，并且一把将老蔡整个人都拽走。

只有那个很早就失去双亲的新郎屠庆民，站在新娘身边，认真地听老蔡讲。屠庆民的心情也很复杂。今天是他成家的日子，他结束了吊儿郎当的单身生活。蔡文静说："男人结婚之后，就要有责任感了，要把整个家都担当起来。""责任感"三个字，把屠庆民对婚礼的情绪搞得怪怪的。他不明白为什么老蔡也表现得怪怪的，但正是那复杂的情绪使他静下来，觉得老蔡的每句话都说得十分有道理。

金石

"人生啊——很像拉大便，好多时候，你尽管很用力，结果出来的却是一个屁……"老蔡这一神来的幽默，终于把满堂的人都惹得不顾一切地爆笑起来。

蔡文静眼看就要哭出来了。赵佳露终于露出了平日生活的一贯本色，提起那条及踝的美丽长裙，恶狠狠地走到老蔡身边，一把将话筒抢了过去，目露凶光，深深地"剜"了老蔡一眼。

"对不起，对不起大家啊，我们老蔡喝多了，话多了，话多了……"赵佳露堆着笑容朝台下道歉的同时，司仪在一边配合地开了香槟——"砰"……

婚礼上的不合拍，使老蔡彻底成为一个与母女俩格格不入的人。现在，她们很多活动都不带老蔡玩了，她们觉得老蔡"煞风景"。其实，这么多年来，相比母女俩对生活风风火火的态度，对物质扑面而来的盎然兴致，老蔡那慢悠悠的生活脚步，以及他对有关消费和享受一切事物的消极态度，本来就不协调。老蔡的这种不协调，赵佳露认为，是他三十多年前在地质队工作期间，在那矿井巷道里，脑筋被炸药爆炸震得少了一根。

那次炸药爆炸，倒没死人，就是让包括老蔡在内的二十来个人，在井下被生生关了一天半。在井下漫长等待的过程，老蔡每每跟人说起来，都有如死过一次——整个人只剩下一副轻飘飘的魂，最难受的是，在黑暗中，脑子总被一道刺眼的白光照着，从没被照得那么清清醒醒的，他感到这个世界不要他了，把他放在一个孤独的月球上。那是二十世纪七十年代，老蔡挖金矿却挖出了登月的感觉，可是，谁也理解不了他的这些感受啊，所以，他跟人说那场惊险的事故时，听者都不知道从何回答他，只好说："万幸啊，万幸啊，人活着。"

人是活着，可活下来的老蔡跟换了个人似的。事故发生后的那年春节回家，赵佳露头一回感到，在他们长达八年的两地分居生活里，她等回了一个陌生人。不仅是赵佳露，当时四岁的蔡文静，从幼儿园回家，一见老蔡，就往邻居家溜，还跟人家说，妈妈床上坐着一个奇怪的叔叔。要说这个奇怪的"叔叔"还真是奇怪，他在家里没住几天，就感到浑身不舒服，他对赵佳露说，他想搬到离家不远的那个华安旅店去住，每天可以步行回来看看她们母女俩，吃吃饭什么的。赵佳露一听这话，顿时感到天崩地裂，以为老蔡要抛弃她们娘儿俩了，想到一个寡妇拖着一个四岁女儿的艰难时世，她一哭二闹三上吊，吵得左邻右舍都跑过来，人人谴责老蔡，最终才平息了这事情。

当然，炸药爆炸也给老蔡一家带来了好处——终于结束了漫长的两地分居生活。老蔡从地质队调回千江市矿产局当质检员，坐在实验室，从十万大山的各个矿井采集到的矿物样本里，找出有价值的矿物质。一年一年过去，越来越多的人夹着包包跑到他的实验室，摸出条香烟或者捞出瓶好酒，很私密地小声问："老蔡，这批样本里，有没有金石？"那架势，似乎有没有金石根本不重要，重要的是老蔡的态度。不过，老蔡坚持实事求是的作风，就算到最后，那些人从包包里摸出一沓钱来，他也不合作。他知道，那些来找他的人，凭借他做出的检测报告，就可以让政府招标挖矿，含量越高，用的金钱力度就越大，至于到底最后挖出来的结果是怎样，是一堆烂石头还是一堆狗屎，他们才不管呢。开玩笑，金石啊，哪里有那

金
石

071

么容易就采到的？有的人冒着生命危险去找都没找到！

"你可以跟老婆不合作，跟女儿不合作，跟全世界的人都不合作，就是不能跟钱不合作啊。老蔡你这样的人，对于整个家庭来说，太没有责任感了！"

赵佳露这样的话，在老蔡一辈子的人生道路上，就像雨后春笋般，不时地冒出来。

老蔡再明白不过了，赵佳露眼里和嘴巴里的"责任感"，其实所指的仅仅是这个世界上流通最广泛、最迅速的东西——钱。只有能挣钱的人，责任感才强。哼，老蔡心想，钱算老几？钱不过是金石的孙子的孙子的孙子的孙子……金石早在二十多亿年前就已经存在了，那个时候，钱跟人一样，还没开始第一步的进化呢。唉，真没想到，老蔡眼见的这几十年间，钱跟人一起，进化得麻溜地快，快到要超越那二十亿年了！不过，人活在世，老蔡又怎能不知道钱的好处？只是他除了检测矿石，其他来钱的门路也一概不会啊。所以，老蔡只好选择了鸵鸟心态，把头深深地埋在自己的世界里，就好像自己压根儿就没从当年那个不见天日的巷道里逃脱出来。

直到若干年以后的某一天，赵佳露才似乎明白，老蔡之所以对那些急吼吼地来找他鉴定金矿的人总是抱着排斥和鄙夷的态度，还是因为那场爆炸事故。

那个当年跟老蔡一起被关在井下的老地质队队长，有一天摸到千江市来，找到老蔡。就像生死之交的一次重逢一样，老蔡把老队长请到了家里喝酒，并且坚持像过去在野外作业一样，用口盅喝。回首往事，在半醒半醉之间，总算让旁边的赵佳露听出了个秘密：当年的那次爆炸，实际上是地质队队长带领二十来个队员的一次违规操作，目的就是深入一个被他们鉴定为含有金矿的地方挖金石。谁知道，出事故了，金石没捞着，那支地质小分队的队员还被组织遣散到各个地方去了。这事表面上是没有再追究，实际上，老地质队队长神秘地告诉老蔡——都被记录在案了。老地质队队长退休之后，到各个城市试图找回当年那批参与的队员，目的就是印证一个事实——他们都接受了秋后算账的命运，几乎没有一个在矿产单位里升官。当然，老蔡的命运也有力地支持了老地质队队长的判断。

"奶奶个熊，这回死也能死个明白了，居然是这样的搞法！"老地质队队长比老蔡年长四五岁，却满头银发，老得厉害。似乎他花了半辈子的脑筋来研究这件事情。

赵佳露了解到这个秘密之后，很奇怪地，心里历来对老蔡的抱怨竟然减轻了些，她顶多把老蔡对金钱和物质的轻慢，视为老蔡"一朝被蛇咬，十年怕井绳"的胆小。她只好认下了这个宿命。

照道理，赵佳露既然认下了不能大富大贵的宿命，就应该顺应老蔡的生活宗旨——"安心过小日子，慢慢过，好好过。"可赵佳露偏不能那样，她是个急性子的人，恨不能一天当两天用。退了休，她更是把节目安排得满满的，锻炼、采购、弄保健品、自制滋补膳食……女儿结婚之后，她还热衷起旅游，跟着旅行团，当然有时也跟女儿结伴，在祖国的名山大川前留影。她说："这个时候不出去走走看看，等老了走不动了，就来不及喽。"老蔡却并没从她的旅游中感受到多少对祖国山河的热爱，只是感到她对某地特产和旅游纪念品的狂热，以及她对照片里的那个自己的欣赏，仿佛只有在照片里，她才能感觉到时间的停留。

如果说，老蔡是墙上那只老钟的一根分针，那么赵佳露就是那

金

石

073

根每每超越他，并且只肯在他身上停留一秒钟的秒针。就像秒针嘀嗒嘀嗒地过日子，分针嘀……嗒……嘀……嗒地过日子，日子长了，人们也就习惯为一种不搭调的存在了。

老蔡偶尔也会劝劝赵佳露，有话慢慢说，有事慢慢做，甚至，有饭慢慢吃。人不能急，人一着急就容易上火，容易患心脑血管病。这些话每每遭到赵佳露严厉批判，而且，她最喜欢拿对面楼阳台上那个胖婆婆来当武器。她说："老蔡，你难道没看到，万爷爷死了之后，胖婆婆就把客厅里那张双人皮沙发摆到阳台上来了，为什么？就是因为她一个人哪都去不了啦，待在客厅又难受，只好把沙发搬到阳台上，天天坐在沙发上看风景，看人，顺便等万爷爷哪天把自己也接了去！人啊，只有在等死的时候，才会慢慢等，才会嫌一生太长……"

一讲到死，老蔡往往没了声音。对于一个得以从矿难逃生的人来说，死的滋味就如悬在鼻尖的异味，哪里会忘掉！只不过，在如今的老蔡看来，那滋味绝对比不上被抛弃在一个孤独星球上难过。

二

女婿屠庆民一"加盟"到蔡家来，老蔡作为男人这个物种，更是彻底丧失了其性别的魅力。

女婿是千江市电力局的办公室主任。赵佳露给女婿的工作职务这样定了个位——办公室主任啊，就好比过去宫廷里的大内总管，管花钱，管公关。然而，这个大内总管在蔡家却不管花钱，只管往家里拿钱。每次，女婿从外边应酬回来，上交一个小信封，一沓购物券，一袋礼品，或者搬回公家请客时喝剩下的洋酒、鲍鱼、燕窝之类的好东西，有的时候还将举办活动时用不完的礼物纪念品大包小包地拎回家。七七八八的，都让赵佳露母女高兴得合不拢嘴。要知道，这些额外的进账，几乎是蔡家几十年来，吭哧吭哧正常收入以外唯一得到的"不义之财"。

说到底，有的人对"不义之财"有着永远无法熄灭的热爱。女婿对这个家庭做出的贡献，迅速使他这个孤儿成了蔡家的"掌中宝"。他们对女婿照顾有加。女儿负责在网上找一些成功男士养生的食补方子——补肝的、养肾的、去血脂的、消疲劳的……应有尽有；母亲则负责将这些方子实现为一罐罐精心熬好的汤或者一碗碗内容考究的中药。老蔡的任务呢，就是在女婿应酬到深夜回家的时候，将这些好东西放到微波炉里加热，监督女婿喝。反正老蔡进入六十五岁以后，从来只会晚睡早起，黑夜成了他的半个"老伴"。

每当屠庆民满身酒气地回家，他看到老蔡打开那盏佛手形状的小顶灯，坐在饭桌前，边读晚报边等自己，他的心头就发热，无论再累，都会在老蔡的身边停留一会儿，跟老蔡说说话，邀请老蔡一起分享桌上留给自己的那些"好东西"。

八岁时，屠庆民的父亲就去世了，直到三十五岁才又有了老蔡这个父亲，所以，"爸爸"这简单的发音，在他嘴巴里曲折了起来，他总是"阿，阿爸"地叫老蔡。

跟"阿，阿爸"老蔡聊天的时间不是很多。一来屠庆民日常工作繁忙，二来屠庆民觉得老蔡不爱跟人交流，除了婚礼上那一番失态的啰唆，他再没听到过老蔡说那么大篇的话了。

两个男人，在寂静的深夜，趴在饭桌上喝"好东西"的时光，

金

石

很长时间以来带给屠庆民一种特殊的幸福感。这些时光，老蔡会安静地聆听女婿应酬回来，乘着酒兴，对工作、对社会的一些事儿大发牢骚，对某个领导或者某种做法义愤填膺，甚至还会沮丧地谈到人生的无奈和无意义。

老蔡从女婿的话里频繁地听到"累"这个关键字。与其说女婿在跟自己诉苦，还不如说女婿向自己"诉累"。老蔡心想，哎呀，还得了，年纪轻轻，就感到人生负累了！再仔细看女婿那通红的脸膛，那随着喘气起伏不休的"啤酒肚"，以及躺靠在椅子上完全散架的整个身体。嗯，看起来，这孩子是累得不轻。心下自然是对女婿产生了一种怜爱——唉，怎么说都比自己上班那会儿累啊，要这要那，还真不是一般的累啊！

当然，女婿的牢骚话，说过就过了，也不会再从老蔡的记忆里搬运出去。对面的老蔡像个空空的老矿井，将屠庆民一番番痛快淋漓的话全收纳进去。

老蔡也会跟女婿讲讲自己，讲遥远的过去，似乎从一潭黝黑的深水里，随手能摸出些闪亮的石头来，有趣极了。屠庆民在外头结交五湖四海的人，也听不到这样有意思的事情。尤其是老蔡从前辗转十万大山的地质队生活。这也是屠庆民最感兴趣的部分。

还没跟蔡文静结婚的时候，屠庆民就知道自己的未来岳父是矿产局一个经验丰富的检测师傅，不仅经验丰富，而且还是一种"稀有金属"——"又臭又硬，怎样都不受腐蚀。"这是蔡文静说的原话，她说她老爸一辈子，除了懂看看矿石，屁都不懂，除了按部就班挣那点可怜的工资，多一分钱的进账都捞不着。蔡文静还说，她老妈说她老爸是在那次矿难事故里，脑袋给震坏啦，嘿嘿嘿！蔡文静笑得诡异，再也没对那次矿难多说什么。搞得屠庆民心里充满了好奇。直到结婚之后，蔡文静与屠庆民身心终于合二为一，屠庆民成为蔡文静在这个世界同穿一条裤子、比自己亲爸还亲的人之后，有一次，床第之事结束了，两口子躺在床上闲聊，屠庆民才知道，岳父在三十多年前经历的那次矿难，是由于他跟着一班地质队队员私采金矿，操作不当引发的。

了解这个原因后，屠庆民再看这个木乎乎甚至小心谨慎的岳父，顿时感情丰富了许多。就好像对一个参加过一场失败"革命"的老兵一样，内心充满了同情。可是，对这个才相处不到两年的"阿，阿爸"表达这种同情，无疑跟这个结巴的称呼一样不容易。屠庆民只会在某个应酬回家的夜晚，仗着酒的豪情，从口袋里掏出千儿八百的，装作很随意地塞到老蔡裤兜里，无所谓地说："阿，阿爸，这是我今天得的一笔劳务费，稍少点，拿去当零花。"

刚开始，老蔡很是被这样的举动惊吓到。他不明白女婿为什么要给自己钱，一直以来，他都是上交给蔡文静或者赵佳露的呀。为了这些红包，老蔡还跟女婿"打太极"，推来让去的。几次推让无效，想到这些钱是自己女婿给的，是一片孝心，老蔡也就不再"挣扎"了。

老蔡的这些额外收入，照女婿的话来说，是老蔡的"私房钱"，天知地知你知我知。这是两个男人之间的秘密。秘密守久了，彼此就会加深信任，即便是两个相处了不到两年且年龄相差了三十岁的男人，又即便这两个男人在平日里，只有不多的一些深夜独处和交流。

有天晚上，边喝着鸡骨草老火汤，老蔡边跟女婿谈起了那场该死的爆炸。

那是 1978 年的夏天，第八地质队三分队发现了峒云地区一处含金矿石的山矿，三分队的二十二名队员在队长九叔的带领下，在一个深夜下井，试图将最近的一处矿井打通采集金矿。没想到，专门填炮泥的老六并没参与这次行动，改由另外一人来操作。在填炮泥的过程中，那个人因为用力过大，压爆了雷管，导致了一场意外的爆炸。

"阿，阿爸，当时，爆炸之后，很恐怖吧？"屠庆民在新闻上看到很多矿难报道，幸存者回忆起当时的情景，啃泥巴、喝自己的尿等，虽不能亲身体会，但想想都觉得可怕。

"你说恐怖不恐怖？几十年过去了，我都没从这个阴影里走出来。年轻时候的我，大碗喝酒，大口吃肉，身体强壮，胆子又大，在巷道里，可以干活几天几夜不睡觉。现在，你看，我这个样子。唉，人胆子一小，就什么都小了！"老蔡连连叹息。

的确，老蔡所描述的那个年轻时的自己，跟眼前这个瘦弱、寡淡的老头儿，一点都联系不上。屠庆民不忍再问下去，只好安慰老蔡，说："现在这个样子也不差啊，平平安安的。"

"唉，要不是当年的失败，哪会是今天这个样子？"

老蔡的弦外之音，让屠庆民很迟疑，他想着，是否要跟老蔡聊聊过去那次私采金矿的行动、策划。但是，他有点怵。只好运用起了他办公室主任一贯稳重的行事方式，采取了迂回战术。

"我就弄不明白了，要说当年，你们也是一支专业队伍，怎么就会失手呢？"

老蔡眯着眼睛，朝阳台外边的黑暗深处望过去，似乎到了那黑暗里，就能抵达他的记忆，那里就是他风餐露宿的深山老林，钻过的巷道，爬过的矿井。

半晌，老蔡才把目光收回来，停留在女婿的脸上，语气里充满着迟疑，说："一切部署都没问题，你信不信？问题就出在那该死的炮眼上！"

屠庆民一脸疑惑，疑惑得很真诚。

"老六当时没听我们的劝，所以没参加，填炮泥的人，换了我！"老蔡似乎费了好大劲，才从自己那口记忆的深矿里，捞出了一个连自己都不愿意面对的事实。

天哪！肇事者竟然是老蔡！这真是一个惊天的大秘密！不，这已经不再是一个秘密那么简单了，这是一个隐私。屠庆民可以肯定，整个蔡家，除了自己和老蔡，绝对没有第三人知道这件事。

显然，这个隐私比屠庆民从蔡文静嘴里得知的那个秘密，更令人感到不安。老蔡那至今仍然不肯放过自己的表情，被屠庆民看到后，心里竟隐隐作痛。于是，他赶紧低下头喝汤。

那晚，老蔡干脆讲起了他当时填炮泥的情况。听得出来，这是一种未经整理的，等同于即兴的，完全脱离了腹稿的，想到哪说到哪的讲述。有很多地方，说到结果，又跳回去说前边的原因，仿佛老蔡捡起的，是当年被炮弹炸飞的记忆的碎片。

"往炮眼里填炮泥，用力大了会压炸雷管，用力小了又会留有罅隙。唉，不熟练的人，哪里有那么好掌握。"老蔡仿佛多年后面对一个审判官，诉苦，申冤。

讲了那么多，老蔡却始终没有提到这次采金矿的主要目的。这似乎才是老蔡一辈子死守的秘密。

屠庆民只好把这个公开的秘密依旧当成秘密，永远地埋在他和老蔡两人之间，谁也不敢再去开采。

金
石

在这个世界上，秘密其实是块宝，也像是埋藏在矿洞里的金子，一旦你知道了它的存在，就算做出再危险的举动，都不觉得那算什么了。屠庆民很多时候想，岳父老蔡年轻时候的那一次冒险，要是成功了，谁会称它为一次冒险呢？人们通常只会将它称为"安全着陆"。这个词目前在他们圈子里很流行。前些日子，他们电力局老局长终于熬过五十九岁"鬼门关"，六十岁一到就光荣退休了，老部下们捧着鲜花来欢送他，高高兴兴地祝贺老局长"安全着陆"。

谁说不是呢？人活着就是这个世界上最伟大的冒险。生命不息，冒险不止。

三

老蔡要过六十九岁生日了。按照这里的风俗，六十九岁要过大寿，要过得光荣而隆重，七十岁大寿倒要静悄悄地过。仿佛这些岁数，是老天爷偷偷塞过来的一个大红包，得了就得了，是识相者不敢声张的。

老蔡老两口和女儿小两口，四个人，打算进行一次豪华旅行。因为女婿说了，他今年做计划的差旅费，还剩下一点钱花不完。老蔡的生日在十月份，正好是单位报账截止期之前，所以，女婿决定，一起找个地方旅游，将差旅费消费掉。机票嘛，他会到常去的订票点，打印单据用来报销。

这次母女俩选择去柬埔寨看著名的吴哥窟。不在国内转悠了，跨国玩。这个计划也得到了老蔡的同意。

蔡文静从网上打印出来吴哥窟的风光照片，一页页翻给老蔡看，故意说："这种石窟里，说不定还能找到有价值的矿石。"这说的可是老蔡的专业！他很是鄙夷地撇了撇嘴，耻笑女儿："幼稚，简直发大头梦。这种石窟的石头，只有艺术价值和历史价值。你说的价值，是金钱价值吧？"

女儿看老爸来兴趣了，做出憨傻的样子继续说："欸，说不定能发现金石哩，找到一块，就不得了啦，发达啦！"

老蔡连连摇头，一副不可理喻的样子："金矿的石质跟这种砂岩的质地完全不同，你不懂就不要出洋相啊！亏你还是矿产局职工家属，哼！"

老蔡一句话，把赵佳露逗乐了，她也参与了斗嘴："嘿，矿产局职工家属又怎么样？像我这样的几十年老家属，连金糠都没沾到过呢！"

母女俩又习惯性地站在了同一阵营。

老蔡也习惯性地不恋战，到阳台浇花去了。

老蔡的生日还没到，这柬埔寨的吴哥窟就成了老蔡家的"常客"，每每在饭桌上、茶几上、厨房里，老蔡都能感觉到它的热情召唤。

这热情也多少感染了老蔡，以至于在一个晚上，他竟然破天荒地跟着赵佳露母女俩出门，到华佳商场进行了一次大抢购。

其实，这也是赵佳露怂恿老蔡去的。华佳商场举行一个"零点一折"活动。传单上的说明是：本周五晚上十二点开始，全场货品一折，限时一个小时。

多一个人就多一双手拿东西啊！赵佳露母女俩早就计划好"血拼"，一折，还不抢到头破血流？

等老蔡一行三人，计算好时间，跑到华佳商场门口一看，嗬！

金

石

081

老蔡被吓得往后退了好几步——这深更半夜，又是深秋，冷飕飕的，竟还有那么多"购物狂"啊！别说商场的小广场上，就连商场旁边的两条小马路，都站满了等待的人。

一向习惯晚睡的老蔡，总是待在家里，不是看电视就是看报纸，安安耽耽（安安稳稳）的，他哪里知道世界上还有这样的夜晚。他今天总算明白了，物欲横流，原来它是不分白天黑夜的，真像一条湍急的河流啊。

随着人流，老蔡他们好不容易冲进了商场。里边亦是一片流光溢彩。货架上的物品完全丧失了往日的矜持，被翻找得七零八落；散放在货场中央大摊上扎堆的商品，更是一副不要白不要的便宜相。

最可怕的还是人。老蔡觉得，他们买东西好像不用钱似的，拿在手里，看了看，就往篮子里扔。有的时候，相互之间还会发生抢夺的情况。

因为怕走失，老蔡寸步不离地跟着赵佳露母女俩，不时地接过她们递过来的一组牙膏牙刷、一捆卫生巾什么的，放到篮子里。很快，老蔡的篮子就装满了。母女俩只好将新找到的东西放在各自手上的篮子里。又很快，三人的篮子都装满了。老蔡想，这下，该出去了吧？他已经被耳边的吵闹声和鼻子里稀薄的氧气，弄得精疲力竭了。他只想快快结束这场打仗似的疯狂购物。谁知道，母女俩又在一个床上用品区里，翻出了些不同花色的被套、枕套，她们在商量比较之后，将两大条长长的被套和四只枕套挂在了老蔡的肩膀上，又继续往另一个区走去。

老蔡觉得自己像电影里的阿拉伯人，滑稽地披挂着长衫，在人群里，跟着母女俩，脚尖碰脚跟地把自己努力递出去。

最后，他们停在了一个户外用品区。蔡文静看到了一只深绿色的睡袋，她兴奋地跟她老妈嚷起来："这是我早就看上的睡袋耶，以后我们到郊外露营，可以用它。我看看，一折，才八十九块，天啊，太便宜了，买两只吧！"

不一会儿，老蔡就感觉到自己的头顶上飘来了两朵绿色的云，直接笼罩住自己的头，他什么也看不到了，只听到女儿遥远的声音从云上传来："老爸，要顶住啊，我们再到食品区看看！"

老蔡只知道，两只睡袋躺在了自己的另一只肩膀上。睡袋虽然不重，但是老蔡却一步也迈不动了。好像这两只睡袋把自己密实地扎了起来，他只听到一片"嘤嘤嗡嗡"的声音，如身处另外一个非人的世界。他努力想让自己回到眼前这个充满物质的世界，却最终失败了，身体软塌塌地滑了下来。

老蔡患了中风。还好，没什么大碍，就是舌头有些许歪，讲话有一点费劲。医生说："没什么大碍，也要小心，要多静养。"

无疑，老蔡要跟柬埔寨吴哥窟彻底告别了。可说好了又不去，始终心有不甘，还白白浪费了女婿那笔公款。最后，母女俩还是照她们的计划前行，家里留下女婿和老蔡。女婿说："放心去吧，我找个靓女来伺候阿，阿爸。"母女俩乐呵呵地放心出门了，只要能出去，就算找个白骨精来料理老头子，也没什么关系啦！

老蔡不要人伺候，他难得耳根清净。女婿不在家的时候，他独占一套大房子，东摸摸西看看，好像才搬进这里住不久似的。最令他高兴的是，他可以在外边吃东西。走出小区门口，滨海路边一长溜小饭店，想吃什么就吃什么。逢到女婿没有应酬，还会请他下馆子。

金石

老蔡每天午睡起来，喜欢到滨海路散步，沿着长长的绿化带，来回一趟，一个多小时就消磨掉了。老蔡也不会多走，往往走到滨海路往河西大桥拐的一个楼梯处，便踅回来了。一来桥上人多、车多、噪声大，空气差；二来老蔡有点怕这桥。他一个清闲人，跟桥上那些匆忙赶路的人挤在一起，倒显得自己落寞寡欢了。所以，一直以来，河西大桥就好像一道隔离带，将老蔡与对面川流不息、活色生香的生活隔离开来。

在这个深秋的下午，老蔡自由自在地甩着手，熟门熟路地走在滨海路上。

天气晴朗，阳光的成色很好。老蔡眯着眼，朝天空目测了一下那太阳，用光谱测金仪的系数，给太阳打了个高分。秋天的风，吹在老蔡午睡后潮红的脸上，凉凉的，老蔡感觉这风把阳光里的金砂都吹拂到了他的脸上，多么亲切美好啊。

老蔡清清爽爽地走着，很快就走到了河西大桥。走过了桥墩，就看到了那截上桥的楼梯。"今天怎么那么快啊？"老蔡还没走够呢！沿着那截楼梯朝上看，老蔡看到了桥头的大榕树下，有正在走路的人，也有一些不知道在做什么的人，聚集在一起。

"上！"老蔡心一动，脚步就蹬上了那楼梯。

四十五级！老蔡气喘吁吁地数到最后。心跳有点剧烈，他小心地扶着最后一截扶手，站定，喘气，眼睛却一直打量着不远处大榕树下那一堆人。

这个桥头，颇有点驿站的味道。婆娑的大树底下，砌了几张石凳子，供路人休憩。有些小摊贩，简易地摆卖些报纸、饮料之类的。老蔡看到的那些扎堆的人，都是些外地人，不讲本地话，讲些口音很重的普通话。他们多半是没什么事情做，或者是等着事情做的搬运工、装修工、清洁工之类的。报纸上说，现在在千江市游走的外来人，虽比不上大城市，但也越来越多。

老蔡走过去，听几个人在吹牛。听了一会，好像有点明白了，是在说什么东西真不真、假不假的。

其中一个男人，看老蔡听得感兴趣，就走过来，专门跟老蔡说："老人家，他们在说一块石头，说里边有金子的。扯，谁会相信啊，那么一大坨，也看不出什么金子来。噢，有金子还不拿到黄金公司卖啊？拿来这里卖，你相信不？"

老蔡还没表态。另外一个矮个子男人，看样子四十来岁，有一张阔阔的黑脸膛，他接过这男人的话说："咦，可说不准啊，主要是没人懂。上次，我在这里，看一个阿婶买走一根鹿角，八百块，那么贵她都买。她敢买，是因为她懂得那是真货。她说她以前是中药铺的拣药师，识货！要是识货，就知道捡到便宜了！"

矮个男人这话，遭到好几个人的攻击。那些人穿着旧旧的衣服，有的坐在石凳上，有的蹲在榕树脚下，分别就矮个子的话争来争去。

老蔡下意识地朝四周看，也没看到什么石头啊。

还是那第一个跟老蔡说话的男人，似乎明白老蔡在找什么，他对老蔡说："那块石头，刚才还在这里摆着，现在不知道去哪里了。这几天都在这里摆，有谁要啊，一万块呢！"

"哦。"老蔡随口应了一声。他心想，要是那块石头在这里，他能把它的"庐山真面目"给揭穿喽！

这帮农民工，虽然不懂石头，但是警惕性还蛮高。现在，那个遭到围攻的矮个子男人干脆就被他们认为是"托儿"了。好在，这

金

石

085

些人看起来都很熟络，长期在这榕树下混的，所以，矮个子男人见斗不过他们，就嬉皮笑脸地跟他们动手动脚，玩耍起来，一场口舌之争也就嘻嘻哈哈地过去了。

这群快乐的男人，看起来每人都有四五十岁的样子了，还跟小孩子似的玩"打架"，你掐我的脖子，我踹你的屁股，穷开心。老蔡看得脸上也带了笑容。

待了一会，老蔡正打算下桥回家。忽然，一个男人指着远处向榕树走来的一个高高壮壮的男人喊道："石头，石头又来了！"

老蔡仔细看，那男人双手抱着一个包，吃力地走了过来。

看起来，这男人四十岁左右，穿着一身深蓝色西装。西装男人往榕树下一站，的确就跟那群农民工很不一样。老蔡一眼就看到他手上那只旧旧的、黄绿色的包，是那种帆布料的，外边涂了防水的浆，整只包看起来硬硬的。所以，西装男一旦把包搁在地上，那包就像有脚似的，稳稳地立在那里，纹丝不动。

这样的包，老蔡再熟悉不过了，当年他在地质队的时候，每天背在肩上的，就是这种包。在包的外侧，还印着"某某地质队"这样的红字。老蔡看不到西装男那包的内侧，不确定是不是地质队的包。

接着，西装男又将包里的一个黑包取了出来。

这只黑包一取出来，老蔡不由得心里一颤。呀，这种黑包，正是他们当年在地质队采集矿石标本时专门用的！看上去很普通，可是一摸就能感觉到，它不是一般的布包。它是用一种特殊材料制作的，防火、防潮，为了配合矿石的多棱角结构，它被做成了特殊的不对称多角形。尽管后来采用了更科学的新标本套，这样的包早已经淘汰了，但是在老蔡的记忆里，这包就是他的革命老搭档。

老蔡看得心惊肉跳。他目不转睛地看着西装男终于将那块矿石从黑包里扒了出来。那矿石似乎充满了磁性，它要把老蔡几十年的经验全吸取出来，更吸引得老蔡忘记了前世今生般地忍不住蹲下来，想要用手去摸。

"阿叔，眼看手勿动啊！"西装男一脸严肃地制止老蔡。

老蔡像是在梦里被惊醒般醒悟过来，发现自己的脚尖已经快踢到那黑包了，连忙往后退了一步。

"阿叔，识货啊！这石头可不是一般的石头，这石头里有金子。"西装男诚恳地对老蔡说。

打这石头从黑包里露出脸，老蔡就确认它不是一般的石头了。根据他的经验，目测之下，这块石头应该是属于金矿石一类的，但究竟这块石头是否真能提炼出金子，或者说，含量有多高，老蔡还不能确定。

老蔡并没在琢磨这块金石的含金量，他不动声色地盯着那石头，仿佛看到了自己的过去。石头变成了他在野外大碗喝酒、大块吃肉时的那张脸。

西装男当然不知道老蔡的心思。他专为老蔡开始了长长的"卖石演说"。

说实在的，西装男的口才，比老蔡在菜市场见到的那些卖菜刀、魔术切片机和打蛋器之类的小贩差远了。看起来，他还不是个"惯贩"。

直到西装男从那只帆布包里取出一叠破旧的材料，展示给老蔡看的时候，老蔡才明白，这西装男还真不是一般的小贩，他是一个

金

石

087

老地质队队员的后代。他的老爸，就站在他手上那张旧集体照片里，前排左数第六个，一个看起来比他现在年纪还小的男人。

"省第二地质队第二分队，摄于 1975 年。"照片头顶上那行白色字是这样写的。

老蔡激动地将照片里的人，一个个地看过去。老蔡一个都不认得，又好像全认得。

老蔡当然知道，虽然同属省地质队，但地质队又按地区划分，地区里又按分队划分，这照片上的人，他们一辈子都没见过。可是，老蔡却在这旧照里认出了自己，就站在前排左侧第一个，身材不算高，但不瘦，满身力气，朝着前方看不到的未来，露出意气风发的笑容。这个人，当然看不到现在捧着照片看的老蔡，老蔡也不知道他到底是谁，现在是生是死，但是，此刻，老蔡借用了他的躯体、他的相貌、他的年代，把自己送了进去。一切都如在目前啊！

西装男读不懂老蔡的激动，只看老蔡默不作声盯着照片看的样子，以为他在犹豫是否该相信自己呈出的这些证据。于是，他又从底下的材料里，抽出了一张破旧的纸，递给老蔡看。那是老蔡他们当年在野外临时记录矿石资料的表格，上面记录着矿石的一些基本资料。

"这上边的资料，就是这块石头的资料。我老爸当年从地质队回到地方，身上就背着这块石头和这张资料。"西装男怕老蔡听不懂，又加了一句："阿叔，你懂吗？这张纸就是这石头的'出生纸'。这里，你看，这有签名！"

老蔡随着西装男的手指看到，那签名很潦草，连认带猜，老蔡念了出来："钟——振——峰。"

"对，钟振峰，我老爸的名字，我叫钟洋。阿叔，你看，这个，这个是我的身份证，这个，这个是我老爸的身份证复印件。"西装男将手上的那叠材料，一张一张地翻给老蔡看。

现在，老蔡已经知道，这个出生于 1940 年的钟振峰，从地质队分回到千江市下边的太平县，在县文史馆工作，一直干到退休，于前年病逝。

这块矿石，仿佛是老钟家的镇宅之宝，不到万不得已，不能外传。眼前这个小钟说，要不是自己儿子得了白血病，需要一大笔钱治疗，他打死都不敢冒犯老爸啊。"阿叔，你想想看，这么珍贵的宝贝，不是拿来救命，谁会拿出来卖？"

听到这里，我们的老蔡慈祥地笑了。在他眼中，这个钟洋，跟一个无知小儿般可爱。哼哼，竟敢在自己面前谈什么宝贝？就这么一块矿石，能提炼出一克黄金，就不得了了。不过，很奇怪的是，老蔡并没有生起那种熟悉的对奸商的痛恨，他宽容而耐心地看着小伙子的"表演"。在这块矿石和那堆资料的相互指证之下，在那段年轻岁月的召唤之下，更处于对往事恋恋不舍的情感簇拥中，他已经相信，这矿石，就是自己一个不曾认识的老队友，当年跟自己一样，风餐露宿，挖巷道，翻矿石，艰苦获取，并得以辗转留存在人世的一块宝贝。

那些围观的外地人，此刻还不知道，跟他们一起看热闹的老蔡，已经不是一般的旁观者了，他已经被那块宝贝降服。

"一万块？呃，能不能少点儿？"老蔡决心逗这小子玩一下。

话一出口，围观的人都惊异地看向他。

西装男看起来也吃惊不小，停了大约有半分钟时间，嘴巴才启

金

石

动："阿叔，阿叔，你看啊，是这样的，古代有句话说'宝剑赠英雄，好琴送知音'，我看阿叔肯定是这块宝贝的知音。所谓知音者几何？要不是等着用钱救命，我都可以一分钱不收，可是，这是救命钱啊。阿叔，就当积个德，续续寿吧。您的大恩大德，我和我儿子，还有我那天上的老爷子，都不会忘记的……"西装男按捺不住内心的喜悦，啰啰唆唆，有点词不达意了。

西装男那自认为快要得手而抑制不住的快乐，以及在老蔡看来比较笨拙的表演，使老蔡产生了一种亲情。他越看，越觉得西装男像是流着他们地质队队员血液的男儿，高高壮壮，脸黑亮黑亮的，并且说起话来中气十足。老蔡还进一步想，要是自己有这么一个儿子，绝不会叫他在大庭广众之下出那么大的洋相，这块金石，哪里能值一万块？真是笑掉大牙了。不过，现在的人想钱都想疯了，说不定还真有人会相信一块金石就可以炼出一坨金子来呢。

眼看有了希望，西装男一会儿蹲下扒拉那块金石，指指点点想要给老蔡增加购买的信心，一会儿又站起来，把手上那沓资料重新翻来翻去，想要继续说服老蔡。总之，他围着老蔡卖力地忙个不停。

老蔡的心思，此刻已经不在这块石头上了，他更多地在让自己相信，眼前这个孩子，肯定是在生活上遇到了大麻烦。一万块，在这孩子眼里，就是笔天大的救命钱，但是在赵佳露母女俩那里呢，还不够去柬埔寨吴哥窟一趟。一想到赵佳露母女俩花钱时那种豪迈和洒脱，老蔡顿时就被自己说服了——她们花那么多钱买那么多东西，最终都变成了垃圾，自己买下这块金石，是永远不会变成垃圾的，收藏到下一代、下下一代，再下下一代，只会不断升值。老蔡笃信，只要人类还有一口气在，黄金就绝对前景无限！

这时，西装男终于住了口，四下里竟然一片安静。包括老蔡在内的所有旁观者，似乎心里都有各自的盘算。

在众人的目光之下，老蔡终于下了决心，买吧，当帮人也好，当给自己以后留个念想也好。反正，这样的东西，除了在这里，确实也没地方能买到，也算是个稀有的宝贝。但是，使老蔡发愁的是，要买下这块金石，自己那点私房钱显然不够。老婆赵佳露的钱，都存了银行定期，密码是他不知道的。女儿的钱更是一点缝都钻不进去的。剩下的，只有找女婿了……

站在老蔡身边的其他人更多地在想：莫非，这破石头，真能砸出金子来？这老头，不会又是"托儿"吧？

总之，大家都在静观其变。

老蔡这一辈子，从没有如此阔绰、迅速地花掉一万块。当他领着抱着宝贝金矿石的小钟，沿着长长的滨海路走回家取钱时，他觉得自己豪情万丈，脚步轻盈，一下年轻了好几十岁。

老蔡先是把夹在书柜底层的自己那八千块私房钱全拿了出来，然后，他跑到女婿单位，几乎是命令一般地向女婿借两千块。

"阿，阿爸，一下子用那么多钱，你没出什么事吧？"屠庆民从没见过岳父这么干脆利落，这么地，呃，富有活力。

"放心吧，不会有事的。你也知道，我轻易不花钱的，我不像她们。我花钱，就要买有价值的东西！放心吧，我这么老了，什么事情没见过，还会受骗不成？"要不是在女婿办公室里，人多不方便说，老蔡都想把这好事情说出来跟女婿分享，先高兴一顿再说！

当着同事的面，屠庆民也不好再多问什么，从抽屉里摸出两千

金

石

块交给了岳父。

一万块，全部给了那个在小区门口等着老蔡的小钟。

小钟打开那只帆布黄包，又打开里边套着的那只惹得老蔡心情激动的黑包，指指说："阿叔，宝贝归您了，好好收藏啊，拜托啦，谢谢啦。我们一家三代都不会忘记您的大恩大德……"小钟又一连串感恩戴德的话，把老蔡捧得飘飘然。

一直到小钟把那宝贝帮他抱上楼，转身离去，老蔡还在飘飘然。他都能闻得到这黄绿色的帆布包，散发着久远的山峰的气息、树林的气息、溪水的气息，还有松鼠、白兔、山鸡的气息，当然，少不了老蔡年轻的气息，那气息里充满了久违的征服和欲望。

然而，正如这世界上有很多努力，都会是一个空屁一样，又如所有的冒险，有赢但绝对也有输一样，当老蔡从那特殊材料制作的黑包里，小心地将那宝贝取出来观赏的时候，他颓然地发现，这个世界上，所有的努力所有的冒险，都是一个大臭屁！

老蔡失败啦！——那块石头，像被人施了法术，由刚才那块含金的矿石，变成了一块普通的山石。老蔡的心一阵绞痛。

老蔡对着这块山石，足足生了半小时气——奶奶个熊，好心帮了人，反而被骗啦？什么世道！什么人啊！

派出所里的那个民警对从单位赶来的屠庆民说："像你岳父这样被调包的案例，一个月不下五起，尤其在街心公园、滨海路一带，还有河西桥头，作案对象都是这样的老头儿老太太。"

老蔡一见到女婿，像犯了罪似的，急忙将刚才报案时对民警说的话重新交代了一遍。他是这么说的："我也不知道自己到底做了些什么，下午散步到西江桥头，被几个人围住，吹了几口烟，之后，做什么都不记得了，回到家，才醒过来，哇，完蛋啦，怎么会那么傻啊，一万块买了这么块烂石头！"

老蔡一脸无辜，无辜到卑怯的样子。屠庆民看得心酸。唉，这老头，这辈子还真没干成过什么大事。屠庆民不禁在心里引用了岳母赵佳露曾经唠叨过的话。

屠庆民怕老蔡太激动，会犯病，快快办完了报案手续，就带老蔡离开了。

走到门口，那民警拍拍屠庆民的肩膀，落后几步，悄声说："那些受骗的老头儿老太太，都这么说，都说自己被人吹了迷魂烟，哪能啊？没看报纸吗？专家已经公布了，根本没有什么能指使人回家取钱的迷魂药，都是他们贪小便宜，不好意思说。"

说完，民警善意地朝屠庆民眨了眨眼，摇了摇头。

在前边蹒跚着朝家方向走的老蔡，哪里知道，这会儿，自己身体后边长出了一个秘密。

屠庆民和民警，心有默契地对视了一眼。

反正，一万块多半是追不回来了，屠庆民把那块破石头，连同那只旧帆布包一起，吃力地推进了床底下。就让这个秘密，睡在他们身下，老死、憋死吧。

吃晚饭的时候，两人也没多说什么。屠庆民在推碗离桌前，觉得似乎应该说点什么好，犹豫着，说了一句："阿，阿爸，其实，其实，赚钱的方式有很多种……"

没等他把话说完，老蔡就打断了他："懂，我懂！"这短促的几个字，就像最后一张封条，把这个秘密严严实实地封锁了起来。

金

石

此后，再没有人提起过这块石头。

四

　　爬过七十岁这道坎儿，老蔡偷笑着领过老天爷赏赐的红包之后，渐渐领悟到，老天爷的赏赐并不是无偿的，老天爷正悄悄拿走老蔡的记忆做交换呢。老蔡不明白老天爷要自己的记忆干什么用，那些过去的事情，既不值钱又没作用，就连说出来都没人爱听的。然而，老蔡的记忆还是像黑夜里的点点繁星，逐渐被蔓延过来的乌云遮盖住了，人们轻易是看不到乌云在黑夜里作怪的。

　　老蔡变得丢三落四，跟前的事情就像一条条被鱼鹰叼住的小泥鳅，转眼之间，就滑进了喉咙下的皮囊里，若隐若现。接着，老蔡对一些惯常的事情也记不住了。比方说，洗漱的时候，他会对着两个杯子两支牙刷发问："到底这红杯子黄牙刷是我的呢？还是这蓝杯子绿牙刷是我的？"杯子和牙刷不会回答呀，他就拎着杯子、牙刷跑出去找赵佳露。赵佳露听到老蔡这种愚蠢的问题，语带讽刺地告诉老蔡："那蓝杯子和绿牙刷，天天在你嘴巴里跑进跑出，我都听到它们在喊你了，你没听见吗？"这话一说出来，大家都笑了。女儿还逗老蔡，学着卡通里的配音喊："老蔡老蔡，我是你的瘦子牙刷啊！老蔡老蔡，我是你的胖子杯子啊！"老蔡被嘲弄一番，很是不高兴，脾气一上来，狠狠地把杯子、牙刷都砸到了地上，指着赵佳露斥骂："你，你，真不是个东西！合着别人来整老子，奶奶个熊！"说完，翻箱倒柜地非要找出一套新的牙刷杯子才肯漱口。

　　老蔡曾几何时发过那么大的脾气？而现在，发脾气几乎成了老蔡的家常便饭。一个羔羊性格的人，老了以后，居然还能变成猛虎？一座山，不，是一座休眠火山，忽然在某一天爆发了，喷岩浆了。这怎么可能呢？

一段时间以来，赵佳露和女儿女婿会在老蔡的某一次发脾气后，背着老蔡开小会，将老蔡作为家庭课题来研究。这样的小会开多了，老蔡就犯疑心，觉得这三个人背着自己，肯定是在讲自己的秘密。所以，只要看到这三个人一起说话，老蔡就特别紧张，变得神经兮兮的。有天，老蔡散步回来，开门看到小饭厅里，三个人坐得整整齐齐，每人跟前还放了一杯水，在热烈地讨论着什么。老蔡听到言语间提到了自己，女儿蔡文静就拿着笔在做记录。三个人一见老蔡走进来，话语明显就稀少了下来。老蔡断定，他们又在说自己的秘密了，不仅说，还记录下来，像做调查、录口供一样。老蔡那个气啊，气得心扑通扑通地在里边"跳绳"。他连声大骂："你们，你们这帮鸟人，竟然背着我搞阴谋，要诬陷我，啊？啊？"老蔡气得语无伦次，径直走向老婆赵佳露身后，对着赵佳露的脑袋一巴掌就抡了过去。老蔡认定，赵佳露是这个小集团的头目。

这一巴掌，把赵佳露打得天崩地裂，大哭大闹。她发誓要跟老蔡离婚。她哭着说，老蔡变态了，发神经了，她是不会跟一个老神经病过下去的。她还说，像老蔡这种窝囊废，一辈子屁事也做不成，她早就看穿了。那年老蔡偷金矿，没被炸死，其实早把神经给炸坏了，炸成神经病了，可怜自己忍受了一个神经病那么多年……老蔡一见赵佳露那撒泼的阵势，天不怕地不怕，居然口不遮齿不拦地说起了那次矿难，他立即像从梦里醒回到现实当中，对刚才自己那激动的一巴掌懊悔不已。

老蔡自认为隐藏多年的秘密终于暴露了！他又羞又愧，没再多说一个字，也没再看这三个人一眼，颓丧地走回了自己的书房，并且，彻底地把这些哭哭骂骂的嘈杂声反锁在门外。老蔡久久地坐在椅子上，低头看着书桌玻璃板下长年压着的那些照片。其中有一张，被好多张照片盖在最底下，仅仅露出了一小半，是老蔡当年跟地质队队友爬上猫耳山的合影。露出来的那一小半黑白照，偏偏也有老蔡——他拍照时总是自觉地站在最边上，中间正对镜头的位置，他永远都不敢站，一贯如此。老蔡张了张嘴，试图跟那个年轻时的老蔡说话。他问他："你告诉我，这后边活下来的几十年，到底有什么意义？是啊，没意义啊！有个鸟意义！"老蔡自问自答着，又摇头又晃脑，心里怪委屈的。

老蔡的那一巴掌，给赵佳露的晚年生活落下了后遗症。她不时地会在某一个瞬间，耳朵里发生一阵短暂的嗡鸣，让她猛然感到世界这只大钟突然停摆了一下，听不到任何声音，也想不起任何事情，甚至连知觉都不在了。那种感觉，赵佳露说，就像忽然地"灵魂出窍了一下"。更令赵佳露感到可怕的是，这样的"灵魂出窍"，是没有任何预兆的，说出就出，说回就回了。蔡文静带着赵佳露找了不少医生，都得不到什么有效的诊疗，开回来的药，不外是什么谷维素、镇静药之类的。赵佳露跟人说起老蔡那一巴掌给她带来的这种神秘的感觉，无人能体会得到，在别人的同情安慰之下，她顿时眼眶红红的，叹一口气，说："唉，我的命真苦啊，这死老头，这辈子没给过我什么好东西，就给了我这一巴掌……"说着，眼中就有泪光了。

经过这一闹，老蔡再不理会这三个人，更不愿意参加什么家庭活动，甚至，连门都不想出了。不知道从什么时候开始，从老蔡那总是紧闭着的书房里，传来了乒乒乓乓的敲击声。除了吃饭休息，这些乒乒乓乓的声音总会准时响起，时而是集中的一阵，时而是零星的几声。蔡文静打开老蔡的书房门，一看，哇，整个书房就像一个加工作坊，老蔡正全神贯注地用一些铁锤、钻刀之类的工具，折腾一块石头呢。后来，屠庆民才知道，老蔡居然从床底下找出了那块一万块钱买来的石头，敲敲凿凿，也不知道想干什么。蔡文静一再地追问这块石头的来历，屠庆民就将老蔡那次上当受骗的经历告诉了蔡文静。蔡文静听了之后，又好笑又好气，说："哈哈，没想到啊没想到，我老爸其实也爱贪小便宜呀！"

老蔡的日常只剩下了凿石头。他从那块大石头上，每天凿下一小块，然后用刀在上边刻啊、雕啊、磨啊，做出各种形状的小东西来。在他的书架上，已经摆了一溜用这些石头做成的小玩意，一只小白兔、一只小鸡、一只小南瓜……手艺不是太好，但是，仔细辨认，还能辨认得出老蔡当时的意图。当然，老蔡偶尔也有神来之笔。有只小猴，不知道怎么弄的，居然弄出了一条弯曲生动的尾巴。屠庆民趁老蔡午睡的时候，溜进他的书房里，逐个看，就对这只小猴赞赏有加。他对赵佳露说："阿妈，你看，这只猴子，要是再打磨打磨，怕也能成为一件卖钱的艺术品哩。"赵佳露虽然对此很不以为意，但是这段时间，老蔡完全沉迷在自己的石头世界里，不再乱发脾气不说，摆弄起小石头来，跟个小孩子一样认真。她自然也对这老头子气不起来了。

赵佳露以为老蔡玩石头，就跟别的老头一样，没事在家练书法画丹青，起到修心养性、消磨时光的作用，没想到，老蔡玩石头

金石

却玩痴了，走火入魔了。某一天，赵佳露发现老蔡已经不满足于在书房里玩那块大石头。他居然跑到阳台上，把赵佳露那些花盆，一个个翻得底朝天，从泥土里扒拉出一粒粒黄色的小石子，擦擦洗洗，乐颠颠地捧回书房里存放起来。

又有一天，老蔡找到一根布条，把手电筒绑在自己的额头上，做成矿灯，然后把整个身子探进床底下、柜子底下，这里掏掏，那里摸摸，翻拣出一些脏兮兮、布满尘埃的旧东西。他用手电筒照着这些被他拉出来的旧物，吃力地逐一辨认着。有次，他还摸出了赵佳露多年前的一条小花裤衩，他看来看去，终于认出来，马上立功似的送到了赵佳露的跟前。赵佳露看到这条灰扑扑的小花裤衩，百感交集。这条花裤衩，还是自己当年没绝经的时候穿的呢，那个时候，自己是"中码"，现在，都穿"XXL码"了。这条花裤衩弄得赵佳露心里伤感得要命。老蔡在屋子里，总能翻拣出些有纪念意义的东西来，老蔡不一定能记得，但是，赵佳露却记得清清楚楚：一个蔡文静小时候玩的陶瓷公仔、老蔡戒烟前赵佳露买给他的一只小烟斗、一只生了锈的百雀羚雪花膏小铁盒、一瓶当年老蔡从地质队带回来的蛇酒……老蔡就像朝往事的海洋撒出一张渔网，拖出了赵佳露一连串的唏嘘感慨。

老蔡活得越来越像个小孩子啦，不时会做出些让人莫名惊诧的事情来。他会手拿一把螺丝刀，将橱柜上、化妆台上的一粒粒小铜钉，很有耐心地起下来，放进自己的口袋里，不时地取出来把玩；他还会趁人不注意，跑进赵佳露或者蔡文静的大衣橱里，用剪刀把衣服上的纽扣一颗颗地剪下来……这些反常的举动，总是会在蔡家引起一阵疯狂，让蔡文静和屠庆民不得不接受赵佳露的观点——老蔡真的发神经了！

最后，老蔡就真的变成个小孩子啦。他既认不得过去的老领导、老同事、老邻居，也认不得整天出现在自己跟前的那三个人。那三个人，隔三岔五地跑过来，哄小孩子一样地问自己："你知道我是谁吗？"他觉得烦死了。

有一天，老蔡竟然不见了！赵佳露晨练回来，找遍了几个房间，都没发现老蔡。一直过了午饭时间、午睡时间，老蔡还没见影。她慌了，打电话把女儿女婿叫回家，一起出门找老蔡。三个人沿着小区外的滨海路找，一直找到河西大桥，过了河。河的对岸是千江市的开发新区，楼高人多，老蔡真要是跑到这个区来，那简直就是大海捞针啊！

三个人找来找去找不见，终于意识到事情的严重性，赶快报了警。在三个人忧心忡忡地折返回家的路上，还是赵佳露眼尖，远远地发现有个人正坐在河西大桥的桥墩底下。那人可不就是老蔡吗？三个人兴冲冲地朝桥墩跑去，果然看到老蔡在一个下水沟边坐着，正用一只小镜子，朝黑黢黢的水沟里照来照去。阳光在镜子的反射之下，照得暗处金灿灿地发亮。老蔡一看见赵佳露他们走近，就兴奋地咧开嘴嚷了一句："老婆，老婆，这里，这里有金石，快来挖！"赵佳露听老蔡这么喊自己，觉得老蔡又认出了自己，顿时有一种失而复得的感觉，流下了两行热泪。

回到家，赵佳露赶紧拿出了针和线，在老蔡的每一件衣服上，绣下了两行字：

金

石

蔡冬生，千江市民主路 96 号滨海小区 3 栋 501

189223××××××

屠庆民看到这两行字后，沉思了一下，提了个意见："恐怕这后边，还要加上两个字——面谢。"女婿的意见，简直起到了画龙点睛的作用。赵佳露赶紧又逐一在每件衣服上补上了"面谢"二字。赵佳露的手工一贯做得不错，这几行字，被她工整地绣在衣服的左胸口上，也不觉得难看。

这样，老蔡每天都把自己的家庭地址、电话号码穿在身上，即使走到天涯海角也不怕丢啦。赵佳露退休前在千江市汽车总站的行李寄存站工作，她再明白不过了，检查每一个寄存的包裹，只要把地址、电话这两样都查清楚了，保证万无一失，就算长时间无人认领，她都有办法把包裹送走，并且索取到标准的费用。现在，老蔡对于赵佳露来说，可不就是一件寄存在人世间的大包裹吗？

然而，没过多久，失而复得的老蔡又开始打老婆了。没有任何事由，也没有任何预兆，老蔡有时看到赵佳露，会对她骂骂咧咧，骂的内容，因为口齿极其不清晰，也难以分辨，搞得赵佳露回嘴都没法回，莫名其妙地被臭骂一顿。要是老蔡骂得不过瘾，还会随手抄起一根棍子，朝赵佳露就要挥过去。老蔡不打别人，只打赵佳露，所以，赵佳露笃定老蔡是故意的，他压根儿就会认人。

"天啦，我不要活了，在这个家，有他没我，有我没他！"实在忍受不下去了，赵佳露哭哭啼啼地对女儿女婿下了最后通牒。

哭着哭着，赵佳露似乎恍然大悟，记起了很多往事，悲切地说："我早该知道，老蔡早就不想跟我过了，早就恨我了。三十多年前那次矿难之后，回家时他就说要搬出去住的！"

赵佳露这一哭一闹，弄得大家也不知道怎么应付，只好劝慰她说："阿妈，你不要跟阿爸计较。他现在患上阿尔茨海默病了，哪里认得你？他哪里知道你是他老婆？"

"他哪里会不认得我？一起生活四十多年了，他会不认得我？说出去别人都会笑掉大牙啊！"赵佳露始终觉得老蔡是在装疯卖傻。她提醒女儿女婿，上次在河西大桥找到老蔡的时候，他还"老婆、老婆"地叫自己呢。

屠庆民为了说服赵佳露，给老蔡做了一次测试。晚上，他把老蔡拉到饭桌前坐下，像过去某一个晚上一样，两人分喝了两碗汤。屠庆民跟老蔡东拉西扯一会儿后，故意压低了声音，问老蔡："阿，阿爸，那个老六说要来看你，你要不要见他？"老蔡正舀着汤的手马上停在了半空中，偏着头细想了一下，问："老六？哪个老六？"屠庆民忙回答说："老六啊，地质队的老六你不记得吗？就是那个负责填炮泥的呀，他那次没去，换了你，害了你，你忘了？"屠庆民不断地提示老蔡，还把老蔡过去跟自己讲的地质队的事情搬回来引导了一遍。这样，老蔡似乎有了一点记忆。屠庆民再次问起老六的时候，他显得不那么迷茫了，说："噢，那个老六啊，最没义气的就是他啦，他还敢来见我？"

"是嘛，我都跟他说你不会见他啦，他硬是说要来，还说要来向你道个歉！"屠庆民信口开河起来。

"哼，来嘛，老子天不怕地不怕，还会怕他老六？"老蔡脸红红的，有点兴奋："叫他来，叫他来，老子就等着他，奶奶个熊！"

屠庆民离开了一会儿，把赵佳露带到了老蔡跟前，说："阿，

金

石

101

阿爸，老六来看你啦！"

老蔡抬头看着赵佳露，眼神里尽是疑惑，左看右看，忽然爆发出一阵笑声："哈哈哈，哈哈哈，她是老六？坑人的，坑人的！"然后，他又马上收敛住笑容，转过身去，严肃地跟屠庆民说："她不是老六，你抓错人啦！"

一时间，屠庆民和赵佳露的心都像油灯的火焰，意外地跳了一下。

"她不是老六？那她是谁？你认识她吗？"屠庆民紧张地问老蔡。

老蔡端详着赵佳露，从上到下。那目光把赵佳露直看得全身发毛，好像无端被一个陌生人盯住了。

"唔。"老蔡的神色很是凝重，像是在鉴定什么，又像是试图在记忆里努力捞出些什么东西，艰难地说了一句："我看，这个同志很面熟！"

话音刚落，屠庆民和赵佳露便同时呼出了一口长气。

不管认不认得人，打老婆的老蔡，实在把整个家搞得鸡飞狗跳。最终，患上阿尔茨海默病的他成了这个家庭的"弃儿"——在过完农历新年后，老蔡就被送进了市中心的一家养老院。家里的生活才免去了一惊一乍。

有天晚上，屠庆民照例应酬到深夜才回家。刚才饭局上有个银行的副行长老范，拎了几罐龙井茶，提醒道："这是顶级的新茶，受潮就可惜了。回家后，你最好马上把它放进冰柜里。"

屠庆民的书房里，有个专门存名酒的酒柜，也有个专门存放好茶的冰柜。好东西，第一时间就请进去。当他心情愉快地把这几罐龙井茶放进冰柜的时候，忽然发现，冰柜的右侧角落里，有一个黑塑料袋，看上去不像茶叶，也看不出是什么东西。于是，他好奇地拿了出来，解开，一看之下，忍不住大笑！

原来，袋子里整齐地摆放着三块光滑的鹅卵石，在每块石头上，分别整齐地贴着三张便条，每张便条上都是老蔡的字迹。仔细一读才知道，便条是每块石头的鉴定记录，有石头发现的时间、地点、重量、含金纯度等简单资料。便条的最底部，还很规范地签上了老蔡的姓名！这三块石头，屠庆明一看就知道，是老蔡从小区的喷泉池里摸回来的。

屠庆民笑得气都喘不过来了。

嘿，嘿，这老头，真的是想金想疯啦！

等屠庆民独自笑够了，才拎起那沉甸甸的黑塑料袋，扔到屋外的公共垃圾桶里。当屠庆民转身要离开的时候，望着躺在一堆秽物当中的那三块石头，不知怎的，竟有一股睹物思人的酸楚涌进了他还带着酒气的鼻腔。

金

石

103

蓝 牙

孙芊蔚没想到丽江古城色彩那么明艳，好像手机屏幕的亮度被谁的手指不小心滑到了顶格。花的色彩、油纸伞的色彩、天空的色彩、游人服装的色彩，饱和度极高的阳光将这些颜色调到最亮。这是她第一次踏入丽江古城，却不合时宜地先在心中盘点箱子里的衣服，哪一件能配得上这些鲜艳的色彩？她不是那种喜欢"凹造型"的女人，这可能是她近年来的一种心理惯性：出门变得有些焦虑，焦虑晴雨，焦虑衣履，焦虑酒店的枕头是否贴合她的颈椎……结果总是失算，哪一次出门都会感觉错带或漏带了一件必需品。

唯一庆幸的是，她犹豫再三最后还是放进了那件帽衫，就在箱子的最表层，做好了空间不够随时可放弃的准备。这两年，她调暗了自己，衣服基调脱不了黑、灰、藏青，在她身上找不到任何花卉的图案。那件帽衫是个例外，买来打算春天夜跑时穿的，颜色是不太常见的嫩绿。不过，孙芊蔚在古城里轻易就找到了它的同色系，在那些抬眼即见的叫不出名字的多肉盆栽里，有各种程度的绿，它就是那种透明的、亮晶晶的绿。孙芊蔚一眼就辨别了出来。这绿色多少缓解了她的焦虑。

预订的房间数量不够，他们要分成两拨分住两处。她被安排住在新义街的一家民宿。门楣被垂落下来的紫藤花遮住，庭院深深，从门口望进去，只能看到尽头一块巨大的照壁。穿过一段近二十米的长廊，拐个弯，才能看到露出天空的院子，以及院子里两两相对的客房。

她的房间号是103。服务员告诉她："一楼，北面是单号，南面是双号。"穿过院子时，她看到一张长条茶几，几只小茶杯里余着绛色的茶，深浅不一。有根烟被搁在烟灰缸沿，慢吞吞地将最后一口气吐向它旁边那盆又肥又矮的多肉。估计是刚坐在这里的两男两女，现在站到了院子一侧，用手机对着草地上一匹卧着的木马拍照。发房卡的时候，负责团队后勤的小单告诉大家，这里是当年马帮头子的老宅。103号房间门口正对着那匹木马。其中没拿手机的年轻女人朝她笑笑，说："这马好萌呀。"孙芊蔚礼貌地点点头，应了声："是呢。"

民宿都是木头建筑，用的是那种不上漆的整木。房间当中有一根大梁柱，如果不是屋顶阻隔，会以为那里种着一棵老树，树皮斑驳，枝叶都在房顶之外。仔细看，才能看出人工做旧的手法。木门的隔音效果不太好。孙芊蔚简单洗了洗脸，等到热茶的温度适口，等到院子里讲话的声音消失了，她才打开房门，走近去看那匹伏地的木马。跟建筑的整木相反，它由很多块碎木条拼接而成，色调像灰岩剥落的石块，裸露着骨骼，筋脉、鬃毛与木纹的沟壑纵横吻合，真像是一匹从茶马古道退役下来的老马，卧下，就从此走不动了。孙芊蔚在院子里走了一圈，从某些角度看过去，那马不像马，倒像是

蓝

牙

谁即兴搭起的一堆乱木，即将燃烧起来，即将被人围着它跳锅庄舞。刚才路过玉河广场，那里有一块闪动的电子大屏幕，游客在里边围着篝火跳舞，孙芊蔚觉得那是更为壮观的广场舞。

转过一个拐角，孙芊蔚斜眼看到了二楼走廊上的老谢。她朝他挥挥手。他随即晃了晃手上的烟。这手势如此熟悉。老谢瘦瘦的，中等个，站在某个角落，朝人晃晃手上的烟，漫不经心地打个招呼。就算在不久的将来，他们不再有关联，在更久一点的将来，他们老得杳无音信了，孙芊蔚相信这动作也会伴随这个人的名字一起浮现。他们没再说什么，对于各怀心事的这类时刻很默契，无话也不尴尬。

老谢的出现，让孙芊蔚对新环境产生的那点兴奋感黯淡了下来。等她转回103号房门前，那匹正对着的老马又像一匹马了，是一匹忧郁的老马。

来丽江是老谢的选择，作为PR（企业公关）的一次团建，或许说是一次为了告别的聚会更为确切些。老谢将要调离公司总部，到一个三线城市的分公司继续担任PR经理。这消息瞒不住。即使老谢在公司茶水间悄悄告诉过孙芊蔚，但彼时其实这早已不是秘密了。他们这次团建不设主题，务虚，公司就当出钱给老谢请客，答谢一下团队。在梵净山和丽江之间，老谢最终选了丽江。孙芊蔚对老谢讲："我都不好意思说出来，我竟然没去过丽江。"她和老谢都是"70后"。老谢在"70"头，她在"70"尾，行事风格却像隔了一江水。老谢对她的话没反应。说起千禧年前后，文艺青年界忽然流行的一句调侃的话："不是在丽江，就是在去丽江的路上。"孙芊蔚处于那段时间的河流里，似乎不应该"掉队"。老谢很不以为然，不是对丽江，而是对"文艺青年"这个词。按照孙芊蔚对老谢的了解，如果不是照顾手底下那几个"80后""90后"，他更希望去腾冲。因为最近他忽然开始对历史产生了浓厚的兴趣，仅有一小时的午休时间，他躺在办公室的沙发上，耳机里播着王树增的《1911》，闭目，迷糊时会被某个高音惊醒。

在进入这家美国公司在中国设立的分公司之前，老谢是报纸的财经编辑，猎头以年薪六十万元的条件把他挖过去。老谢为公司完美处理过几桩影响恶劣的公关危机，升到PR经理的时候，他把孙芊蔚也从报社挖了过来。他们一直搭档得很好。老谢利用原先在报社的资源为公司摆平媒体，孙芊蔚为老板起草的新闻通稿，无论在报纸还是网站上发表都恰到好处。他们在真实与谎言之间找到了一些模糊的句式和语法，乃至标点。不过，这几年，除了负责撰写公司形象的新闻稿，他们处理负面消息时显得有点束手无策。无论如何，现在人们穷追真相的呼声虽响，但耐心越来越少，而指望制造一个吸引眼球的新热点去覆盖一个负面消息，对老谢他们来说简直就像买彩票。老谢慢慢变得有点"佛系"，工作思路和方式都有了些莫名其妙的变化。相比对外公关，他更关心企业内部文化。他在年会上跟员工大谈"情怀"二字，年度工作计划的第一项就是要在公司成立读书小组，定期举办读书分享会。据说老谢在公司某一次中层会上，陈述举办这种形式陈旧的活动的必要性，他打破了历来的报告流程，以沉重至痛心的语气说，整个公司里的人都不像人，一点人的味道都没有。传出来的话说，老谢讲完，整个会场沉默了三分钟，就像集体进行了一次默哀。孙芊蔚认为这传闻有夸大的成分，但尴尬的场面可以想见。最终的结果是公司随老谢去折腾，反

蓝
牙

107

正这类看不见收益的活动，零成本，只会为老谢的年终总结报告写上一笔。暗地里，他们认为老谢对公司发展提不出有建设性的意见。

一个月当中有一个晚上，老谢让下属把咖啡室布置成沙龙，由各部门派职员轮流参加，在临时充电挂上墙的几盏柔光壁灯下，分享指定读物的读后感。参与者大多是资历较浅可差遣的年轻人，他们通常是坐在灯下，照着一张 A4 纸念，听上去内容专业得可疑，很多是从豆瓣或者知网上复制粘贴下来的文稿。孙芊蔚是读书会的组织者，负责在老谢主持的交流环节给大家递话筒，同时在多次冷场的时候运用她的机智保持活动顺畅进行。不过，需要孙芊蔚递话筒的机会渐渐少了下来，老谢拿着话筒一直讲到了散会。

读书会办了六期后，孙芊蔚感到有点难以为继，她甚至担心随着一些女职员带着家里没人照看的小孩过来，读书会有可能变成亲子教育中心。多亏了《了不起的盖茨比》。

春节前夕的一个寒夜，老谢让孙芊蔚从拜访 VIP（贵宾）客户的新年礼物里，扣下了一些多余的巧克力，用漂亮的包装纸将它们包得像一本本书，他打算给参与者一些物质营养。不知道是巧克力还是盖茨比的缘故，发言的年轻人比前几次都活跃。老谢很满意，孙芊蔚读出了他那种微笑里竟然有着父辈的宽容甚至宠溺的成分。几个分享者照着 A4 纸念出了与故事主题相近的观点，与前几次不同的是，他们用自己的话总结出诸如"女主黛西是个'渣女'""盖茨比是美国中产阶级的牺牲品"之类的结论。在孙芊蔚给老谢续咖啡的那会儿，老谢轻声对她说："看来选书很关键。"他庆幸遇到了《了不起的盖茨比》。

气氛的转变从一个新职员的发言开始。这个西服袖口露出一截白衬衫的年轻人，有着那种不放过任何场合表现自己的欲望，语气跟语速一样冲。他抛出了"《了不起的盖茨比》反映了人性最真实的一面，不应该特指美国或者哪一个国家的人。批判这种真实性的人，都很虚伪"的观点。他滔滔不绝地维护黛西，认为人爱慕虚荣没有什么不对，虚荣是人成功的最大动力，也赞赏盖茨比那种拼命发财之后再将心爱的人夺回来的行为。总而言之，盖茨比和黛西，就是霸道总裁和富家女的故事，是今天所有年轻人的梦想。至于结局，那是因为盖茨比太讲情义，所托非人，被坑了。他那种一本正经的自黑语调，引起了众人几次哄笑，在他讲完"他们完全可以有另外一个结局，女有意，郎有钱，从此过上幸福的生活"这句话之后，还出现了几阵零星的鼓掌声。这情形应该算是读书会成立以来的一次高潮了。接着这个新职员带出来的话题，有人开始抢话筒，其中一个大概处于刚失恋的状态，他拿话筒的姿势像正在喝一支百威啤酒，他哭丧着脸说很羡慕盖茨比，他自己被女朋友甩了之后，没有能力成为霸道总裁，他做梦都想在她家边上盖一所豪宅以示威。气氛热烈起来，没抢到话筒的也开始相互议论。一些根本没看过这本书的人，从盖茨比顺利转移到了他们关心的恋爱、买房这样的现实话题上。就在某一个抢话筒的间隙，大家听到有人猛地一拍桌子，又一拍桌子。老谢接连拍了好几下桌子，震落了搁在杯子边的小勺。大家看到他掏出一根香烟，第一次在读书会上打破了室内禁止吸烟的纪律。打火机的火苗跳动了好几下，孙芊蔚在老谢接过话筒时印证了那种颤抖。

有一小段时间，老谢成为公司的热议话题。年轻人说："PR的那个老谢真能装，明明自己中产了，才来跟人谈铜臭味的危害。"

蓝

牙

109

与老谢共事多年的老友则纷纷为他的职位担心："拿着厚厚的薪水还到处散布"美国梦"终究破碎的原因——'总是以为钱能买下一切'。"

　　在那次取消丽江之行后的十多年间，孙芊蔚去过很多个古城，凤凰、平遥、徽州以及与丽江相邻的香格里拉独克宗，还到过其他国家类似的古镇、古堡。奇怪的是，无论公干还是私游，她与丽江都没有机缘，这样反而使得那次取消行程的前因后果总是会跟着丽江这个地名完整地蹦到她的脑子里。在飞往丽江的飞机上，坐在隔壁的那个男人问她是不是第一次来丽江，她又想起了这桩事。她当然不会跟一个陌生人去唠叨那件陈年往事，不过他说他是第二次来丽江，接着又随随便便地说出第一次是跟前女友一起来的时候，她也顺着说了句："我跟前男友差点就来了丽江。"天晓得这个前男友已经前到十多年前了。

　　男人刚落座不久，孙芊蔚就觉得他看着很舒服，模样、身高都落在她的审美点上。孙芊蔚目测他三十来岁。如果不是计划生育的年代，她觉得母亲会给她生一个类似这样的弟弟，或者说，如果时光倒退十年，她想要一个这样的男朋友。他说不上帅，脑门偏大，肤色可能时常会被别人误解为过于"奶油"。聊过一阵之后，她认定他有着与年龄相吻合的稳重的朝气。她总是会被这种类型的男人吸引。他们聊得很愉悦。无形中孙芊蔚暗自调低了年龄，尽量以靠近他年龄的姿态跟他讲话，甚至某些不符合她人生阅历的观点，她也含糊地认同。他看起来很放松，仿佛他们已经认识有一段时间了。只有她自己知道，一开始她就不是他称呼中的那个"蔚姐"。

他们坐的刚好是安全门边的两人座位，左右没有第三人打搅。他向乘务员要了两张毯子。盖着毯子抬头看电视的某个瞬间，孙芊蔚竟觉得像是两人在过居家生活。她没有婚姻生活的经验，在认识的人眼中，她结婚的概率慢慢降低只是基于她的年龄，而熟悉的人则认为如果她不改变某种坚固的挑剔，她无论处于哪个年龄段都不太可能结婚。她不是个苛刻的人，相反，她善解人意，因而在与后辈交往中自然能消弭一些隔阂。这个刚认识的男人，相谈不久便发出"你哪里像个四十岁的人啊""你看着好小"这样的赞叹，这类话她听得不少，真真假假她都受用。但在结婚这件事情上，她的固执显得很老土。如果避免用"缘分"这个俗气的词来谈她对婚姻的看法，只能笼统地说那些男性都没能与她的灵魂牵手成功。即使爱得热火朝天的时候，她都会因为发生的某件小事而冷静下来，仿佛落入了一个没法解除的咒语中，最终理性地分手。

孙芊蔚离婚姻最近的那次，便是打算一起去丽江旅行的那个前男友。在确定关系之前，她带前男友回家乡过年，见了家长，还要见见她的几个发小好友。唱完夜场卡拉 OK 后，其中一个人不知从哪里搞到了点儿烟花，他们决定找个僻静处偷偷放烟花。在城乡接合部的一个幽暗的小树林边，他们举着烟花筒，朝天空吐出一朵朵张牙舞爪的大丽花。就在这个浪漫的时刻，一束手电筒的光准确地捕捉到了他们，几个巡逻的城管叫喊着从远处跑过来。大家一阵慌乱，商量着要如何应对。在昏暗的夜色中，孙芊蔚注意到她的前男友悄悄地转过身，朝离他最近的小树丛里隐了过去。就像捉到了恋人出轨，这一幕如此隐秘又如此真切，以至于过去那么多年，她连当时心里那阵羞愧都还没忘。她没有告诉前男友分手的具体原因，在

蓝
牙

111

爱与不爱这些事情上，她总是自作主张，不拖泥带水，也尽量降低伤害。在孙芊蔚情窦初开的那个年龄，正是那部日剧《东京爱情故事》流行的年代，她跟许多同龄人一样受到赤名莉香的启蒙，只不过有的人模仿到了莉香的微笑、发型以及服饰搭配，更多一点的就是获得女生追求爱情的主动和洒脱，而她得到的却是一种被人认为不可救药的古怪——仿佛爱情是她自己一个人的事，相比分享美好，她更擅长独自消化伤害。结束一段爱情，她总能让自己面带着莉香式的微笑，掩饰着，转身，消失于斑马线对面的人群。她没再跟那个前男友见过，倒是前不久被拉进一个同学群里，她看到了他的头像，跟很多中年人一样，发福，双手交叉搭在肚皮上，痴笑着靠在栏杆前，身后是云雾缭绕的群山。她没跟他打招呼。他也不太在群里讲话。有好些次，她看到他在群里抢某个人丢出来的红包，抢完，总会发出一个"谢谢老板"的职员鞠躬动图。她默默退出了群。

飞机落地那阵剧烈的震动还没完全消失，他就迫不及待地打开手机要加她的微信。

"程木易。我是实名。"

"我也是。"她手指一点，把他放了进来，在"朋友权限选择"那两栏，她的手指犹豫了几秒。她为他开放了自己的生活圈。她不认为跟他会发生些什么，只是觉得他不会在日益了解她之后对她失望。她不介意他了解自己。

"我会在古城住两晚，再去泸沽湖转转。"

"是想去泸沽湖'走婚'吧？那边可是母系氏族哦，当心哟……"分别前，他们已经可以随意开这样的玩笑。

"哈，我最适合母系氏族啦。"

"这两天找个小酒馆，约？"他挨近她，认真地看着她。

"好啊。"她的脸莫名涌上了一股热潮，不过还没忘记大大方方地微笑，是那种她自以为的莉香式微笑。

除了吃饭时集体行动，他们的团队在古城没有指定活动内容，可以自由组合逛逛四方街和嵌雪楼，或者在小酒馆坐坐，聊聊八卦，也可以申请为了寻找不劳而获的艳遇而独自行动。他们自然把老谢和孙芊蔚划分在了一起，笑话老同志的作息应该会合拍。孙芊蔚倒是觉得古城的作息跟那些年轻人很合拍，晚睡晚起。

在客栈简单吃过一碗米线之后，孙芊蔚出门去附近转转。快九点了，街上还没几个人，凌晨时分还花样百出的小货铺、小酒吧现在都没了动静，大水车在高处独自转动。热闹的鲜花和密集的盆栽，原地等待，眼睁睁看着太阳从自己身上没收掉夜间得到的小费——露水，挂在花瓣上是耳环，围在胖嘟嘟的多肉上是项链。好在，这些稍纵即逝的馈赠被孙芊蔚用手机拍了下来。很快，在她朋友圈的九宫格下方，前后脚出现了两个名字——老谢和程木易。她的脑子里立即浮现出那个男人。她现在已经可以清清楚楚地想起他的样子了，甚至比在飞机上见到的还清晰。昨晚临睡前，她花了不少时间，悄悄翻着他的朋友圈：他的照片、他的美食、他路过的地方……她屏住呼吸，手指轻轻地滑动，好像徘徊在他的家门口，生怕一不小心发出声响留下脚印。她还记得他身边那个女人的样子，她多次将那张合影放大到模糊，俗气地认定那个女人的相貌其实配他是不足的。

她漫无目的，走进一条小巷，里边的建筑风格跟主街无异，只是客舍、小饭馆挨得更紧，翘在空中的屋檐与屋檐像是刚刚互诉完心事，只剩相对无言。孙芊蔚忽然想到，在这么多间客舍里，他下

蓝

牙

榻在哪一家？此刻，他跟她一样已经起床到处闲逛，还是像其他同龄人一样依旧窝在被子里刷手机？这么想着，她心里竟然有点慌张，生怕在某家客栈门口遇到他刚好出来。她不应该让他看到她现在这个样子，至少，她应该穿着那件嫩绿色的帽衫。她匆匆转身回去，速度快了许多，凹凸不平的石板路使她看起来走得有点仓皇。

快走到大石桥，孙芊蔚远远认出了老谢。他站在桥中央，忽而低头去看水，忽而抬头望望远处，好像天上刚落了些什么东西到水里。孙芊蔚觉得那样子还蛮有意境的，她想到了"文艺"这个词，用手机将他跟大石桥一起拍了下来。

"听说玉龙雪山的倒影会落在这水面上。"老谢指着一个方向对她说。

孙芊蔚也站到了桥中央，望望天边又望望水面。水面除了岸边花树的倒影，什么也没有。她盯着老谢指的那个方向，在一大片浓浓的云朵背后，似乎隐藏着一个比云朵更白更亮的轮廓。如果这轮廓就是玉龙雪山的话，那么等到这些云飘过去，应该就能看到吧。他们一起站了一会儿。这时已经过九点了，渐渐有游人来往，古城醒了过来，店铺陆续开门，放出了急不可耐的小狗，在石板路上"嗒嗒嗒嗒"地跑，发出撒娇的欢叫声。

孙芊蔚不确定是不是要站在这里等那一大片云过去。

老谢说，去木府转转吧，它是丽江的"紫禁城"。孙芊蔚无所谓，横竖她在丽江去哪里都是第一次。

老谢兴致很浓，一路上就跟孙芊蔚讲木老爷，说这个木老爷聪明，是一方诸侯，懂得审时度势，建府邸不设城门，不去犯这个忌。"你猜，明里他对人怎么解释这个做法？"孙芊蔚问题不过脑，反问他："怎么解释？"

"木府，要有个城门，那不就成'困'了？一个字——绝。我们做 PR 的，哪有人家这机灵劲儿？"老谢不由自主地嘿嘿笑起来，被一口痰呛着了，咳嗽了好一会儿。

孙芊蔚一时无语，她认为老谢自从被"贬"到三线城市，就开始各种自我否定，逃避现实，对这种不知真假的野史感到佩服。又想到此行回去后，他们多年拍档就要散伙了，孙芊蔚有点唏嘘。

没想到来木府的人这么多。老谢请了个女导游，穿着纳西族服装，红色大褂，背上围着那种古城小店里随处可见的"披星戴月"羊皮坎肩，脚上却穿着这一季很流行的匡威小白鞋，感觉有点"跳戏"。她和老谢就跟着这双"小白鞋"，踏入了朱红色的木府大门。

孙芊蔚一向对导游的解说词不感兴趣，她喜欢自己转悠、乱看，在边边角角能发现一些有趣的东西。很快，有一拨拨游客围过来，蹭老谢的导游讲解听，老谢只好紧紧跟着"小白鞋"。孙芊蔚嫌人多，故意落在人群后边。趁那株盛放得有点吓人的桃花树下没人，她拿出手机取景，眼睛一眨，屏幕里冒出了一个人，那个人好像是从她手机微信里掉下来的。

"我就知道，我们肯定会遇到的。"程木易咧着嘴，高高举起两只手，似乎早料到她必经这棵桃树，已经等待多时。

"咳，古城小嘛。"孙芊蔚故作淡定，脑子里却荒唐地出现那件绿色帽衫，还摊在行李箱的最上层。她感到有点懊恼。

他们站在桃树下说话。桃花浓艳，跟他身上那件洁白的 T 恤是很称的。看清那 T 恤的正中央印着一行字："我们把你们想得太好了。"她笑了。昨天，他们在飞机上，关闭手机前，最后刷屏看到一

蓝

牙

115

条即时新闻：中央外办主任在阿拉斯加霸气怒怼美国高层官员——"我们把你们想得太好了"。正是这句全民关注的话，使她和他跳过了陌生人试探性的开场白，打开了交谈的护栏，就像在某个酒馆共同看一场世界杯球赛，陌生人会因进球而忘情拥抱。

"九十九块钱一件，这里到处都在卖。"程木易用手拍拍胸前的那行字。

经他一提醒，孙芊蔚才注意到，在他们身边的游客当中，果然有好些人都穿着这种 T 恤，白 T 恤配黑字，黑 T 恤配白字，男女同款，就像突然涌进来一个规模庞大的旅行团。"动作真快，古城还蛮现代化的呀。"

透过人群，孙芊蔚看到老谢跟在那个"小白鞋"旁边，往后面的狮子山去了。她想爬狮子山，听说上面可以看到玉龙雪山。她跟上了队伍。他跟着她。他们就这样走在最后，慢慢上山。

"你总是一个人出来玩吗？"

"嗯嗯，隔一段时间，我要出来透透气。"

"透气？"孙芊蔚意味深长地看他一眼，坏笑。在丽江，"透气"这两个字几乎可以用"艳遇"来替换。

他从她的表情里猜到了，有点尴尬。"不是你想的那样，就是，暂时逃离一下。"

"老婆放心你呀？"孙芊蔚记起他朋友圈里的那张照片，那个普通得没有任何气质可言的女人。

"我老婆是那种很强势的人，认为我什么都不敢做，嘻嘻，不过，我是有底线的啦，呃，总之，不会太离谱。"他朝她调皮地眨眨眼，好像跟她能产生一些默契似的。基于这种他所认为的默契，他又讲了些关于自己家庭的事。他跟老婆是相亲认识的，结婚三年，今年老婆准备要小孩。

孙芊蔚其实不太愿意听到这些，她只愿意他是那个在飞机上一起盖着毯子看电视的男人。主要是，听到他说家里大小事都是老婆说了算的时候，她居然有点失落。后来，他长叹一口气又说："不过我已经满足啦，她们家在郊区有拆迁房，置换市内两套，给了我们一套。她是独生女。这样，等于我比同龄人少奋斗几十年啊。"

的确，她从他身上不太能看到在"奋斗"或者"奋斗"过的痕迹。放松，随性，不务正业地涉猎，好像脚底踩着一块西瓜皮，滑到哪里算哪里。她不就是被他的这些所吸引的吗？

"出来透气，有意思吗？"孙芊蔚故意将"透气"两个字说得很重。

"说不上，就是想遇到一些有趣的人，比如像你这样的啊。"他笑着，忽地抬起手，伸过来，似乎是想摸摸她的头。

出于本能，她生硬地闪开，随即担心自己反应过大会伤害到他。这一刻，孙芊蔚特别想做点什么，哪怕像老谢那样，傻傻地顺着"小白鞋"的手指东张西望。这样可以阻止心里那阵隐秘的悸动奔跑进两人的沉默当中。可是，"小白鞋"已经领着老谢他们消失在山体的拐弯处。

他的手再次伸了过来，平摊在她眼前的，是一只银色的无线耳机。

"我是想请你听首歌。"

"哦，哦，谢谢，好的，好的。"孙芊蔚有点语无伦次，幸好，耳朵里突如其来响起的那一段熟悉的过门儿，使她的情绪不顾一切，

蓝

牙

完全集合为一种——感伤，那是每次听到这首歌都会不期而至的感伤。

跟她一样，他也研究过她的微信。几个月前，她转发了这首歌："音乐响起就泪奔，小田和正72岁了，声音还如此清澈，像极了我们逝去的青春和爱情。"他竟很有耐心，从她一日日更新覆盖掉的生活底部找回了这首歌。

《突如其来的爱情》，莉香的微笑如在眼前。1995年，坐在大学宿舍的集体电视机房看《东京爱情故事》，她们不懂一句日语，但主题歌响起，她们饱含深情，咿咿呀呀跟着哼。奇怪的是，此后很多年里，这首歌曲总是在某些时刻会从她心里出现，譬如踩着点上班去追那趟正在发动的公交车，鼓足勇气去找上司提出一些意见，在某次竞争上岗演说之前，某次应酬独自返家的夜路上……那段副歌的高潮部分到来，如同战歌。二十多年后，她竟然成了这个样子——宽大舒适的灰外套罩着一个松弛、随遇而安的中年妇女。1995年，他应该还没开始发育吧。

在歌声中，她的泪水就要夺眶而出了。她只好深吸一口气，假装欣赏前面的风光。

另一只耳机塞在他的左耳。但他什么都不懂。没准看到她这副样子，会以为她是个有故事的人呢。她没有故事，生活就像现在这样，偶然撞见这首歌，突如其来，又必然地消失在日复一日更新的微信朋友圈里。

孙芊蔚机械地抬起腿，迈过一级级石阶。转过一个弯，豁然开朗。上山的游客现在全集合在观景台。顺着大家目光的方向，她找到了雪山。因为角度问题，在这里只能看到与云团相连的那一点雪山尖，但还是能辨认出来，云团混沌、藕断丝连，雪山清亮、棱角分明。不过还是与预期的不同,她以为能望见画册中那座巍峨的雪山。她看见了老谢,他站到观景台的最边上,跟大家一样,抬头看着雪山,手掌却一直拍打着栏杆。她听不到他说了些什么。

那首歌一直在孙芊蔚的右边耳朵里播放,单曲循环。几遍后,刚才那阵浓烈的感伤消停下来,望见雪山的激情也逐渐消退。老谢找到了她。他们一起下山。她没跟老谢说起程木易,那只小小的耳机不为人知地被她垂下的头发掩盖起来。他就像过往游客中的一个,默默跟在他们身后。有时候,耳朵里的歌声断了,她悄悄回头去看,发现他在某段狭窄的山路被人群隔远了。近了,歌声又响起了。

蓝牙的接收范围——十米。他不断穿过拥挤的人群,努力保持孙芊蔚耳朵里那首歌的完整,一遍又一遍。

晚上,团队在一个木楼饭馆聚餐,在二楼的包厢。老谢姗姗来迟,大家都快把餐前凉菜吃光了,才见他拎着一个大黑塑料袋推门进来。他先不落座,将塑料袋打开,顺时针走过去。于是每人手上都得到了一份礼物。老谢说是给大家丽江之行留个纪念。年纪最轻的小赵挨着门边坐,他第一个拿到礼物,拆开看,是件T恤衫,抖开后在自己身上比画,孙芊蔚就看到了那行黑字:"我们把你们想得太好了。"再仔细去看老谢,他穿一件崭新的白T恤,袖口的褶痕还没完全展开,那行字印在左前胸,比程木易胸前那行稍微偏向心脏位置。

老谢反复强调T恤是个人出钱买的,与公司无关。按人头发完,坐到孙芊蔚旁边的空位上,顺手将最后一件黑色的递给她。

团队里一贯机灵的小赞,展开手上的T恤,站起来,脑袋往领口一钻。他太瘦了，T恤里可以装进两个他，看起来很有喜剧效果。大家看着他，嘲笑一通。他索性开始表演，围着桌子夸张地走几步，忽然，朝门口的方向一望，像见到了鬼一样，"Oh, Mr. Darcy, Mr. Darcy.（哦，达西先生，达西先生。）"他对着木门点头哈腰。说完，又迅速挪到门口的位置，换了Mr. Darcy（达西先生）的语气："You are fired! Get the heck out of my office!（你被解雇了！滚出我的办公室！）"靠门边的小赵惊叫几声，配合了他的表演。有一段时间，不知道谁做了他们大老板Mr. Darcy的表情包，这句话在公司流传很广。老谢用手指着他，哭笑不得。"Oh, no, you can't do anything to me, Mr. Darcy, give me a chance, please, please.（哦，不，你不能这样对我。达西先生，给我个机会吧，求你了，求你了。）"小赞求饶的表情滑稽，加上他天生八字眉，皱起来真像个倒霉蛋。大家被这个倒霉蛋的形象逗笑。受到笑声的鼓励，小赞身板一挺，瘦长的脖子从空荡荡的T恤里抻直，指着门口那个看不见的Mr. Darcy，抑扬顿挫，中气十足，说出印在衣服上的字："I think we thought too well of you.（我们把你们想得太好了。）"

小赞用做作的英语念出这句话的时候，笑声收敛了，好像那个看不见的Mr. Darcy真的推开了包厢的门。

"这小兔崽子。"老谢站起来，指着他笑笑，"来，白切一杯，祝贺演出成功！"

孙芊蔚喝的是啤酒，名叫"风花雪月"，跟这两天他们在古城必点的一种叫"水性杨花"的蔬菜很配。

他们订的是全菌宴。每一道菜里都有菌，每一种菌都不重复。

牛肝菌、鸡枞菌、羊肚菌、扫把菌……他们认不出几种，每上一道都要问服务员，转盘一转，又忘记了哪盘是什么菌，七嘴八舌讨论一番。于是老谢给大家讲了一个吃菌的故事。说是多年前有个朋友，"吃货"，吃遍了常见的食材，就去各地搜罗珍馐。有一次去了大理，当地一个朋友跟他有共同爱好，带他去吃一种菌。这种菌长得很魔幻，菌盖肥厚，布满白色凸点，像苍穹上的星，入口，有一股说不出的味道，长久挂在口腔内，辣酒都冲刷不掉。吃下半小时后，人先是涕泪横流，继而异常亢奋，眼见一只只小人儿从桌子上骨碌碌滚落在地，围着自己跳舞，而自己却变得巨大无比，头顶着苍穹，天灵盖上能感觉有星星擦过，凉飕飕的。老谢讲得真真的，如同是他本人亲历的。座中鸦雀无声，不知是怀疑还是吃惊。老谢讲完，小赞赶紧说："百度一下，百度一下。"大家才回过神来理性分析，认为应该是一种毒菌，致幻。

　　孙芊蔚在老谢讲故事的时候开始坐立不安。吃饭途中她接到一条微信："我在小巴黎酒馆，你来不？"他已不再称呼她"蔚姐"，而是坐在"我"对面的"你"，一切关系开端的"我"与"你"。接着他又发了个定位过来。虽是意料之中，但孙芊蔚依然忐忑。她打开那个定位图，酒吧街，在她的西北方向。从图上看，他坐着的那张吧凳与她此刻屁股下的凳子，相距不到五厘米。她觉得凳子的四只脚已经稳不住自己了。她站起来揉了几下腰椎，故作久坐腰酸的样子，扭扭脖子，就像在办公室做的习惯动作。接着她顺势走到窗前，仿佛第一次发现那上边居然摆着那么多怒放的鲜花。她在窗口延宕了一会儿，透过花丛看出去，古城像是在过着某个节日，游人熙攘热情，灯光浓妆艳抹，天上明月催人……她望不见酒吧街。坐

蓝

牙

121

下来，他们还在议论老谢讲的那些小人儿，她一句都听不进去。过了一会儿，她又起身去卫生间。在镜子里，她看见了自己，嫩绿的帽衫显得她年轻了些，"风花雪月"酒使她的脸红扑扑的。她从口袋里掏出口红，给嘴唇补了点颜色。她盯着自己看，认为完全可以从卫生间直接溜出去，小巴黎酒馆，"嗨，喝到第几瓶了？"她连第一句话都想好了。就在对着镜子表演的时候，她看到了额头上那根白发。它居然又在那儿了！早些时候，它就像跟她玩游戏般，先是潜伏在黑发中，被她找见，她把它拔掉了，过一段时间，它又长出来，小旗杆般竖在头顶，反而特别显眼，她又用手去拔，但是太短了，手指根本没法使力，她只好用剪刀剪掉。春风吹又生，它是什么时候又悄悄发芽的？她不得不花点时间专心对付这根理直气壮的白发。对着镜子，她数次用手指拈起它，可是一用力，它就从指缝里溜掉了。最后一次，她用指甲尖夹住了它，使劲一掳。它立即柔软了下来，卷曲，钨丝一般，垂挂在她的额前，这根变异的头发在灯光下特别耀眼。这卷曲的战栗，将会成为她与一根白头发"奋斗"过的证据，暴露在他的眼皮底下，被他识破她的努力。她认为这是不该为他所知的，连同她一开始对那件绿色帽衫的焦虑。

重新坐回凳子上。他们的话题没变，还在讲那种魔幻的毒菌。小赞问她："蔚姐，你有没有产生过幻觉？"孙芊蔚"咕嘟"喝下一大口酒，不置可否。如果此刻真的有一只只小人儿从饭桌上跑下来，她一定会命令他们，立即动身，去酒吧街，去小巴黎酒馆，看看那个等待的男人现在还在不在？她会隔一分钟命令一只小人儿出发。

1995年的那个电视机房里，她们一边掉眼泪一边大骂。永尾完治因为关口里美的到来，眼睁睁看着约定的时间一分一秒过去，而那个可爱的赤名莉香却在寒风中等到了深夜。这是她们第一次感到爱情的意难平。这画面刻骨铭心，以致孙芊蔚在现实中遇到这类纠结、软弱的男人，掉头就走。现在，孙芊蔚知道等待有两个部分——等待时间到来和等待时间过去，不能说谁更好受一些。

大概是酒的缘故，孙芊蔚根本没有睡意。借着清醒的酒劲，她改变了他的权限，轻轻松松地。从此，他看不到她，他点开她的朋友圈，将会看到一条淡淡的灰线，她沉潜在这条灰线以下，在他看不到的时空，每一天，她跟过去一样，更新、等待，更多内容是在做着他所认为的那种"奋斗"。

做完这一切，她披了件外衣出门。草丛边的路灯，照见那匹匍匐的木马，夜色掩盖了它身上的沧桑，姿态的确是有点萌的。转了一圈后，她站到院子中央。古城灯光褪去，夜空中繁星毕现。她有多久没看到过这么清晰的夜空了，越看，星越密。在正北方向，一颗最明亮的星吸引了她，在这颗星导引下，她竟然幸运地串联出了那只大勺子。如此坚定的七颗，如此坚定的距离。她像发现了新大陆，差点叫出声。很快，她的耳朵里像被谁塞进了一只耳机，没有任何前奏，突如其来，直接是那段高亢的副歌，仿佛一只无形的手，摁响了天上那七个音符，忽明忽暗，又远又近。此刻，蓝牙的接收范围是——无限。

蓝牙

昙花现

阳台那里有一个区域，信号一定会不稳定。有可能是那根粗大的廊柱，挡住了网络的信号。这是父亲的判断。不过语音通话竟然不受影响。从疫情开始到现在，两年不能回家，视频通话变成我的必修课。做惯家务的母亲动手能力强，加上比父亲年轻几岁，她操作手机更流畅，提及家里每个角落、每件物品，她都能准确移动镜头让我看见。她每次非要炫耀她种的花，一说起，就动身晃去阳台，手机扫向凌空加盖的那排花架子，月季、海棠、石斛兰、绣球花……运气好的时候，镜头会定格在一朵绛色的月季花上，背景是河对岸绿茵茵的榜山，看着像一幅画。但大概率画面会停留在她脸上某个松垮垮的局部，或者一排锈迹斑斑的铁栏杆上。

"妈，别往阳台走。"我对着手机大声喊，像来不及阻止一个人踏进路边的水洼，眼睁睁看着她麻利地拉开那扇镶嵌着隔音玻璃的移动门，又迅速关上。

这一次，镜头刚好停在晾衣杆一端挂下来的几只年代久远的竹篮上。闭着眼睛我都能认出那里用牛皮纸包着的草药，凤尾草、一

124

点红、百花草、蒲公英、车前草……

"林姨妈走了。"母亲的声音从几只满满当当的竹篮里跑出来，跑到一千多公里以外，我的耳边。

"我知道，妈你说过了，是在养老院。"

频繁视频，我们已经没有什么话题可聊，不像真的坐在一起，围着工夫茶盘，东扯西扯，就连微微感受到空气中湿度加重了，我们都可以一起抱怨今年的"黄瓜季"过于绵长，导致人酸软无力，然后顺着这个话题交流去湿养生的做法。我们相聚的时间多半都是这么度过的。屏幕画面有限，一周或两周甚至更早以前说过的话，又经常被母亲当作新的事情说一两遍，倾听很考验我。要是有耐心的话，我会装作第一次听，间或还提些已经知道答案的问题，但多半我会像现在这样，简单总结，试图阻止她主题不集中的絮叨。

"嗯。她好像知道自己要走，给我打电话说，阿莲，我要回家了。我问她是不是小坚要来接她回家，她没说是，也没说不是，又重复两句，我要回家了。之后电话就断了，不像是挂断的。养老院那里信号总是不好。"

第一次讲这些的时候，母亲尽力克制，哽咽得像个孩子。我比她更早地流下了眼泪。母亲自责在电话断掉以后没回拨过去。她反复强调自己以为林姨妈说的回家，是指小坚来接她回家过中秋，就想着等过两天，中秋节再给她打电话，毕竟她接电话的时候，锅里正处于小火转大火的收汁阶段，她怕搞焦了那只花一下午工夫卤起来的猪肚。她们之间从来没有什么要紧的事情要急着打电话，几十年都没发生过什么要紧事。母亲责怪自己现在很没用，已经不能同时做两件事了。

"我哪里知道，她说回家，其实是走。"母亲说得平静。我也静静地听，眼睛盯着屏幕，希望信号如同福至心灵，会跳出母亲的脸。可那几只篮子一动不动。

"妈，翻篇吧，不要再去想这些负能量的事。"

不记得从什么时候开始，父亲将一些不好的消息统统称为"负能量"，要求我们的通话避开负能量，恨不得在耳朵外竖起一根粗粗的廊柱。对于七八十岁的老人，不好的消息无非就是生病和死亡。这些年，陆陆续续从他们那里听到的负能量，多数来自他们认识或者知道的远远近近的人。与其说害怕这些负能量会影响血压、脉搏的数值，不如说害怕负能量本身的残酷。中年以后，我也不知不觉害怕残忍的事情，在手机上看网剧，遇到诛心的情节，会不由自主拉进度条跳过。

"嗯，你爸在书房。"我忽然意识到母亲跑到阳台的廊柱后边，不是为了重复讲林姨妈的去世。一下子，我的心被揪了起来。说到底，害怕听到他人的负能量，不就是害怕负能量最终降临自身？我担心那里微弱的信号支撑不了母亲的吞吞吐吐。好在，那几只篮子虽然纹丝不动，但母亲的声音还很连贯，除了在一些地方是因为她本人的停顿。

母亲是求我做件事——找一找钟俊仁，如果他还在的话，"告诉他，林姨妈回家了……但是要让他明白，她是走了，时间是二〇二一年九月十六日，酉时。"

我的几个姨妈当中，林姨妈最好看。母亲一直是承认的。她们当年一起从农村被招到文工团，到各个区县演样板戏。她们不是科班出身，但都在十七八岁的年龄，学东西也快。林姨妈必然是主角。《红灯记》里她是铁梅，母亲是慧莲，而徐姨妈和王姨妈因为骨架宽大、肉多、显老，往往只能轮流化妆演李奶奶。《红色娘子军》里，林姨妈是吴琼花，她的腿又长又直，"向前进，向前进，战士的责任重，妇女的冤仇深"，她稳立舞台中央，腿绷直抬高，一点不影响脸上昂扬的表情，母亲她们几个则站在边边，矮下去半截，腿潦草地上踢。林姨妈身材比例好，腰短，腿长，脖子细，穿肥大无形的土布衫都好看，又有一张小鹅蛋脸，化妆最省心。母亲说，她最费事的是眉毛——样板戏要求一字粗眉。林姨妈的柳叶眉是她的烦恼。我看过林姨妈演戏的照片，只觉得她五官精致，哪里都好看，唯独那道粗黑的眉毛突兀，好在底下有一双明眸救场。在她们几个人的生活合照中，即使不站在中心，我也能一眼确认林姨妈的主角相。我母亲仅有过一次主角时刻。因为长得的确蛮像陶玉玲，她在《霓虹灯下的哨兵》里捞到了演春妮的机会。

主角往往是会遭到嫉妒的，但林姨妈和配角们玩得很好，她们的友谊跨越了半个世纪。文工团解散之后，她们得到了样板戏的回馈——被安排进城里工作。林姨妈在棉纺厂，徐姨妈在印刷厂，王姨妈在工人医院，而母亲因为早在进城前就嫁给了父亲，作为家属被安排到了政府后勤处。四个人按照时间给出的剧本，各自演着人生这出大戏，结婚生子，工作至退休，继而含饴弄孙。那些演样板戏的岁月，仅作为几张黑白照片存放在各家的相册或抽屉里。父亲书桌的玻璃板下，压着母亲演春妮的一张后期放大处理过的黑白照片，不过已经不完整——围巾、额头、脸颊、脖子以及斜襟扣子系得紧紧的胸部，这些地方都被我和弟弟的彩色照片盖住了，而我们

昙花现

127

那些彩色照片又陆续被他们两个孙儿的搞怪大头贴盖住了大半。

　　林姨妈跟我母亲最亲密，她是我家的常客。她挨着母亲窃窃私语的样子，倒像她是母亲的妹妹，实际上她比母亲大一岁。奇怪的是，我并没有遗传到母亲对林姨妈的亲密，整个童年我最怕见到她——她的到来必然伴随一个热烈的见面礼，这种热烈不见得是有多喜欢我，而是进他人家门那一刻的开心。她抓住我，像啃苹果一样，口水印在我胖嘟嘟的脸颊上，接着又从正面乱亲一气。我肯定是挣扎躲避过的，但这讨厌的见面礼几乎伴随我整个童年，等我长到足够的力气，能让她感到我的挣扎是认真的而不是出于小孩子的扭妮，她才停止这样做。有一次，林姨妈开玩笑问我："妹妹，分了新班级，同桌的男同学好不好看？"我大方地点了点头。她又问："有多好看啊？"我恶作剧地大声喊："像钟俊仁那么好看。"那时，我已经不止一次从母亲与林姨妈的窃窃私语中听到过这句话。林姨妈用手把整张脸捂起来，手心里传出一阵"咯咯咯"的笑声，像是在害羞，笑过之后，忽然将我一把拉到她的腿边，不顾我的挣扎，对我一阵乱亲。她亲得很用力，好像怀着某种善意的报复，又好像在我脸上撒娇，嘴里咬牙切齿地喊出钟俊仁这个名字。

　　"妈，林姨妈嘴巴好臭。"我终于确认我的不适来自那些口水的臭味。我小时候有一些奇怪的想法，比方说看到满脸皱纹的老人，我会悄悄对母亲说，这个老爷爷好痛诶。同样，林姨妈的口臭让我认定她总是不开心，甚至觉得她身体里藏着什么东西在腐烂。

　　"你林姨妈白长了一张好脸壳。"母亲认为林姨妈不经营自己，更不经营家庭。样板戏主角在台上演着别人的人生，催人振奋，台下却一塌糊涂。但这反倒使林姨妈和母亲她们之间构成了一种平衡，她们和谐安好了一辈子。她们时常聚会，各自牵着两个或三个孩子，呼呼喝喝，鸡飞狗跳的。只有林姨妈单丁独户，偏坐一侧，瘦瘦的两腿间夹着一个同样瘦瘦的"小萝卜头"。小坚向来不合群，融入不到我们这些时而合作时而互相抢地盘的孩子们中间，他咯嘣咯嘣咬完一块水果硬糖，就开始闹着要回家找爸爸，嘴里被塞进一块新的水果硬糖才消停。塞了两次，他不干了，脸埋在林姨妈腿上故意使自己憋气，两只手在林姨妈身上抓来挠去。林姨妈一点办法都没有，只得草草收兵回家。她们说，小坚好像不是林姨妈生的一样，养不熟，也治不住。林姨妈根本没有心思研究出对付小坚的办法，同样，她也没心思研究出跟林姨父家和万事兴的秘诀。那个沉默寡言的林姨父，一辈子在生产资料局工作，凭票购物的时候有过点小权力——我们家第一台黑白电视机，就是托林姨父拿到票买的。新旧世纪交替之际，单位转企，毫无斗志的林姨父干脆提前退休回家。林姨父总是一个人到河边小公园看人下象棋，间或按捺不住低声发出几句议论。像小坚一样，林姨父也没能融入棋局作为对弈的任何一方。他和林姨妈各玩各的，直到最终先于林姨妈独自走上黄泉路。

二十世纪七十年代，"独生子女"这个词还没有被创造出来。只有一个孩子的家庭，时常被人暗戳戳地揣测问题出在男方还是女方身上。林姨妈生下小坚，刚出月子，就跑去工人医院找王姨妈，瞒着林姨父做了结扎手术。我母亲知道这事后，把王姨妈大骂了一通。王姨妈说："你来拦拦看？林莉这个颠婆，死都解不开那个结。她一遍又一遍搬出钟俊仁来说，你叫我怎么劝？"母亲一听，怒气顿时熄成叹气。

那只节育环早早地在林姨妈子宫深处套上了一个结，就好比现

昙花现

129

在一个已婚人士把一枚戒指戴在了无名指上。只不过，这种宣示的形式不是出于爱，而是——拒绝。因为身体里的这枚"戒指"，林姨妈跟林姨父的关系变得很糟糕。有段时间，林姨妈像是把家当成旅舍，一到晚上就爱跑来我们家。有时给我妈搭把手，更多时候会坐在窗下一张板凳上，默默地织毛衣。母亲没工夫理她，父亲在书房写领导发言稿，我和弟弟趴在桌子上写作业，差点忘记了屋子里还有个林姨妈。到我们准备刷牙洗脸睡觉了，她才理平针脚，毛线团一卷，小篮子一装，塞到板凳底下，伸个懒腰，好像刚结束夜班。第二天，她又来我家上"夜班"。

中秋节晚上，林姨妈也照样来了。月亮还没升起，她就拎着用油纸包的四个大月饼和一网兜柚子，直接爬上天台等我们。那时我们住在宿舍楼最顶层。从我家门口往上还有一截楼梯，尽头是一扇虚掩的小木门，从小木门走出去是个公共的天台。除了邻居偶尔趁天好爬上来晒晒被子，这里几乎属于我们家自用。母亲施展农民出身的本领，在天台四周用大大小小的花盆种满了蔬菜，中央搭起一个高高的瓜架，丝瓜、苦瓜、葫芦瓜、葡萄……藤蔓四处攀爬，绿叶密密麻麻隔出来一个小天地。父亲从家里牵出一根电线，在瓜架上吊两只小灯泡，这里就变成了一个小茶室。天气好的时候，我们在地上铺席子，放张小茶几，坐到这个小天地里喝喝茶、嗑嗑瓜子、望望天。逢着节假日父亲有空，检查我和弟弟背诵唐诗宋词，也在这里进行。"谁知林栖者，闻风坐相悦。草木有本心，何求美人折。"父亲最欣赏这几句，摇头晃脑单拣出来背。这些时候母亲是插不上嘴的，她只会简单的"鹅鹅鹅"。母亲指着夜空中那三颗等距排列的星，说："看，扁担星，多平。"白毛女逃进深山老林，夜夜望星空，盼救星。林姨妈穿着破衣裳，一头披散的白发，对着夜空苦大仇深地唱。舞台一侧那棵纸皮糊起来的树梢顶端，挂着三颗整齐的红五星。团长在台下一看，蒙了，这一场，八路军还没杀到，哪里来的红五星？仔细又一想，后边出场的那些八路军帽子上不是有两颗扣子？谢幕之后，团长调查这几颗无中生有的星星，才知道，我那几个没文化的姨妈，为了增加舞台效果，请钟俊仁在部队仓库里翻出些褪色废弃的旧红旗，剪下三颗红星，用毛线整齐地串在一起。高高挂着的扁担星陪伴着凄苦的白毛女。

样板戏从上边出发到区县，专业性会大大减弱，业余班子业余演出，在故事情节大方向不变的情况下，道具会因地制宜做些微调整，有时细节也会结合当地观众的喜好进行改动。比方说，《沙家浜》的芦苇荡在我们这里变成了一塘荷田，《智取威虎山》里座山雕的皮草大衣改成了我们这里有钱人穿的香云纱袄。类似这样的改动很常见，是为了更能引起当地观众的共鸣。反正这里的观众谁也没有看过原版的演出。但这三颗被姨妈她们发挥出来的扁担星，使团长大发雷霆，责令她们逐个写检讨书。

"这个死'馒头'，差点要给我们定性为'破坏革命样板戏'。"母亲笑着骂的那个人，我们经常见。中山电影院放映新电影时，等观众都在位置上坐好，我和弟弟到门口跟检票员讲："'馒头'让我们来的。"要是还不给进，我们会绕到电影院的侧门，那里有间小屋子，"馒头"叔叔一准儿在那里面办公。他会赶在剧场熄灯前把我们领进去。在空旷的影院前厅，他挺着圆滚滚的肚子在我们前面小跑，腰上一串钥匙抖擞雀跃，如同我们看"霸王戏"的心情。退休后，姨妈她们经常约他在西江边饮早茶，杯盏一推，几个人打

昙花现

斗地主，轮番赢他的钱。

"妈，八路军帽子没有红五星啊？"我弟弟那一阵的理想是当解放军，他拿母亲做衣裳余下的布条绑在小腿上，皮带在腰上一捆，深深吸着气，木头枪困难地插进皮带内侧，敬起军礼也是雄赳赳的。

"救白毛女的八路军是没有的。"母亲只记得戏里的服装。

父亲说："八角帽才有红五星。后来，红军改编为八路军，直筒圆顶单帽上缝了两颗扣子。"

弟弟就吵着让母亲给他的帽子缝上两颗扣子。

比起父亲那些"小园香径独徘徊"的诗词，我更爱听母亲讲她们演样板戏的故事，台前和幕后，戏里和戏外。

天台的避雷针塔下有块小平台，林姨妈在那里扦插种下了两盆昙花。林姨妈不知从哪里听说，昙花好养，又可以入药，煲汤清热解毒，种昙花符合她的日常需求。这两盆昙花也是她经常来我家的一个原因。施肥、修剪枝叶，在林姨妈的精心照料下，它们长得比母亲种的菜还肥壮。每到夏天，叶子边缘会长出一些长长的花苞。大清早，母亲给她的蔬菜浇水，翻开那些像海带一样肥厚的叶子，找到一朵垂头丧气软塌塌的花，说："欸，这朵昨晚开过了。"好像刚发现昨晚那里发生过一些不为人知的事情。

总会有那么几朵昙花像是被林姨妈施了魔法，准时在月圆时分开放。我从没见过昙花开放的整个过程，往往只看到昙花挣脱紫色的衣裳，昂起头，好像下定决心要出来跟我们一起望月。它的嘴巴刚刚张开一个小口，我就呵欠连连。那些发誓要等昙花开的话，就像大人哄孩子入睡前的承诺。我在迷迷糊糊中被父亲从天台上抱回床上，第二天醒来记起，跑去看，那几朵昙花又整齐地扣好了紫衣裳，什么事都没发生似的，开花只是做了个梦，跟我一样刚醒过来。不过它们不再昂起头，泄了气般垂落在叶子下，远远看去就像那里晾着我和弟弟的几双白袜子。

除了林姨妈，我们家没人看见过昙花开到尽头的样子。在我们小时候的那个年代，大家作息都还很"农民"，早睡早起。我们小孩子自然是抵挡不住瞌睡，父母那时候似乎也特别缺觉，绝对不会为一个月亮、一朵花熬夜。但林姨妈对熬夜不以为意，好像在夜晚醒着是她练习出来的一个本领。她独自在天台守了一整夜，等昙花开，又像是为了送走天上那轮圆月。南方的中秋夜，暑气仍盛，躺在席子上一夜到天明也不觉得凉。暗夜里，昙花与明月同色，因过于洁白亦有光一样的明亮。

"昨晚昙花怎么开的呀？"我们问林姨妈。

林姨妈表演给我们看。她将五个手指尖拢在一起，自己制造出某种节奏，一下，一下……直到将手掌张开到最大，每根手指仍保持微微地弯曲："最大的时候，有我们吃饭的碗那么大。"

很多年以后，我在微信上看到有朋友发了夜晚昙花开放的全过程视频。昙花的开放类似于孔雀开屏。在那洁白的花苞里，仿佛含着一股力量，先是挣开了紫红色的棱脊，接着冲破白色花瓣的重重包裹。绽放如同破裂。由于经过剪辑技术处理，五小时的花开过程，被压缩成一分多钟，但不觉得急促，倒使人安静地看到一种时光流淌的节奏。最终，视频定格在花开的极致处，果然"有我们吃饭的碗那么大"。

开过的昙花，林姨妈会将它们剪下，用毛线针在粗茎上穿个小孔，绳子一串，倒挂在晾衣竿上，跟那些她不时从北山上、河滩边、公园里摘来的凤尾草、一点红、车前草、蒲公英、百花草、鸡骨草之类的挂在一起。等到晒干晒透，这些她称为"看门药"的东西，就会被逐样分成几等份，包在一种黄色的牛皮纸里。"看门药"在我家以及每个姨妈家的阳台上都挂着。我结婚后搬到现在住的家，阳台上也同样有，只是，在我的那些牛皮纸面上，母亲生怕我不会分辨，让父亲用钢笔分别写上了：凤尾草 2015，一点红 2015，车前草 2018，蒲公英 2019……

这一类常见的野草晒干后变成了"看门药"，它们分别负责一些常见的病症：凤尾草负责小腹坠胀，车前草负责小便不畅，蒲公英负责白带异常，鸡骨草负责口苦口臭……事实上，这些仅仅是林姨妈的常见病症。久病成医，她总觉得大家——主要指女人，都会像她那样，在戴上那枚"戒指"之后，仿佛就携带了终生不愈的妇科病，从小腹到腰再到双腿，整个下半身连绵不绝的酸酸胀胀，描述不准是什么滋味，总之是那种可以忍着不去医院的症状。

记得有一次，我生完孩子回家度产假，林姨妈专门拿一包金樱子来，吩咐母亲用 40 度的酒加红枣、枸杞浸泡。每天饮半两，专门保养被胎儿伤害过的子宫。初为人母，我仍沉浸在对婴儿奶香芬芳的甜蜜期，听到她用"伤害"二字，心里觉得印证了小时候对她母爱淡薄的判断。不过有一次，我突然感到小腹剧痛，母亲从阳台的篮子里扯了一把凤尾草，煮水，我喝下一大碗，症状竟很快消失了。从此，我对林姨妈那些"看门药"有了些许迷信，虽然极少使用，但还是会让它们挂在我家，看门。

我母亲认定，最终是那枚"戒指"要了林姨妈的命。对照自身，母亲甚至认为那"戒指"早已经腐烂在林姨妈的子宫里。五十二岁告别月经那年，母亲在父亲的陪同下，去医院将那枚戴了二十多年的"戒指"取下。本来以为是个门诊小手术，没想到，随着子宫的衰老、萎缩，"戒指"嵌入肉内，与子宫相连相生，需要用钳子将它一点点剥离。手术花了两个多小时。因为出血量大，母亲从门诊转到住院部，吊水消炎，前后三天才出院。母亲说，这比任何一次生孩子都疼。她朝父亲乱发脾气，好像这"戒指"真的是父亲当年送给她的劣质礼物。父亲任由母亲骂，他向来严肃的脸上出现一种我几乎没见过的坏笑。

由于母亲这次经历的提醒，我那几个姨妈才忽然记起她们身体里的那枚"戒指"。日久年深，她们已经忘记它的存在，如同自己忘记了自己年轻时的模样。徐姨妈退休后马不停蹄接连带大三个孙子，一直拖拉到六十多岁才有空闲想想自己的身体，多亏了一次剧烈的腹痛，检查出那枚戴了三十多年的"戒指"已经逃离她荒芜的子宫，跑进腹腔里试图继续寻求安居的沃土。幸而发现还不算晚，做了一个腹腔的大手术后，徐姨妈说话的中气少了一半，"好在几个孙子已经念书了，完成任务了。"提起自己的身体状况，徐姨妈总不免这么解释。

但林姨妈是一直都记得的。她的一生被它硌得酸酸胀胀，下半身状况迭出，但从未曾想过将它取出，她与它共存到生命的最后一刻，直至将它带进坟墓。她的去世很离奇，听小坚说，她突然连着几天吃不下东西，人就没了。后来，养老院里有个母亲认识的护工，小心翼翼地在电话里跟母亲讲："你那个姐妹，刚走掉的那个林莉啊，一点不'突然'的。来这里之前就有子宫癌，不治疗，不让说。

昙花现

135

儿子也没来管。难受了，就让我们护工帮煲点草药喝喝。癌啊，喝草药能喝好的？"放下电话，母亲哭一阵、骂一阵。两个姨妈知道后，也是哭一阵、骂一阵。

我以为林姨妈害怕怀孕是为了保持身材，就像现在很多女明星那样。

"你别忘了，林姨妈怎么说都是女主角，跟你们不一样的，她会在意自己的形象。"跟母亲逛街买衣服，懊恼一条裤子的加大码断货时，我不止一次这样打击过她那如同怀胎六月的大肚腩。

母亲哈哈一笑，一副云淡风轻的样子。"草台班子的女主角，谁还记得谁演过谁。"那些几十年前坐在台下看到过她们的人，用母亲的话来说，"多半已经入土的入土，老惺懂的老惺懂了吧。"

林姨妈吃再多再好都不可能胖。"这个钻牛角尖的人，怎么会胖？"母亲接下去又要提到钟俊仁。

掐腰的红上衣，翠绿色的裤子，喜儿同款的大辫子扎着红头绳。林姨妈把钟俊仁看痴了。作为当时地委书记的贴身警卫员，常常得以坐在前排看戏，谢幕接见演员的时候，他也在场。他近水楼台，顺利获取了林姨妈的芳心。在人们眼里，他们两个的确般配。无论什么时候，母亲讲起钟俊仁，即使往往带着一种惋惜的语气，也都不忘赞美他的英俊。退休在家，母亲跟我一起看港剧《原振侠》，见到黎明出场，她会指着屏幕说，钟俊仁就长得像他，脸形和鼻子特别像。我曾经狂热地喜欢过黎明，无数次想过，不知道什么样的女人才能嫁给他。要是我有一个这样的姨父，我跟林姨妈会不会亲密一些？不过也有可能会更疏远，至少她不会以经常到我们家玩为乐。

在情感道路上跌跌撞撞，我拖拉到三十四岁终于出嫁，婚事定下之前，母亲有一次拉我进房间，关上门，那架势像是要传授我一份沉甸甸的家传之物。"妹妹，结婚一定要跟自己喜欢的人。"仿佛一句经典的台词，母亲终于将这句存了好多年的话说出口。

林姨妈没能跟自己喜欢的人结婚，原因在她。人生中某件重要的事情出了一个错，好像之后容易一错再错。而对于那个时代的女人而言，没有什么比嫁人更为重要的事情了。林姨妈跟钟俊仁的恋爱在那个小县城是很轰动的，又因为得到地委书记的认同而有了极大的正确性——这其实在很多人看来可以列为光荣了。没想到，1968年，我们这一片局势紧张，两派对垒，钟俊仁不可避免地倒霉了。

在一个明月皎洁的夜晚，钟俊仁拿着一张地委书记签署的结婚介绍信，跑来征求林姨妈的意见。那个时候，传言已经四起，大趋势大家也看清楚了。地委书记命运未卜，他此前所有的政绩都将被推翻甚至被视为反面教材，他的派系队伍即将溃散，由他签署的文件将统统失效。而林姨妈和我母亲她们，也已经听说钟俊仁将被"流放"到山区农场护林。时年二十七岁的钟俊仁向林姨妈拿出那封信，但并没有提及自己的明日厄运。他不提，她也没问。两个人，坐在被黑夜笼罩的小河边，隔着这张未被捅破的窗户纸。黎明到来之际，希望随月亮悄然隐去，失望却在朝阳里渐渐蔓延。年轻的林姨妈没能做出正确的决定。我猜，"正确"这两个字，是母亲跟我说起这事的时候，自己加上去的。

在这张结婚介绍信作废之前，像是部署某个战略，由地委书记牵线，钟俊仁迅速跟另一个女人结了婚。一个黄昏，县长途汽车站的黎司机给母亲她们几个带来了一包喜糖，托运人是来自两百多公里以外松村农林站的钟俊仁。

昙花现

"妈，这不能怪林姨妈，他不说出来，难道打算骗她结婚？"

"从来就没有人怪她，是她自己怪自己。"母亲苦涩地笑了笑。

在母亲仅存的几张老照片里，有一张林姨妈和母亲、徐姨妈三人的剧照。林姨妈坐在铺满稻草的木板上，母亲和徐姨妈则分别坐在她的左右，大概是因为寒冷，三个人身体紧紧挨着，目光望着同一个远方，脸上却是那种夸张的坚定。这是在狱中临刑前话别的场景。再说几句话，母亲和徐姨妈就会被国民党士兵拉出去枪毙，独剩林姨妈一人，等待乌豆那一幕经典的刑场救人。《杜鹃山》，林姨妈饰演视死如归的铁血队女党员贺湘。她们演过很多场类似这种表达坚强意志的戏。演得多了，好像感觉自己真的连死都不害怕。我母亲告诉我，有一个晚上，她们到梅花村演出，因为第二天一早要开大会迎接最高指示，她们连夜走三十几里的山路回县城，半途掉队了，她们举着仅有的一盏煤油灯，路过一片磷火乱飞的山坟地，她们大声唱着歌走过去，一点都不觉得害怕。可是那次，她们商量了一整夜，拼命劝阻林姨妈，再也不能回到松村那种穷山旮旯里生活了。她们对那种穷困及无望的生活感到彻骨的害怕。她们对"新生活"满怀激情和希望，坚强的意志却在现实的颠簸中变得脆弱不堪，即使用爱情这种美好的东西也难以维系。

谁说不是？爱情从来就是生活的一部分。仅仅是其中一部分。

母亲在舞台上只演过一次爱情戏，就是她当主角的《霓虹灯下的哨兵》。春妮的丈夫——三排排长陈喜，被上海南京路的"香风"腐化，一度丧失革命意志，幸而最终被英雄感化，回归正确的革命道路。有一幕：陈喜嫌弃糟糠之妻，将他们的定情物——一只针线包，扔得滚落舞台。那只针线包是林姨妈一针一线做出来的，被母亲像勋章一样留下来，纪念自己这次的主角身份。小时候我时常偷穿母亲的衣服，在一只大大的樟木箱里见到过它。红缎面上绣着一只小鸟，展着灰色的小翅膀。

挂掉视频，不一会儿，我收到母亲微信传来的照片，不是原图——她总是忘记点下边那个小圈。但那张旧纸片上的字够大，够严肃，笔画不作潦草的勾连，好认：钟俊人邕县良宁镇自然资源所。我的第一个反应竟然想笑。原来他的名字是这样的，几十年来，我一直很自然地认为是钟俊仁。要早知道是这样的"俊人"，估计每次听到我都会忍不住笑出来。我甚至怀疑，之所以隔着那么遥远的记忆，她们对他的俊美不减赞赏，多半是受这个名字的暗示。

为了腾出老房子给小坚二婚，林姨妈收拾好一些自己的东西，准备住到北山脚下的养老院。这张旧纸片就在这些东西里面。去养老院之前，她把它交到我母亲的手中。

"哪天我走了，想办法告诉钟俊人。"这句话让我母亲伤心了好多天。她们在一起好了那么多年，互相帮忙的不过是些柴米油盐，芥豆之事，这张旧纸片就像一个即将奔赴"刑场"的人托下的遗愿。母亲想起前半生她们一起演过的那些英勇故事，觉得这件事情非做不可。

我其实并不太抱希望，潜意识里还有些嫌麻烦。这不是一个电话打过去就能解决的。人海茫茫，大费周章去为一个已经离世的人完成一件事，其实仅仅是为了告慰活着的人。何况是这样的一件事。这又算是一件什么事呢？

在电话里，我跟母亲兜来兜去，最后说出了我的心里话："妈，

昙花现

139

你算一下，五十三年了，五十三年间没有任何联系的一个人，说不定他早就不在那个地方了。"其实我想说的意思是，说不定他早就不在了。但这话我不敢对一个跟他年龄相仿的人讲。

"我觉得不会。嗯，不一定会。她之前还去找过他。"母亲把声音压得很低，很轻。

我才忽然醒悟，这张旧纸片上的地址不是松村，不是那个把母亲她们吓怕的穷山旮旯。

"之前是什么时候？有电话号码吗？"我仍然希望一个电话能搞掂，或者加个微信搞掂。现在跟人联系，即使是一个陌生人，不必见面，在微信上也能说很多话，交代很多事。

"呃，只有这个地址。"母亲在心里算了一下："林姨父去世那年，应该是 2007 年。"

我在心里迅速地算了一下。"妈呀，十五年前了欸，那还叫什么之前啊，妈，你这是什么时间概念呀……"十五年前，我的孩子才刚刚出生。

2007 年，林姨妈偷偷跑去松村找钟俊人。谁也不知道她想干什么。她对母亲她们从没说过，直到她将那张纸片放到母亲手上。她也只是简单地告诉母亲，她"之前去找过他"。那时，松村已经不存在了，合村并镇，钟俊人就在纸片上写下了这个地址。现在，像拉进度条一样，我从五十三年前拉到十五年前，要找到十五年前的钟俊人。即使时间"咻"一下缩短，我也觉得并不是件容易的事。

我默默地在我的人际圈里搜索了一番，确定在邕县有联系的只有一个老同学，不过她的工作跟自然资源一点不沾边，她是个中学老师。硬着头皮电话打过去，简单地把事情说了一下，装作好像为了找这个人我在很多地方已经说过很多遍似的。我认为她顶多只会帮我打几个电话，毕竟只是——这样的一件事。我倒是反复回味刚才在那通电话里，我灵机一动，将钟俊人这个人定义为"我姨妈的前男友"。老同学还以为要找的是这个单位的在职人员，觉得难度不大，答应得也干脆。不过，当我接着说出他的年龄。她沉默了好一会儿，最后改口说，那我帮你问问，我尽力啊。

这事要不是身处其中，外人总归会觉得过于戏剧性，能否做成，也不是编剧说了算的。

那通电话后，几天没消息。有一天傍晚，在社区做核酸检测，工作人员扫了扫我的健康码，一个机器立即准确地念出了我的名字。我的心里亮了一下。

按照我提供的思路，那个老同学找到了她一个学生的家长，这个家长在邑县卫健委工作。果然，几天之后，万能的大数据让我们锁定了生于1941年的钟俊人。他属于良宁镇一个叫益民社区的网格管理范围。

我添加了一个微信名为"人在旅途"的人，头像是有山有湖的风景。此人是良宁镇平安养老院院长。对于我和母亲来说，"人在旅途"现在是这个世界上离钟俊人最近的人了。在我的微信朋友圈里，居然有几个人不约而同叫"人在旅途"，有男有女。如果不是及时添加备注，我根本分辨不出谁是谁。他们平时不怎么发朋友圈，一到周末，美景美食几乎刷屏，各种节假日会分享官方制作的贺卡。我猜，"人在旅途"也属于这类中年人。

加上不到一分钟，"人在旅途"发来一张照片。他老得不像一个刚跨入八十岁的人。要是按照我小时候那种奇怪的逻辑，这个人

昙花现

一定会被我列为"好痛欻"那类。除了因为肉少而倔强挺直的鼻子，他脸上每一个地方都塌下来了。不过他花白的板寸头，让我确信他就是我要找的钟俊人。这一点跟母亲多年来对他的描述是吻合的。吸引我注意的是，他长满老年斑的手上，竟然拿着一张报纸。从他的姿势看来，拍照是为了使镜头更好地展示这张报纸。

这张照片不是特意为我拍的。每个月，"人在旅途"都会为那里边的老人拍这样的照片，然后上传到社区街道办的一个系统，照片被确认后，这些老人才能领到每月 80 元的养老补助金。因为疫情的缘故，本人没法前往街道办确认身份并领取 80 元，"人在旅途"每个月就多出了这么一桩任务。像道具一样，他们手上会拿着一张当天的报纸，上边的日期就是他们当月活着的证明。

"他只认得出少数人，脑萎缩啦。""人在旅途"用语音发给我。她果然懒得打字。

我将照片传给了母亲。隔了很久，母亲才给我回电话。"怎么那么老了啊。好像真的是他，眼睛和鼻子都像钟俊人。"

又过了一阵。"人在旅途"发来一段视频，时长一分三十七秒。

跟我想象的差不多，"人在旅途"是个中年妇女，肥胖。唯一称得上特征的是她的穿着—— 一件紧身的橙色毛衣，一条黑白竖条纹的阔腿裤。她一出现便夺走了我的注意力。

她凑近椅子上的老人，嗓门很大，说出了我写给她的那段话。

"你还记得林莉吗？"她跟我说过，钟俊人是那里唯一一个讲普通话的老人。好在，她的普通话讲得还行。

在养老院做久了，"人在旅途"很能把握跟老人说话的节奏。她停顿了一下，看看他的反应。

"嗯，是的，住在梧市的那个林莉。"我不清楚她是怎么能接收到他表达过"是"的意思的。我一点都看不出他有任何反应。

"林莉有个亲戚，让我告诉你，林莉回家了，时间是 2021 年 9 月 16 日，傍晚 6 点左右。"在我写给她那段话里，在"酉时"的后边，我用括号注明"傍晚 6 点左右"。看到她这么讲，我竟生出一丝得意，仿佛相比整件事，我更期盼这个地方的出现，更为自己的用心感到满意。

"人在旅途"又停了下来。这次停得比上一次久一点。

"你听懂了吗？林莉过世了。林莉过世了，听懂了吗？"

说完，她指了指我这边，让他看过来。他的眼睛就看向我了。我突然感到有些慌乱，好像他真的能看见我。好在，他那双深凹下去的眼睛，一如往常只能看见他所处的熟悉的周遭，那些将伴随他到达人生终点的时间、地点和人物。他脸上的迷茫没有一丝改变。想到这个，我顿时释然了。

视频结束了。那么短，短到我都很难在它底部的进度条进行拖曳。一拖就到了开始，或者到了结束。它并非像人们回忆中的时间，自成节奏，有的会被无限压缩，有的会被尽力拉长。

昙花现

143

给猫留门

　　"豆包回家了。"老沈告诉雅雅："胖得像一只大熊猫，每层楼的灯都被它踩亮了。"

　　"亮！豆包喊一句，灯就亮了……"老沈学着雅雅的口气。

　　"咯咯咯咯……"雅雅在电话那头笑得欢。

　　老沈兴致勃勃地重复了好几次"亮了"。

　　犹记得有一段时间，沈小安一家周末过来吃饭，每爬上一层楼，雅雅就用尽吃奶的力气喊——亮！感应灯被她喊亮之后，雅雅也是那么笑的，咯咯咯咯……五楼，小孩子也不嫌累，爬上来之后，还要拉着老沈重新下楼，又喊上一轮。老沈气喘吁吁地跟在雅雅后边，力气只够在心里笑。这个游戏是这座旧楼唯一的亮点，如果没有那些时亮时灭的感应灯，估计雅雅会蛮缠着让沈小安背她上楼。不过这些吸引力也不长久，上学之后雅雅就不太愿意来爷爷家了。周末，她偶尔跟她爸妈到郊外玩，多数时间在家看电视、玩手机或电脑。直到豆包"喵喵喵"地在她脚边蹭。

　　那天雅雅玩饿了，嚷着要吃奶油蛋糕，老沈就牵着她去马王街对面的蛋糕房。老沈不喜欢吃烘焙过的洋面点，喜欢蒸笼里跟热气一样白的土包子。泰康粮店的那几个店员，换了多少茬，每一茬都知道马王街有个瘦瘦的老爷子，每天清晨准点来买豆包。去蛋糕房不会经过泰康粮店，但老沈故意绕了一下路，他想让他的朋友们看看自己的孙女，尽管他连这些朋友叫什么名字都不知道。在老沈眼里，雅雅是这个世界上最好看的小孩，一笑起来，左右两个对称的小酒窝，总能引人赞美。这些赞美的话，再怎么重复，老沈都像第一次听。

不太会有顾客在晚饭前来买豆包，店员已经开始清点收银柜里的钞票。他们果然赞美起这个老客户的孙女，并且慷慨地掀开蒸笼，用袋子装了两个豆包送给雅雅。就在雅雅怯怯地犹豫要不要接过来的时刻，一只小猫不知从什么地方窜了出来，跃上收银柜，朝那两个豆包"喵喵喵"叫个不停，雅雅先是吓了一跳，接下来，就跟小猫成了朋友。

它是只小白猫，除了额头和脸颊处有一些灰色的斑纹，其他地方跟蒸笼里的豆包一样白。太瘦了，以至于很难从个头判断它的年龄，不过叫声倒不是很成熟。没有人认识这只小猫，但它却谁也不怕。大概是饥饿壮大了它的胆，圆睁的绿眼睛一直盯着那只袋子，一副准备要出手的架势。

等老沈一只手牵着雅雅回家的时候，他的另一只手上，挂着一个黑色的塑料袋，豆包（小猫）躺在里边，安静得像一件被主人买回来的什么东西。

李倩对沈小安说，你老爸真的不会当爷爷。之前，雅雅就一直缠着他们要养猫，沈小安倒是没意见，到了李倩那里却通不过，原

給貓留門

因是她对猫毛过敏。老沈猜她对任何小动物都会过敏，从她生活上对雅雅过于敏感的管制可以看出这一点。所以，这只被雅雅从泰康粮店带回家的流浪猫，最后只能留在老沈家。老沈乐于奉命，只要雅雅喜欢，他干什么都行。

有了豆包，老沈就能经常见到雅雅。不一定是周末，有时候，放学后沈小安也会带她来，老沈像迎接贵宾一样，削好水果，买好菜。通常他们三个会在一起吃个晚饭，豆包就窝在雅雅的腿上，雅雅吃一口，问一句："弟弟，要不要吃鸡腿？"豆包似懂非懂，眯了眯它那双漂亮的绿眼睛。豆包在窗台上，看到树梢上有一只还没停稳的麻雀，警惕地把身体紧贴窗台，目不转睛，下颌不停抖动，咽喉里发出低得几乎听不到的"咯咯"声，不知道是兴奋还是紧张。第一次见豆包这个样子，他们都觉得很好笑。老沈经常会给雅雅学豆包，上下颌一开一闭，发出"咿咿呀呀"的声音。雅雅一定会被逗笑，但沈小安很讨厌老沈这个样子，看起来就像一个嗫嚅着讲不出话的中风患者。

看不到豆包，雅雅就给老沈打电话，像个亲切的小姐姐——弟弟在干嘛呢？弟弟为什么那么爱睡觉？甚至对老沈承诺，姐姐明天放学要去看弟弟的，就像豆包是寄养在别人家的弟弟一样。李倩每次听到这些话都会抗议，她说，鸡皮疙瘩都起来了，好像鼻孔里吸进去几根猫毛，引起了她的过敏症。她让沈小安管管女儿，认一只动物当弟弟，这岂不是太夸张了吗？沈小安嘻嘻哈哈地敷衍过去，说，你要真能生下个猫弟弟，也是有本事的。说完他用手去摸李倩的肚子，被李倩一拳挡了过去。

雅雅看豆包的频率越来越高，有时还赖着要在爷爷家睡，但这绝不可能。往往不到晚上九点，李倩总是以检查功课或者洗头发、剪指甲等理由打电话催促他们回家。沈小安于是软硬兼施，拽着雅雅回家。每次看着父女俩在门口小垫子上换鞋子，低头系鞋带的动作，几乎一模一样，老沈心里都会有些伤感。沈小安跟老沈的话从来不多，顶多来一句："跟爷爷说再见。"老沈已经想不起来，儿子这么多年来，有没有认认真真地跟自己说过一句"再见"。

雅雅迷恋那只猫，沈小安并不觉得有什么问题，小孩子总有一段时间喜欢小动物，尤其是那种毛茸茸的，譬如小鸭子、小兔子之类的。他小时候从街上抱回过一只大黄猫，每天都恨不得把它装在书包里带到学校。他并不讨厌豆包，但也谈不上多么喜欢，已经过了那个年龄，而在那个年龄，以及那个年龄之后的很长一段时间里，他对老沈充满了怨愤。他对李倩说老沈不会当爷爷那句话并不认同，但他认为老沈不会当爸爸是真的。从前那只大黄猫在某个深夜，被老沈从他的被窝里揪出来，还没完全醒过来，来不及叫唤一声，就被丢出了家门。这个梦魇一样的情节，以及那种只能窝在被子里装睡的无助感，在某些特定的情境下，沈小安总是会想起，并且，像一根导火索，成年之后他一直跟老沈怄气，时常想到这个细节，他并不会那么快原谅他。

母亲去世之后，沈小安就不那么勤快地跑马王街了。他不知道怎么跟老沈相处。内心深处，他觉得老沈既不像父亲，也不像朋友，他们只是一对与生俱来的因果关系。好在有了雅雅，老沈的注意力全放在了她身上，后来又有了豆包，他们之间便多了一些话题。猫粮快吃完了，老沈会打电话让沈小安网购，到时间打疫苗了，沈小安

给猫留门

会在上班时间偷溜到马王街，带豆包去宠物医院，甚至，因为豆包，父子俩还开起了玩笑。带豆包去做绝育手术前，沈小安指着豆包胀鼓鼓的蛋蛋说："雅雅问我，绝育是什么？我说就是把这两只小铃铛割掉。她又问我，小铃铛又不响为什么要割掉？"老沈一听乐了："小丫头，哪见过这玩意儿？"沈小安眨一下眼说："这小铃铛，母猫碰到会响。"老沈用手去戳那两只小铃铛："不响。"两人都笑了起来。豆包竟然不生气，反而就势在地上打起了滚。"嘿，你看看，这小子都懂得享受了。"沈小安一脸坏笑，瘫坐在沙发上，欣赏这只在地上享受的小家伙。他顺手点了根烟，老沈就到厨房里找了个酱油碟给他当烟盅。

"要是不想养就别养了，小孩子总是一头热，很快就过去了。"吐出一口烟之后，沈小安对老沈讲。

老沈不知道该怎么回答。

"你不是不喜欢猫吗？"事实上，从豆包被留下来的那天开始，沈小安就一直想问老沈，但不知如何开口。看得出来，老沈是为了讨好雅雅才留下豆包的。

"还行，这小家伙陪陪我，有个伴儿，也不错。"

"不怕狂犬病？"

"不是打过疫苗了嘛。"老沈忽然尴尬起来，停了一下，又说："你小时候，医学不发达，什么措施也没有，不一样的。"

沈小安点点头。烟还只抽了一小半，他不可能就这样掐掉。至少再抽两口，再抽两口，他就站起来，把豆包装进旅行包里，准备带到宠物店去割掉那两只不会响的小铃铛。

"你还记得你那只大黄猫吗？"老沈看着儿子，四十岁，头顶上就已经有了一些白头发，现在挺着沉重的肚腩，深陷在这套老房子的旧沙发里。他顿时觉得时间有点恍惚。

沈小安果断把烟掐掉，努力使自己看似利索地从沙发上站起来。他的体形是两个老沈那么大。"记得啊，那只胖胖的大黄猫。"他拉伸着躯体，话音里也在伸着懒腰。

"我听你妈说，让你把大黄猫丢出去那天，你抱着它坐在楼梯口足足哭了一个中午，下午都没去补习。"

"不会吧？"沈小安夸张地笑了几声："要是雅雅知道，肯定会笑死的。"

"你不记得了？小时候你爱猫如命。"

"小孩子都爱猫，就像雅雅现在这样。"

"嗯，雅雅真把它当弟弟。"

没想到，这次豆包被装进旅行包居然没太用力反抗。老沈掩门的时候吩咐说，问一下医生，手术后要注意些什么。

走下拐角楼梯的第一级，沈小安站住了，想了一下，把旅行包抱在怀里，坐下来，回头看。从这个角度看过去，能看到自己家的门口。他把屁股挪到第二级台阶，回头看，也能看到自己家的门口。他以为，那个中午，门里边的人根本没有探头出来看他，他哭得那么伤心，仿佛要被丢掉的不是猫而是他自己。

豆包在旅行包里开始不耐烦了，扭动着身子，"喵喵"地叫了几声。沈小安吓了一跳，从楼梯上弹起来，连屁股都没拍一下，蹬蹬蹬蹬连跑带跳地逃下楼去。好在豆包没有惊动里边的人，那扇门安安静静地闭着。

老沈不喜欢猫，猫的警惕性会莫名其妙地给他带来紧张感。一

给猫留门

个长期神经衰弱的人，如果夜深人静还在失眠，猫的神经就会变成他的神经。当猫煞有介事地竖起耳朵，凝视某个安静的黑暗角落，而他什么也看不见、听不到，如同掉进一个黑洞里。这些时候，他需要打开所有的灯，一一确认那些地方其实什么都没有。他从来没对任何人承认过他的恐惧，拒绝沈小安那只大黄猫时，他的理由就只有一个——被猫抓伤会患上致命的狂犬病。这很符合他一贯的形象：一个胆小怕事的父亲。

小孩子都爱猫，老沈并不否认，如果有父亲，他相信自己小时候可能也会喜欢猫的。就是在沈小安养大黄猫以及雅雅养豆包的这个年龄段，他跟妹妹和母亲一起住在农村那间老屋。睡觉前，母亲常常会跟他们做一个游戏。三个人裹在一张被子里，慢慢地用手把被子撑高，让外边的灯光一点一点地漏进来，渐渐能看到屋子里的凳子、桌子、门……等待母亲冷不防小声说出那句"老虎来了"！于是，三个人一阵忙乱，迅速把被子放下，捂得严严实实，在这过程中要是谁笑出了声，谁就算输，要在床上学青蛙跳。如此若干个回合，花光力气大概是为了能很快入睡。其实并没多大意思，但比起睡前讲故事，母亲更喜欢做这个游戏。母亲陷入被窝里的黑暗中，屏息，听外边的动静，眼睛里闪着一团警惕的光，并不像是做游戏的样子。"你们听，老虎的脚步声。"母亲久久地把他们抱在怀里，一声不响，往往超出了游戏的设定。

老沈对父亲没有任何记忆，母亲反复说那时父亲是怎么让他骑在肩膀上去看赛龙舟的，他在脑海里勾勒这个情境，父亲的面容只能停留在一张发黄的照片上。在他两岁多一点的时候，父亲跟随村里的一群年轻人偷渡南洋，本意是想打工挣钱回来做点小买卖，谁知道一去便难复返，直到客死他乡。这个等同于没有见过面的父亲使他们成了一类人——侨属。背负着"侨属"这个身份，老沈在成长过程中没少吃苦。那个年代，有海外关系意味着很多麻烦。母亲的泪都流尽了，只剩下干涩的苦笑，此后对父亲只字不提。

大概因为豆包是雅雅的"弟弟"，老沈倒不那么怕豆包，那小东西整日黏在他的脚边，睡觉时打起微鼾，确实跟个小人儿似的。雅雅挠豆包的额头和下巴，小东西就伸长了脖子紧挨着雅雅的手掌，发出有节奏的"呼噜呼噜"声，既急切又安详。雅雅像个小老师，一边挠一边教老沈："这两个地方，豆包最喜欢了，因为它自己永远都舔不到。"

"噢，原来是这样。"老沈没研究过这个问题。

"是爸爸告诉我的，爸爸说，他以前那只大黄猫最喜欢这两个地方。爸爸还说，猫咪一旦跑出家门口就迷路了，因为猫咪不会认路，大黄猫就是这么跑丢的。爷爷，绝对绝对不能让豆包跑出门哟……"雅雅一边抚摸着豆包，一边给老沈交代任务。

那只大黄猫是会认路的。几次被老沈丢出家门，它还是会回到门口"喵喵"叫，甚至会蹲在门口，等沈小安放学回家，简直就是阴魂不散。它不仅扰乱了老沈的睡眠，同时还勾走了儿子的魂魄，一个学期下来，沈小安的成绩落后到了全班倒数。只要一看到大黄猫卧在儿子的作业本上，老沈就火冒三丈，将一切都迁怒于它，把它丢得远远的。趁那只大黄猫蹲在阳台栏杆边舔毛的时候，他用手轻轻一扫，它就扑通一声跌落到一楼的沟渠里了，他都没敢朝下望一眼。他对沈小安说，大黄猫这次跑出去后一直没有回来。

在老沈开门出去之前，豆包会早早地蹲在门边，被老沈呵斥过之后，又懂得耍心机，潜伏在附近的某个角落，门一开便伺机冲过来，老沈每次都被它弄得心惊胆战，他先是指着它一顿吼，它却并不害怕，双耳朝后，双眼无辜，只知躲闪，老沈只好转而苦口婆心地劝说："出了这个门，就见不到你'姐姐'了，你难道不想'姐姐'？"

豆包最终还是跑掉了。

老沈反复回想看见它的最后那个瞬间，不过那个瞬间有很多个，最终变成了老沈的幻觉。甚至，他觉得那一整个晚上都是幻象。

在《新闻联播》结束到《天气预报》开始之前的广告时段，老沈听到了敲门声。起身开门前，他习惯性地找了一下豆包。那小家伙四肢蜷缩在肚皮底下，眯着眼睛，不过耳朵倒朝门口方向侧着。老沈心里暗笑，这小东西一定认为"姐姐"又来了。

门外一下子出现三个人，老沈吓了一跳。中间一个高大的老人，见到老沈，很快爆发出一阵笑声，边笑边喊出他的名字："沈文兵！"老沈蒙住了。那老人喋喋不休地跟身边的女人说："果然被我找到了，沈文兵，他就是沈文兵。"他的声音比电视里《天气预报》还响亮。老沈侧着头，辨认这个比自己高出大半个头的老人。高大的老人气势十足，一脚跨进门里，把老沈抱住了。"我刘进乐啊，你个沈文兵！"他用拳头敲了敲老沈的后背。

没错，是刘进乐，半个世纪过去了，这家伙一点没变矮，还是那么热情洋溢。老沈想起来了。他推开刘进乐，后退好几步，将这张红红圆圆的大脸跟年轻时的那张脸对应了起来。他们互相盯着看。直到各自的眼角溢出了泪，就像进行一场缓慢而准确无误的化学反应。

大学时，刘进乐是班里的党支部书记，热心、上进，对瘦瘦小小的沈文兵多有照顾，还是沈文兵的入党介绍人。毕业后刘进乐被分配到市政府工作，这一切，有赖于他学生会工作的成绩，以及根正苗红的出身。而老沈，背着"侨属"成分这个"龟壳"，支援边地，成为地质队的一个资料员，辗转于十万大山。二十世纪七十年代，他从地质队退役，被分配到这个山城的人防办，管理数十个大大小小的防空洞，安定下来，才得以结婚生子。退休时老沈的职务是地下商城管理站主任，城东那个最大最长的地下商城，是由他年轻时参与挖建的防空洞改造而成的。这一切，刘进乐当然不得而知。他之所以能在这个春天的夜晚，摸进这条破旧狭窄的马王街，艰难地爬上五楼，是因为他那优秀的女儿被邀请到这个山城讲课，顺便带父母来游玩，在离开的前一个晚上，他模糊地想起自己有个大学同学沈文兵好像就在这个小城，一番周折找到大学校友会的电话，查找到一个几十年前登记下来的地址，登记的时候还没有安装电话，街道、门牌、房号倒是清晰的。一贯孝顺的女儿即使觉得这个地址无效也不忍拂逆老父的心愿，三个人深一脚浅一脚地找过来，竟然真的敲开了老沈的门。

憋了半天，老沈说出的第一句话竟然是："进乐，你看我是不是潜伏得很好？"

刘进乐不断点着头，还没擦干的眼泪又涌了出来。那个一头细密卷发、系着讲究的红丝巾的刘夫人，不断抚着刘进乐的背说："毋激动啊，医生吩咐你不能太激动的。"刘夫人轻言细语的神态，

给猫留门

像个资深的护士。另一边,刘进乐的女儿很快掏出一张纸巾递到老刘的手上。

客厅那张唯一的沙发刚好够三个人的位置,他们坐着还是跟站在门口时一样整齐,刘进乐在中间,夫人、女儿各一边。

老沈走到饮水机前给他们泡茶,豆包一直跟在他的脚边转悠,鼻子东嗅西嗅,竖起的尾巴不时擦着老沈的裤脚,似乎在向主人确认自己的领地。

他们彼此讲了一下大学毕业后的工作生活,大概因为退休久了,几十年被轻描淡写地讲完,真应了那句"弹指一挥间"。话题更多地留在了自己的儿辈孙辈。刘进乐兴味盎然,让老伴翻出手机里的照片,将他的三个儿女和三个孙儿一一指给老沈看,现在坐在身边的是最小的女儿,某个大报业集团的老总,在新闻领域属于老师辈的人物了。由于成家晚,老沈只有一儿一孙,他指着墙上的遗像告诉刘进乐,老伴早些年去世了。老沈说得很黯然,气氛一度陷入尴尬。小女儿于是提议给大家拍照,为了这个重逢的特别时刻。

一动起来,那个皮肤白白的小女儿俨然变成了一名指挥官,指挥他们寻找拍照的最佳位置。沙发上背光,他们被叫到饭桌边,把椅子挪走两张,把饭桌上的杯子、药瓶、茶叶罐等杂物一一清走,镜头里看看还不满意,又把饭桌后边从前老伴买的那盆五彩斑斓的塑料花抱走。如此折腾一番,两个老同学才得以坐定下来。刘进乐的手搭在老沈的肩膀上,隐隐伴随着颤抖。茶水已经喝到第二泡了,他的激动依旧未能平复下来。

印象中,刘进乐就是那种激动、奋进的人。还记得,那次他偷偷把老沈约到明湖边,压低声音告诉老沈,传达室老黄上交给他一封信，寄给老沈的，从信封、邮票、邮戳可以判断，是老沈的华侨父亲写来的。这封信被他扣下来没交到学校，因为彼时正处于老沈入党考察阶段，怕这封信节外生枝。他让老沈看了之后当着他的面烧掉。基于那种熟悉的恐惧，以及与父亲划清界限的决心，老沈拆都没拆就烧掉了。看着火焰，刘进乐激动地搂着老沈的肩膀，立下誓言，一定要帮助老沈进步，顺利入党。同时，为了巩固成果，他让老沈写了与父亲划清界限的证明书。"本人沈文兵，虽与父亲沈天鹏有血缘之亲，但从两岁开始便未见过父亲，从未受过父亲一点一滴的养育和教化，思想亦从未受过资产阶级腐化。本人一直忠诚追随中国共产党，为表决心，修此证明，与沈天鹏划清界限。"这封递交组织的证明书，证明人也是他的入党介绍人刘进乐。寥寥数语，老沈记了一生。他后来才知道，那封信是父亲自知时日无多，冒着风险写给他的，算是遗嘱。听到父亲去世消息的那个中午，他冲进集体浴室，脱光衣服，把龙头的水拧到最大，也无法冲洗掉他夺眶而出的泪水，无法压低他难抑的呜咽。这情形在一个神经衰弱者失眠的夜晚，变成羞耻的烈日，灼烧得他疲惫不堪。

如老沈所言，这半个多世纪，他的确潜伏得很好，往事休提，循规蹈矩，小葱豆腐，平庸度日，亦从不向他人提出任何非分之想，与其说是让人忽略他这个大学历史系高才生，不如说他循着命运所列的指示牌，一走到底，就连翻盘的念头也从未有过。分配到人防办，也合乎他意，管理那些阴暗的防空洞，如同潜伏在时代的肚腹，讳莫如深，冬暖夏凉。他熟谙洞里的逃生技能，即使在和平年代没有战争，如果遇到地震，他定是这个城里最能确保家人平安的大丈夫。不过这些技能倒从来没有得到过证实。

155

刘进乐不仅话多，还喜欢打断别人的话，大概是过去当领导留下的习惯。顾忌他心脏里放进去的三根支架，护士一般的刘夫人，恨不能给他滔滔不绝的话标上逗号、句号、省略号，让他慢慢分三段讲完。

在他们交谈的间隙，小女儿终于发现了坐在窗台上远远望着他们的那只猫："伯父养的小猫真可爱，眼睛是祖母绿的颜色呢。"

于是老沈自然而然地讲起了豆包的身世，当然讲得最多的还是雅雅，因为豆包是雅雅的"弟弟"。他给他们看雅雅的照片，指给他们看那两个对称的小酒窝，毫无疑问获得了一致的赞美。这样，话题最终毫无逻辑地又回到自己的儿孙，还是刘进乐讲得更多一些。

小女儿拿出手机要拍豆包，豆包却一点不给面子，从窗台一跃而下，径直跑进了卧室。那晚之后很长一段时间，老沈反复回忆，认为最后看见豆包的瞬间，应该就是那个窗台的一跃。但他也不是太确定，因为自那以后，他们还讲了很多话，一起坐了很久。

站起来准备道别的时候，刘进乐才顾得上打量这套旧房子，看了几眼，忽然问老沈："你的确潜伏得很好，但是你的任务完成了没有？"

就在同学们即将各奔前程的毕业聚餐上，饭盆装满米双酒，不知已经喝下多少盆了。老沈把饭盆举得高高的，专去敬他的入党介绍人，酒撑大了他的舌头也壮大了他的豪情："金戈铁马去，马革裹尸还。从这个校门走出去，我一定写出一部中国当代华侨史。老兄，就当我潜伏执行任务去了。"

半个世纪过去，刘进乐还记得那一幕，在老沈看来，那简直就是一个幼稚的笑话，想想这一生的挫败，老沈哭笑不得。

老沈执意要送他们到街口打车。小女儿觉得五楼爬上爬下太辛苦，坚决不让送。他们在门口推让了几下。最后还是刘进乐拿了主意，他和老沈牵着手，一级一级并肩走下楼梯。在感应灯还没被踩亮之前，有几级楼梯是摸索着下的，黑暗中，老沈能感觉到刘进乐对他的依赖，手上会使力，高大的身体下意识会倾向他这边。

下完一层，后边的母女俩快步跟了上来。女儿用礼貌的口吻提出，还是由她挽着父亲的手走比较合适，因为楼道实在太黑了。于是，他们又按来时的排列，刘进乐居中，夫人、女儿各一边。

"亮！"老沈学雅雅，命令感应灯。这方法竟立即奏效。于是，刘进乐也跟着老沈喊，他嗓门大，喊起来更像发号施令。他们喊亮了每一层楼，大家在一片笑声中轻松走完了所有楼梯。

这个小城的出租车司机基本都是急性子，更顾不上什么礼仪，刘进乐屁股刚坐稳，还没来得及从窗口探头出来挥手，唰一下，他就看不到街口那个瘦小的人影了。这说不定是他们最后一次见面啊。车已经消失了踪影，老沈才意识到这点，心里冒出来一句诗："萧萧班马鸣，挥手自兹去。"琢磨一下，似乎觉得前后颠倒了，又倒过来念一次，这一次念出了声音。

和刘进乐在门口拖拖拉拉地道别，老沈全然忘记了那只一直伺机出门的猫。等到他回过神来，遍寻屋子里每个角落，甚至用勺子不断敲打它的食盘，豆包都没有像往常那样积极地小跑到他跟前，更不用说在他脚下欢喜地亮出自己的肚皮了。他急急忙忙重复了一遍刚才那场告别，在每一层楼学着它的叫声，重新走了一遍送刘进乐出马王街的路，最后停留在他们上车的那个位置，好像那些时候

157

豆包都在场似的。

整整一个晚上，老沈失魂落魄，吞下两颗半安眠药，都没能闭眼一分钟，索性坐到客厅的沙发上，把门打开，留下一道猫可容身的缝隙，他侥幸地认为它玩够了就会回家，就像过去那只大黄猫，会在门口"喵喵"地叫门。

天亮的时候，老沈想得更多的是，该怎么向雅雅道歉。爷爷没有完成她交给他的任务。

城东的摩啰街，始建于二十世纪八十年代末，前身是一个宽八米，长二百八十米的防空洞。由于这个小城山多，几乎所有防空洞都是穿山洞。在那个"深挖洞，广积粮"的年代，这里的洞远比粮多，多数功能丧失，处于开放状态，成为居民冬天取暖、夏天乘凉的聚集地。摩啰街是最早被改造的防空洞，基于洞的长度和宽度，也基于它地处城东城西的接壤处，建设者索性将它延长，打通了整座山。起先，那些从这里西江码头出发运货到香港的海员带回一些零零碎碎的"洋货"——服装、香水、光碟、奶粉、保健品之类的，会拿到这里摆卖。如同香港开埠时，印度水手在荷李活道摆卖杂货而得名"摩啰街"，走船的海员干脆把这里也叫"摩啰街"。那些"洋货"曾经很受欢迎，供不应求。进入新世纪以后，高铁"呼噜噜"穿过小城，水运没落，这里就什么都卖：潮流的小玩意、私人收藏的旧货，也有名牌的山寨货，比如大写字母的阿迪达斯，无故拦腰断了一条连线的GUCCI，间或也有剪掉商标的正品……东西杂，流动快，但摩啰街这个名称一直不变。

沈小安的办公室在摩啰街中部，是其中一个岔洞改成的，正门朝东边开，面朝西江。人防办曾一度也在这里办公，后来迁到市政府大楼边上，这个岔洞就成了下属的一个管理站。办公室就两人，另外一个人负责安保，沈小安的事情不多，除了收取一些相关费用，最多的事情就是跟洞里的商贩闲聊，处理一下他们之间的"商业竞争"关系，鸡毛蒜皮，每天如此，小富即安。最近，沈小安迷上了钓鱼，一上班就溜到门外西江堤边。他的钓竿很专业，就连那张坐钓的小凳子，也是在网上买最贵的。一缸茶，一根竿，还有在洞里禁吸的烟，人生没烦恼。

老沈心事重重，根本没有在摩啰街转转的想法。他不常来，但每次来都悄悄到四号岔洞看看壁顶那几个字，是当年水泥未干的时候，他偷偷用小竹竿划的：命运的咽喉。仰头看的时候，真像置身于一截咽喉里，窄长、昏暗、潮湿，能听到口水的吞咽声以及肺部的叹息声。

办公室只有那个负责安保的小谢，老沈也认识，是同事谢茂业的儿子，跟沈小安一样，大学没考上，都是子顶父班。小谢指指江边，朝老沈做了个吸烟的动作。老沈心领神会，径直往江边走去。

挖这个洞的时候，西江的水位还很高，与人的视线同一水平面，现在，水似乎真的会随着岁月流淌掉，走到堤岸还得探头俯视。老沈探下头看到沈小安，坐在江滩一片乱石中间，穿着宽松的上衣，戴着帽子，佝着背，身边放着一只大茶缸。远看，还以为是个退休老头在闲钓。

老沈盯着沈小安的背影看了很久，越看越伤心。如果二十多年前他勇敢地迈出一步，儿子今天怎么会是这个样子？他也可能会像昨天晚上那个优秀的女儿一样，骄傲地礼貌和客气着，搀扶着自己

给猫留门

的父亲，感觉在这个世界上只有她能搞定一切。

二十多年前，沈小安高考分数离录取线差了八分，于是想起了自己有个照片上的华侨爷爷，可以享受侨眷待遇加十分。谁知道老沈死活都不肯去侨办开证明。妻子哀求，儿子出走，众叛亲离，这些都不能让老沈改变主意。

绑在西江堤坝栏杆上的红旗被风吹得"啪啪"响，像是谁站在那里不断拍打着栏杆，老沈站在红旗下，沮丧地想，要是时光可以倒流，或者说时光可以将现在的自己送回到那个时刻，他一定拔腿便跑到侨办去，对那些人说，给我开张侨眷证明，如果他们翻出夹在档案里那张耻辱的划清界限的证明，他一定会厚着脸皮毫不犹豫地告诉他们，这是历史问题，后来我和父亲关系很好……可是，这些简单的事情，他当年竟然一件都没敢做。

沈小安去顶替老沈上班的第一天，对妈妈说，老爸这一辈子，就是想自己想得太多。这句话老沈到死都不会忘记。那么多年了，他从没跟儿子辩解过什么，即使说明一下也没有，他明明还能一字不漏地背出那张证明。

看到老沈，沈小安觉得很意外，想从凳子上站起来，但那根刚拿上手的竿似乎有了点动静，他在用手感知。好在老沈很快在旁边找块石头坐下了。

"钓到了？"

"好几天了，毛都没钓着，都被那帮下岗工人钓光了。"沈小安朝远处撇撇嘴。

上游的确有不少人在钓鱼，东一个西一个，彼此都不讲话。

沈小安抖动了一下手腕，竿尖上抬一点，钓线松垮垮地又没入了水中。他的腰也松了下来。

"有事？"沈小安从烟盒里抽出了一根烟。

"豆包不见了。"老沈认为这事情不能在电话里讲。这个过失的前因后果，不仅仅是昨天晚上，不仅仅在于那个到访的老同学。

"啊，跑掉了？"

"嗯。"看着沈小安脸上不痛不痒的表情，老沈不知该从什么地方讲起，"怎么跟雅雅交代？"

就在老沈准备讲昨晚发生的一切时，只见沈小安将手上的烟一扔，敏捷地从凳子上站了起来。他警惕地盯着水面，上下两颌开始剧烈地抖动，咽喉里低沉地发出了一些奇怪的声音。那个样子，像极了豆包在伏击小鸟之前，时刻准备着不顾一切地冲上去。

转眼间，老沈就看到一条泛着银光的鱼，凌空挣扎，拼尽全力。

"哈哈哈，大白条！"沈小安得意地朝老沈笑："起码三斤重。"

这意外的收获让老沈也跟着兴奋起来。这条鱼看起来或许不止三斤，钓竿被它拉得很弯，加上它不断挣扎，老沈都有点担心钓竿会断。可是沈小安并不着急将它从鱼钩上取下来，只是将钓竿转了个方向，指向河岸，继续让它凌空挣扎，看上去好像在对谁示威。那些垂钓的人，频频朝这边看过来，虽然离得不近，但凭经验也能感知这条鱼的斤两。

白条鱼在空中逐渐丧失了力气，放弃了挣扎，沈小安才把它捧进那只罩着渔网的水桶里。

"老爸，回家蒸鱼吃，浇上榄角汁，鲜死个人。"沈小安的舌头迅速在嘴里转了一圈，发出响亮的一声"吱"。

老沈看着得意忘形的儿子，松了一口气，笑了。

坐上那辆二手桑塔纳，沈小安帮老沈扣安全带时，想起豆包的事情。

"豆包什么时候跑掉的？"

"昨天晚上。我给它留了一夜门。"

"猫跑出去就迷路，不像狗。"沈小安把车发动起来，后座水桶里的鱼条件反射地挣扎了几下，响起一阵扑腾的水声。

"怎么跟雅雅交代？她一定大哭大闹的。"老沈的心又沉重起来："是她的'弟弟'啊。"

"嘁，小孩子，哭一阵就好了。明天给她买只更好看的。"沈小安的脸上又是那种不痛不痒的神情。

车经过摩啰街的洞口，很快就要开上跨江大桥，老沈转脸去看那座被洞穿过的珠山，草木蓊郁，山体浑圆，完全看不出它的肚子里有一道长长的伤痕。老沈想了一个晚上要对沈小安说的那些话，一句也说不出来，他觉得自己就像那条咬钩的白条鱼，显然，他的挣扎要比它更加漫长而疼痛。

睡莲失眠

　　喝光最后一口咖啡，许戈在那套宽大的运动装和那条掐腰的连衣裙之间犹豫了一小会儿。最后，她套上了裙子，有点艰难地拉上了后背的拉链。这样，物管处的那个小张，就不会认为她是像往常遛狗时顺便过来领一下分类垃圾袋，或者来给门禁卡加磁的。她不是顺便来的，当然，她也不想用"投诉"这个词。

　　这件事的确不好处理。他们不是没看到那盏灯，不过没有一个人上楼劝那个女人关灯。

　　"那不是一盏路灯，起码 100 瓦，就算隔着窗帘，都能照到我的枕头上。如果我掀开窗帘，看书都可以省电了。"已经一个多月，许戈被这些光闹得几乎神经衰弱，仿佛这些光是高分贝的噪声，像挖掘机一般。失眠的时候，这些光又像一面放大镜，在许戈错综复杂的脑神经里翻来覆去，一忽儿照见了很多往事，一忽儿又延伸出了很多未来，许戈的夜晚就在记忆与妄想之间奔波，疲惫不堪。

　　许戈不懂得流程，光顾着说。小张在抽屉里摸来摸去，只找到一种表格，填好业主姓名、楼号等基本资料之后，剩一个大空格，上

163

边打印着：投诉事由。小张就在那个大空格里记录许戈的话。她又不得不申明，自己并不是来投诉，只是来让他们去做做那个女人的工作，让她关掉那盏灯。可是，他们这里只有这种表格。最后，许戈检查了一下小张的记录。那些歪歪扭扭的狗爬字，削弱了整件事的严肃性，还把她反复强调的"光污染"写成了"光乌染"。许戈捏着那张表，寻思是不是要找物业主管，她怀疑小张的能力，尽管他每次见到她都热情得像自己的弟弟。在业主签名那一栏，许戈犹豫了一下，签上自己的名字。

往回走的时候，许戈习惯性地绕进了"迷宫"。会所后面，有个比人高一头的小"丛林"，修剪得整整齐齐的扁柏隔出几条曲折小径，七弯八拐的。"迷宫"，是朱险峰起的名字。刚搬进来那一阵，他们喜欢来"迷宫"散步，在这个相对隐秘的公共场合，接个吻，抱两分钟，扁柏树吐出来的植物气息对他们来说，具备了一点催情的刺激。"迷宫"又密又厚，隔壁小径传来一男一女的讲话，看不见人影，只能听到声音。"不怕，整人的人最终都没有好下场。""犯不着把自己搭进去啊，这种坏人不值得奉陪……"要是许戈有兴趣，她完全可以站在原地，把他们讲的事情听完整而不被发现，就像藏在厚厚的窗帘背后偷听。不过许戈没再听下去，从何时开始，她对人的秘密不再感兴趣，或者说害怕更为准确些。她快步走出"迷宫"，往小池塘走去。

小池塘是人造的，在会所和公寓连接处，水深不过四五十厘米，里边养着锦鲤、乌龟、棍子鱼，最常见的是一群群小蝌蚪。总有小孩子被家长牵着，拿个小水桶，从这里捞蝌蚪回家，观察它们慢慢长出四肢，蹦蹦跳跳，之后又放回到这里。家长告诉孩子："青蛙是有益的动物，要放生。"许戈觉得这做法很有意思。小时候，父亲也这样带她观察过小蝌蚪变青蛙，现在她长到了中年，几岁大的小孩子还在接受这样的教育，好像蝌蚪是诠释成长的必修课，人长大了务必要成为一个"益人"。可是，长大一点的人都会清楚，"益人"不是生长起来的，并不是蝌蚪变青蛙那回事。现在是盛夏，青蛙已经蹲在石头缝里捕捉猎物了，有时也趴到莲叶上吐舌头。翠绿的莲叶几乎铺满了整个池塘，中间错落着若干朵粉色的睡莲。正午，睡了一夜的莲花精神饱满，面迎烈日，争分夺秒地沐浴着酷热的阳光。她到了这个年龄才逐渐能欣赏睡莲，认为所有的花其实都应该像睡莲一样，昼开夜合，收放有度，开时不疯狂，收时不贪恋。

许戈要看的是那朵米色的睡莲。它挨在假山一角，相比其他花型，它略小，但不局促，每一瓣都张开到极致，像伸长着手臂想得到一个拥抱。前天夜晚路过池塘时，许戈就发现了它。所有睡莲都闭门睡觉了，独剩它还没合拢，月光照在花瓣上，比在太阳下更为耀眼。许戈站在池塘边看了许久，等第二天上午再过来看，发现它混在那些盛开的花中间，没事人一样，开得照样精神，看不出一点失眠的萎靡。

连续两天，许戈都来看这朵失眠的睡莲。迈过砌在池塘边那几块不规则的石头，近距离地看它。因为这个秘密，她觉得它也认识她了，它在水中朝她点点头。

那张投诉表也不是没起到作用。入夜，对面阳台那盏奇葩灯开了之后，关了一次，约莫凌晨一点，又亮了起来。许戈当时正要进入睡眠状态，一阵强光扑到她的眼皮上，好像谁在窗帘外搭起了一个舞台，准备鸣锣唱戏。她尽力闭着眼睛，想死死抓住那一抹刚刚降临的睡意，但是睡意已经随着光飞走了。她沮丧地爬起来，索性把窗帘拉开，跟那盏灯对视。

是一盏戴着帽子的圆形落地灯，要不是被临时牵到阳台上，它应该站在沙发的一个角落，被拗成一个优美的弧度，散发着温柔的黄光，它应该照在沙发上跷着二郎腿翻休闲杂志的人头上，而不是像现在这样，照着空洞的黑暗。许戈的客厅里也有这样的一盏灯。朱险峰坐在沙发上，抱着吉他，客厅便只开那盏落地灯。他的吉他弹得不错，《Five Hundred Miles》，忧伤正好跟头顶的灯光般配，淡淡的。一度，许戈以为他们的婚姻就会这样，偶尔关掉灯，弹弹吉他，对酌一杯红酒，到老了也还可以做这样的事。离婚之后，那盏灯就成了摆设，也没什么理由打开它，她看书会坐在书房的桌子前。正对沙发的那面墙上挂着电视机，许戈根本找不到遥控器。倒是每次扫地的时候，她会仔细地将那灯的底座挪开，清理下边的灰尘。

对面那盏落地灯肯定换过灯泡，不是原配，LED（发光二极管）灯炽白得扎眼，灯罩又将光全聚拢在一起，许戈能看清楚几乎要伸进阳台的几簇合欢树的枝叶，风吹过，影子就在墙上晃动，因为失去日照而收敛起来的合欢树叶，一副垂头丧气的样子。因为这强烈的灯光，本来从阳台那里能看进去的餐厅一角，陷入了一片阴影里。很多次她看到过那女人坐在餐桌一侧，有时吃饭，有时就那么坐着望出来。再往前一些日子，她还看到过那个男人，板寸头，肩膀很平。吃饭的时候，男人话比女人多。后来，两人一起吃饭的场景许戈不再望得见了。

灯是从什么时候亮起来的？是许戈的生日那天，周六。早上起床之后，她窝在阳台的藤椅上发呆，她还没想好今天该怎么过，她更倾向于就这样掩耳盗铃，装作什么也不是地过掉。没有孩子的人是没有年龄感的。这一点她和朱险峰的感受一致，所以过去他们在一起过的每个生日，几乎没什么仪式，无非到饭馆吃个饭，去商场买个礼物，大不了晚上他为她弹几首曲子，如果非说要有个类似切蛋糕那样的固定仪式，大概在那晚必定会做爱算是一种吧。

女人坐在一楼绿化带的那张长椅上，淡红色的合欢花落了一地，铺在她的脚边。这画面其实是很诗意的。不时地，会有一些女人，穿着袈裟一样空荡的棉麻裙子，坐在这棵树下摆拍。许戈时常在微信里看到类似的照片，下边的评论免不了有人用到"文艺"这个词。不过女人坐在那里一点都不"文艺"，随随便便穿着一件阔阔的黑T恤，一条瘦瘦的黑裤子，脚上蹬着一双天蓝色的塑料拖鞋，垂头坐在那里，像是从家里赌气跑下楼的。

许戈很快发现她其实是在哭。没哭出声，只是不时地用手抹脸，她抹脸的频率越来越高。她看起来还年轻，估计三十岁左右，基于她因为吵架或者什么原因会跑到外边哭泣，许戈认为她有可能更年轻一些，二十几岁？

在阳台坐了一会儿，许戈回房间给自己泡了一杯红茶，打开电脑收到了她的责编的邮件。自从上一本写职场的小说被改编成了电视剧，责编就一直盯着她，这次希望她能写一本言情小说。"相信一定会大卖，根据我们营销部的大数据来看，目前言情小说的市场份额还是蛮大的，许老师您出手不凡，我和我们社长都万分期待您的言情小说。"许戈毫不犹豫地回复了过去："抱歉，我没有写这类小说的打算，对于一个离婚女人来说，我对那东西更多的是怨言。

167

我想你们找错人了，呵呵。"

她甚至都不想把"爱情"两个字敲出来。有那么一段时间，跟这两个字相关的行为，例如看到有人当街接吻或拥抱，她会感到讨厌；看到手挽手说笑着走路的夫妻，她会从心里发出一声冷笑，有时这冷笑还从鼻孔里哼出了声音。她再也感觉不到夜的甜蜜。朱险峰像躲避瘟疫一样离开她和大班，留给她最后的眼神，就像在看一个罪人，根本没有办法将他和从前他们一起做过的可以称之为爱情的事联系起来。

惦记着那个哭泣的女人，许戈端着红茶又坐回到阳台上。女人还在，不哭了，一动不动地坐着。许戈拿起阅读器，继续读理查德·耶茨的那本《十一种孤独》，翻几屏后，从栏杆的缝隙里瞄一眼楼下。许戈似乎对伤心事更能共情，自己愿意默默地陪她一会儿。

太阳从树的那端渐渐挪到了女人的身上，大概是温度升高使她感受到了时间，她挺直腰，站起来，慢吞吞地上楼。三楼，在楼道窗户，女人的身影分别出现了两次才消失。

之后陆续有人按响对面单元的门铃。来了不少人，都停留在三楼的楼道。后来，那栋楼的电子门索性被人不知从什么地方找来一块大石头压住，敞开着，好像即将要搬运什么大件家具一样。

搬出来的是一个大相框。由一个满头白发的男人抱在手上，那女人扶着相框的另一端。他们后边跟着一群人，显然跟刚才陆续上楼的是同一拨。相框里的黑白照片放得很大，吓了许戈一跳。板寸头，圆脸，很喜庆的模样，拍照时刻意收敛了笑容。

傍晚，许戈带大班出门遛。大班嗅着扣扣屁股的时候，扣扣妈就开始讲，五栋三〇二的那家男人在高速路上出车祸被撞死了，今天出殡。许戈脑子里立刻出现那张巨大的黑白免冠照片，板寸头，算起来今天她还是第一次看到他的脸。"还没上车，在小区门口就差点打起来了。女方的爸爸不知道跟谁打电话，小声说了一嘴，说幸亏当时女儿没在那车上，男方那边人听到了……按说这想法也没错，但怎么能说出口呢，是应该烂在肚子里的秘密啊……"如果她们没牵狗，在马路上碰到，许戈通常只会跟她点一下头就走开。

许戈强制地把大班拉开了。她不明白为什么每次遇见扣扣，都是大班死皮赖脸地喘着粗气去嗅人家的屁股。两只狗相互嗅屁股，辨认味道，等同于陌生人见面交换名片。不过它们可不是陌生狗。大班的主动热情总会让许戈感到受伤害，人们往往会将它跟自己的处境联系起来——她肯定跟大班一样孤独，迫切需要友谊，以及爱情。可是说真的，一个人生活，许戈并没有感到多么孤独。母亲之前经常催促她再找个人结婚。

"我不想再结婚啦。我有大班陪就可以了。"她总是这么应付母亲。

"可是大班会比你先走的啊。"

母亲去世的时候，许戈才领会她的意思——她也会比自己先走的啊。

就是在那天，对面三楼的阳台亮起了那盏灯。刚开始许戈以为是遵循某种习俗，类似于"头七"，要为亡人留一盏灯，照亮回家的路。可是，已经一个多月了，他是不是早该回家了呢？

生日遇上一次出殡，照以往，许戈一定会生发出很多不祥的念头，至少会引出一大通关于"生命无常"的命运感慨。朱险峰一贯

睡莲失眠

169

认为，写东西的女人很"神经质"，因为她们都是缺乏理性精神的"唯心主义者"。如果没有那封邮件，许戈的确是会联想到很多的，她的写作一直靠无限放大日常生活里的发现，这很受出版商的欢迎，他们认为读者通过这些熟悉又陌生的细节，找到了自己生活的影子。在确认那个责编没有继续回复自己的邮件之后，她的邮箱里跳出了一封未读邮件。这是医院发过来的。自从第一次在那家医院登记过后，每年生日那天都会循例收到标题为"致朱险峰先生许戈女士的一封邮件"。内容是告知他们在进行新的一次体外受精胚胎移植术前的注意事项，当然，重点在于提醒他们续交胚胎保存费用。最后免不了很公文地祝福他们生活美满。

他们要不上孩子。前面那两三年，两人达成一致意见，先不着急要孩子，过过二人世界再说，他们会在一年中有两次出国旅游，把整年的积蓄花掉一半。后来，他们就一直要不上。他们尝试过各种偏方，像医治某种慢性病一样小心调理身体，甚至托人去香港带多宝丸，还荒唐地将母亲在寺庙里求来的"观音送子符"供放在两个枕头之间的"安全通道"……这些事唯一的好处是使许戈本来偏瘦的身体变得健壮了。三十九岁生日那天，作为一种仪式，他们决定去医院做试管婴儿。在那张夫妻资料卡上，许戈留下了自己的邮箱，以方便日后上传更多的检查资料和身体情况说明。四年内，他们做了四次，配成了八颗胚胎，用掉了六颗，现在，在那家医院，还保存着两颗孤零零的胚胎，靠三千六百元一年的冷冻费存续着他们的希望。

这封邮件可以看成是两颗胚胎找妈妈发出的啼哭信号。说不准就是这两颗中的某一颗，最终在许戈温暖的子宫里着床，长出了脑袋、心脏、手和脚……

第四次，他们出发去医院前，朱险峰抱了抱她，希望她能够放平心态："这一次，小蝌蚪一定会找到妈妈，会慢慢地长出手和脚，蹦蹦跳跳的。"许戈的紧张才有所缓解："就像小池塘里的那些蝌蚪？"两人愉快地出门，好像许戈已经是一个妈妈了，在心里计划着给孩子的种种打算。然而，这次小蝌蚪依旧没能变成青蛙。

失败之后，朱险峰从朋友那里领回了大班，一只两个月大的萨摩耶犬。虽然没有找到什么医学根据，但许戈敢肯定，那些打进自己体内的促排针，直接修改了她的荷尔蒙，她胖了一大圈，让人看起来就像一个饮食无度、自暴自弃的女人。她变得苛刻和蛮横，易怒乃至歇斯底里，朱险峰指出她"失去了过去那种偏于善良的理解力"。他们默契地不去碰孩子这个话题，因为那样经常会引爆很多无关紧要的小事情，不是对和错的事情，只是生气和不生气的事情。大班成为他们的共同语言。他们共同照顾大班的吃喝拉撒，给大班吃精选的狗粮和零食。为了使它的毛发更健美，他们在网上找食谱给大班做狗饭，并让出浴缸来给它洗澡。他们花了很多时间陪伴它，跟它讲话，在大班第一次听话地把朱险峰的拖鞋叼到卧室的时候，他们简直有点喜出望外了。

每天下班后，他们牵着大班在小区里散步，偶尔会到"迷宫"里跟大班捉迷藏。大班看起来不是特别聪明。在"迷宫"里，如果重复几次在某个拐角藏起来，之后再从另外一个拐角消失，它会惯性地在第一个拐角处找，焦虑地嗅着刚才拉过尿的那棵扁柏树，直到他们等得失去耐心，发出些声响，它才能顺利地在另一个拐角找到他们。朱险峰嘲笑说大班这智商肯定是随许戈。许戈也笑着默认，想起十多年前他们在哈瓦那街头，朱险峰要看街头弹唱，许戈则想

171

去逛工艺品店，他们约在拐角的那家麦当劳会合，最后，他们分别在两家麦当劳门口等了对方半天。那时他们还年轻，朱险峰还会担心她被哪个艳遇给拐跑了。许戈自认三十来岁是她最好看的年龄，她的身材还没有被促排针打掉原形，在薄薄的后背下方还能摸到结实的腰窝，足以让朱险峰有这种担心，不过，她不是那种到处"撩骚"的女人，她喜欢朱险峰，无论外形还是他那种怀抱吉他的"文艺范儿"，都很对她的胃口，在她的书里，正面的男主多少都有着他的影子。

有了大班，朱险峰加入了一个由朋友圈组织起来的"狗友会"，清一色的男人，不定期带着自家的狗聚会。男人们聚会多半是为了交更多的朋友，喝喝酒，聊聊时政，幸运的话会对自己的事业有一点帮助，再不济，暂时离开家庭的琐碎喘口气。聚会周期不定，基本上一个月会有一次，最远的地方是开车到离市区六十公里的郊外，在宽大的草坪上，跟狗玩扔飞盘的游戏。许戈在朋友圈看到了照片，朱险峰和大班趴在草坪上，姿势一模一样，就连表情都有点像了。

渐渐地，许戈发现朱险峰对大班的关注多于对她。

在大班绝育之前，朱险峰对许戈说："要给大班尝尝'男人'的滋味，让它做一回爸爸。"他在"狗友会"为大班觅到了一个合适的"情人"，是一只美丽的拉布拉多犬。他把大班送去那家住了三天。接回来之后，朱险峰比任何时候都心满意足，他抚摸大班的时候，脸上时常会不由自主地浮现出一种幸福的微笑，他坐在沙发上给大班弹吉他，唱："这是一首简单的小情歌，唱着我们心头的白鸽……"满脸温柔，好像对面坐着另外一个女人。这场景时常会让许戈生出一些嫉妒，她曾对自己的这种嫉妒感到吃惊和羞愧。但事实证明，这嫉妒同时来自女人的另一种直觉，这直觉甚至比大班的嗅觉还要灵敏。有一天，许戈用朱险峰的密码进入了他的微信，很轻松地找到了头像是一只拉布拉多犬的，名字叫蒋夏朵的网友，然后又从蒋夏朵的朋友圈里，很轻松地搜集到了她的基本资料，包括单位、工作内容等，还看到了她父母的照片。蒋夏朵长得略微像她的母亲，说不上漂亮，许戈认为至少没有自己年轻时好看，五官过于清淡，脸型过方，所以自拍的时候大多选择侧面的角度。让许戈最受不了的是，在一次发布的内容为"老公来了"的照片中，大班给窝在布艺沙发上的拉布拉多犬舔毛，半眯着眼睛，既享受，又忠诚。

三个多月后，大班成了四只小狗的爸爸。朱险峰把照片拿给许戈看，四只小狗眯着眼睛，拱在拉布拉多犬的怀里吃奶。那个时候，许戈已经确认这个被朱险峰称为"亲家"的"狗友"实际上是他出轨的女人。"亲爱的班爸"，蒋夏朵在微信里这么喊他。看着四只吃奶的小狗，许戈恶心得想吐，她终于揭穿了他的秘密，爆发出所有女人遇到这类事情时的共同反应。跟多数那个年纪的男人一样，朱险峰不想离婚，他对许戈反复保证，现在的家庭关系对他来说刚刚好，他们没有额外多出来要做的事情，他每天睁开眼睛并不会感到迷惘，一切都在按惯性走，他很安定，除了——偶尔会有一些莫名其妙的冲动。

许戈从来不承认自己是一个作家，她只是业余喜欢写点通俗小说，她出过三本书，内容都是职场故事，关于女人与女人、女人与男人之间的博弈。她不喜欢言情小说，如此看来，是因为她真的不能准确地理解并描写出那些"冲动"。当然，那三本书里少不了男欢女爱的情节，但那都不是重点，只是为了给小说增加些看点。她不擅长在书里表达自我，也有可能是因为她对自我还不太确定。就朱险峰出轨这件事，她最终还是依靠一本小说找到了灵感。置入大

睡莲失眠

班脖子上那只项圈里的针孔窃听器，录下了朱险峰和蒋夏朵"在一起"的证据。听上去，朱险峰并没有向蒋夏朵承诺"永远不再联系"的打算，他的声音轻松、愉悦、毫无顾虑，他们一起取笑绝育了的大班，反复问它想不想自己的那四个孩子。朱险峰的话很多，像个出差一段时间回到家的男人那样，只是在蒋夏朵开玩笑说要给他生个小孩的时候，他没接一句话。他们沉默了好一阵。听到这里，许戈不确定这沉默是默认，还是百感交集到无语，最有可能是他们在这个话题之下酝酿着干起了"交配"的事情。

许戈从没想到过找蒋夏朵，她觉得没有多少胜算的资本，除了那张不知道被塞到哪里去了的结婚证，她并不比蒋夏朵多出什么。她不知道要跟蒋夏朵怎么谈，以怎样一种语气跟这个年轻的女孩谈谈关于一个公务员"私德"的问题。事实上，当听到他们谈生孩子的话题时，整个事情就发生了变化。她将录音内容发送到了蒋夏朵单位的官网邮箱，实名举报了该单位员工蒋夏朵的"小三"行为。她并没有预料到结局，在点击那个发送提示的时候，她没想到更多，就像是在给某个部门发送投诉报告，类似于向环保局投诉垃圾焚烧场的安全距离，向工商局投诉保健品乱标价等等，这些投诉往往都石沉大海，当然，在她过去的小说里，小职员搜集证据举报上司而获得了正义的胜利，但那仅仅是小说里的结局。

跳楼的结局很像一本小说拙劣的收场，潦草到让许戈难以置信。就像她每天打开手机，偶尔会跳出一条关于自杀的新闻，理由往往简单到让人惊叹，也会让人绝对相信，死者在还没断气之前一定对自己的冲动后悔得要死。朱险峰向警方说明，他跟蒋夏朵最后一次因为离婚的问题发生过剧烈争吵，她从家里跑出去了，他没有追回她，他以为让她独自冷静一下，事情就会缓和下来。根据他的经验，他跟许戈无数次争吵最终都是这么"冷静"下来的。可是，他和蒋夏朵之间如鲜花盛开般短暂的爱情生活，谈何经验？

蒋夏朵的死亡使得离婚这件事有了很大的反转。他们离得很干脆，没有任何条件，更谈不上任何纠缠，朱险峰连吉他也没背走，好像是一种冲动的赌气行为，又好像犯错误的是她一个人。在两年多的独居生活里，许戈置身于一种自我谴责之中。午夜梦回，她心里总是会响起一个声音——何以至此？如同从某个小说结局开始倒推，一直推到故事的开端。

女人打开门之后，许戈看到了那张餐桌的另一端。那一端的墙上，挂着一张大大的婚纱照，黑色礼服，白色纱裙，按照摄影师的要求摆好的标准笑容。新娘跟眼前这个女人不是很像，过浓的妆容使她看上去比真人要老一些。

听明白许戈的意思之后，女人对许戈表示了歉意："因为老公刚刚过世，我一个人住太害怕了。实在太抱歉了。"女人边讲边抬头扫一眼墙上的照片。

许戈理解地点点头，但还是表达了这些灯光对她睡眠的困扰。她提出了一个折中的办法。"可以换一种灯泡，那种光线柔和的灯泡，二三十瓦已经足够亮了。"许戈说的是那种落地灯原配的灯泡。

"哦，是的是的。我有那种灯泡。真的，真的很抱歉。"女人已经道过好几次歉了，但听起来她似乎并没有采纳这个办法的意思。

"是这样的，可不可以再忍耐几天？我的意思是说，过几天我就会关掉的。"

睡莲失眠

女人的声音里完全缺乏她那个年龄应有的中气，跟她瘦弱的身形倒是很相符的，说到半途没来由会停顿下来，倒也不是出于谨慎。事实上，她说话一点都不谨慎。不到一刻钟，许戈就被迫听到了一些关于她自己的事情。她在单亲家庭长大，一直跟父亲过，出事之后，本来父亲是要过来陪她住一段时间的，但是他们之间发生了一些争吵，她把他赶回东北了。不过，现在他们又和解了，再过几天，等父亲办好提前退休手续，就搬过来陪她。到那时，她一定立即把那盏灯关掉。

女人迫切地希望得到她的同意。

"要是不忌讳的话，您愿意坐下来喝杯茶吗？"

许戈原先没有这个打算，但还是坐下了。

女人在茶几的抽屉里匆匆忙忙翻了一阵，想找那种一次性纸杯，但发现已经用完了，只好从另外的抽屉里取出一只青瓷杯子，解释说："这是给客人的杯子，我们平时都不用的。"在走进厨房冲洗之前，她又对许戈强调了一遍："他的东西，我都整理打包了。"

许戈倒不在意这些。那个青瓷杯子很好看，有点像是日本生产的清水烧杯子，跟红茶的汤色极其相配。她大大方方地举起杯子，呷了一口。女人才放松下来，坐到了沙发的另一端。

这房子是小区里那种最小户型的房子，设计师为了保证其他大房子的每扇窗户都能看到树木，又不至于浪费地产空间，隔出这种小户型，均价比大户型要便宜三分之一，除了小之外，它的缺点是采光不好，窗户都对着墙。

"我和他都是独生子女，结婚很不容易。他家经济条件不好，当初买这个房子，我爸用光了积蓄。装修是他们家出的钱。"女人苦笑了一下。

"没关系的，你还年轻，可以重新开始。"许戈认真地看着女人。她长得挺好看，小小的鹅蛋脸，鼻子很直，梨涡浅浅，就算是这种苦笑，想必也是惹人怜爱的。

"明年我三十岁了。"

"三十岁是最好的年龄。"

"说实话，我没有信心能过好。"女人摇了摇头。

"会好的。"许戈点了点头。

聊了一会儿，许戈提出要去看看阳台上的那盏灯。

"这个阳台是唯一能看见树的地方。我们也很喜欢这里。"女人的心情似乎振奋了一些。

站在阳台上，许戈一眼就看到了自己的家。同一侧的客厅、书房、卧室，统共三排窗，被楼下几株香樟树簇拥着。为了配合窗外的绿色，她特意挑选了奶油底色的花卉窗帘，从外边看起来就像一年四季都置身于春天里。许戈也看到了那盏挨着栏杆的落地灯。果然跟她家那盏一模一样，戴着一顶淡绿色的帽子，要是翻开底座看商标，说不定就是同一个厂家生产的。

"我们本来还有很多计划，先好好玩几年，然后再生两个娃。我想去希腊，他想去硅谷看看。他是个程序员。"

开始时他们都是这么想的。许戈伸手出去，拉了一下那棵合欢树的枝条，摸到了柔软的叶子，拉近看，羽毛一样的小叶片排列在叶轴的两侧，又细又密。

"这些叶子会不会长进屋里？"许戈觉得自己实在是没话找话。

"嗯嗯，我们一直都在等这些叶子长进来，应该会的吧。"

许戈点点头。阳台这里的确是这间房子最好的地方了。

她们往房间走回去的时候，又经过了那张餐桌，因为地方窄，只放了两张椅子。许戈下意识地望一眼那个男人时常坐着的位置，心里一阵凄凉。

"你知道吗？合欢树的叶子跟其他树叶不一样，是昼开夜合的。"女人送她往门口方向走的时候，突然问她。

"哦，是这样的呀。"

事实上，从这个阳台上看不到许戈家的另一侧，还有一扇窗子。那里是一间儿童房改造的属于大班的房间。大班住在里边，吃饭、嬉戏，他们给它买了不少玩具，还给它安装了一个两层高的狗别墅，大班喜欢窝在里边的海绵垫上睡觉。在那扇窗子的楼下，也有一棵高高的合欢树，隔一段时间，他们要用剪刀去剪断那些伸进来的枝叶，四五月份的时候，羽扇一样的绒花会飘落到房间里，要是不及时收拾，大班会去吃那些花。曾经在某一个春夜，因为花粉过敏，她和朱险峰带大班去吊水，在宠物医院守到天亮。

"有一阵，我们很好奇，要是晚上用灯光去照那些叶子，是不是就不会合上？就像在白天一样，如果时间长了，它们是不是就分不清楚白天和夜晚？我们说过要试一试的，嘿嘿，你觉得可笑吗？"回忆让女人突然变得话多起来，她看看许戈，又继续往下说："我们经常会有很多无聊的想法。可惜这个事情我们没能一起去做，我们有很多说好的事情都没去做……"

"我该回去了，我们养了只萨摩耶犬，现在没人在家。"许戈打断了她的话。

"哦，哦，好的，抱歉啊，耽误您时间了。"察觉自己的兴奋实在不合时宜，女人又向她道了一次歉。

在通往门口那条廊道的墙上，极有设计感地组合着一些小相框，一眼望去，相框里都是他和她，有单人，有合影，背景都不一样，是他们挑选出来的值得纪念的印迹。离许戈最近的那张，两人穿着那种海滩景点都在卖的黄花衬衫，衬衫上的椰子树跟他们靠着的那棵很相似。他们依偎着，背对蓝色的大海。程序员笑得没心没肺，嘴巴咧得阔大，完全意识不到在不久之后，他命运的程序将会突然遭到修改。女人笑得很甜，专注地看向镜头，好像那一刻从她眼睛里看出去，无论是什么她都会爱上。照片里全是美好的瞬间啊。

要是在那面墙下再多待一秒，许戈觉得自己可能会哭出来。分开那么久，她从没如此强烈地希望朱险峰能看到她现在这个样子。

他们找的那家医院环境很好，依着山。因为这里成功诞下了很多试管婴儿，在业界享有口碑，医院干脆以此特色为风格重新装修。相比其他远远就看到"急诊"两个触目惊心的大字并弥漫着消毒水紧张气味的医院，这里可以说格调温馨，几乎有点不像医院了。入口处的小院子里，布置了一个心形的巨大花坛，花坛里摆放着应季的花卉。在花坛背后，有个小水池，从一个瓦罐子里长期"叮叮咚咚"地流出一股清泉，这些清泉落入池里，又继续循环进罐子淌下来。在这股循环的水流底下，立着一座水泥塑像，一对夫妻相向站立，额头抵着额头，四手相牵，手臂搭成一个"凳子"，上面坐着一个胖乎乎的小男婴。每次经过这个塑像，朱险峰都免不了要嘲笑一番，认为它过于具体，毫无想象力，更谈不上美感。这种时候，许戈总是会严肃地制止他，甚至隐隐怀疑是否因为朱险峰的这种态度导致了他们的失败。这

睡莲失眠

179

个实在毫无艺术感的雕像竟然曾经是许戈的图腾呢。

许戈在这座雕像跟前停了下来，她觉得应该告诉朱险峰一声，尽管在那份协议里，在那些打印好的一项项条款后面，他们用笔签下了自己的名字，但那毕竟已经是过去的事情了，那时候，她的意见就是他的意见。离婚后，他们一次都没就那两颗冷冻起来的"希望"进行过交流，他们很少联系，只有那么两次，一次是为了找到大班的疫苗注射的记录本，另一次是许戈的母亲去世。

"我现在在医院，打算按照协议上的处理，将那两颗胚胎销毁。"

打出"销毁"这两个字时，许戈心里颤了一下。她应该用一个温和的词。在她写书的时候，她的词汇还算是丰富的，有时候故意不去选择智能输入联想出来的词组，这样会显得她更为讲究一些。她的手指停了下来，推敲着，手机屏幕乌下去又亮起来，亮起来又乌下去，几个回合，她还是想不好一个意思相近的替代词语，似乎再没有词比协议上的这个词更为准确和直接，在他们一起做的最后这件事情上，她不希望跟他有任何歧义，甚至出现一点点理解上的误差。

"按照你的意愿办，我都接受。"那边几乎是秒回。是看不出一点情绪的回复，更看不出对这个词有什么不快。

许戈对着雕塑抿了抿嘴，那感觉非常熟悉。在过去的婚姻生活里，在某些时刻，她总会为自己这些多余的担心而感到后悔和受伤。

核对过许戈的身份证和离婚证之后，护士调出了当初他们签的那份协议，在一份授权书上让许戈签上自己的名字。按照协议，夫妻双方离婚后，同意将剩余的胚胎授权医院销毁。

"我想问一下，销毁是怎么做的？"一直以来，许戈只对胚胎移植成功之后的状况进行过细致钻研，她查找大量书籍，并加入了好些个准妈妈群，旁观她们的交流，她清楚胚胎着床之后孕妇的各种注意事项，药物辅助，饮食护理，也清楚胎儿在腹中每个月的变化以及孕妇应做的种种配合，她甚至懂得如何育婴。但她从来没有想过要去了解"销毁"的医学含义。"胚胎是无意识的生命"，她不知道是谁先说的这句话，被很多准妈妈像格言一样引用。他们将怎样去销毁这两颗生命？一路联想下去，许戈心惊胆战，手心里的汗让她几乎握不稳手中的笔。

年轻的女护士抬起头看看她，向她露出了一个职业的微笑："等于安乐死。"平静、淡漠，不容置疑，天晓得这句标准答案从她嘴里说过多少遍。

许戈对这个答案并不满意，也没有获得些许慰藉。在走出医院的路上，她一直按照字面去琢磨：冷冻胚胎，即胚胎在零下一百九十六摄氏度的液氮环境中得以存活。反之，她和朱险峰的那两颗"希望"势必会在解冻的温暖中渐渐失去生命力。她更愿意这么不靠谱地去理解。

那朵失眠的睡莲终于收拢起了花瓣，比其他花收得更紧。许戈去看的时候，感到有些失落，好像她和它之间失去了某种联系。第二天中午，她又去看，满池苏醒的花朵，开得欣欣向荣，尽管有一些已经开始步入凋零，萎谢的花瓣落到了叶面和水面，但还是挣扎着盛开了。那朵花竟然还在睡，对灿烂的阳光毫无知觉。看起来，它的花瓣还没有松动至跌落的迹象，倒是被一些什么力量收紧着，像一只握起的小拳头。或许它是醒着的，只是捂着一些孤独的秘密，等到想好之后，它会再张开。许戈想，应该等等看。

病 鱼

八块钱不打表，全程不到五分钟。出租车停在马王巷口，司机笑眯眯地下车，打开后备箱，稳稳地放下我的行李。这路程要是在有些地方，司机的脸色会阴沉得比锅底还黑。

从巷口进去，还有五百米才到地质局宿舍。那只新买的拉杆箱，轮子被路面"咯噔咯噔"弄得很响。我的样子像个游客，误闯入了不是景点的地方。这是黄昏时分，巷子几乎没什么人，坐在老房子门厅里的老人，在薄薄的暮光下，认不出这个老孙家的女儿。他们要等到次日才慢慢知道，老孙那个出去"捞世界"的女儿回家了。这里的人，但凡离开，都被认为出去"捞世界"。一度，他们还认为除了这个小城外，所有的地方都是"北方"，外地人统统都是"北方人"。

就像出国回来的人要倒时差，一进这个小城，我就要倒空间差。如同进入一个小人国，房子、街道、车，甚至人，仿佛缩小了一半。前方走过来的那个矮小的人，朝我挥着手，加快了脚步，是我的母亲。她似乎也小了一半。

母亲在窗边听到了拉杆箱的声音。"我猜就是你。你爸还不相信。"她得意地笑了。当门那排雪白的烤瓷牙，是去年在广州过年时装上去的。我用另外一只手，搂着母亲。

"你爸真的越老越顽固，害你浪费了那么多钱。"母亲不好意思地看着我。

"还好。"

几天前，我还在电话里冲她发火，埋怨他们不服从安排给我带来的麻烦，我甚至专找他们的痛处戳——你知道吗，国际机票退掉，要损失一半的钱！这两个老人，听到浪费钱，就像浪费生命一样心痛。

"你爸说今年不能跑了。他养了些鱼，哪都不能去……"母亲似乎有些怕我，是那通电话的后遗症。

离婚后我就执意不回家过年，团圆饭的桌子会让我如坐针毡。连续四年，我带着父母东奔西跑：第一年跟旅行团去欧洲十国游；第二年在东北数着雪花听新年钟声；第三年在三亚的沙滩上写下新年贺词；去年，是在广州我自己的家，在熙熙攘攘的花市里挨过了大年夜；今年，本来订好了去"新马泰"，后来父亲不去了。

母亲的表情弄得我有点沉重，加上倒空间差的那种心理感受，就没多说什么。

地质局宿舍门口，不堪一击的铁门象征性地闭着，隔夜的气味像猖獗的老鼠一样钻出来。门口楼梯边上，人为地加出一截钢管，"J"字形，一直延伸到铁门。母亲下意识地扶着钢管登上了那几级楼梯。"五楼李伯伯的儿子装的。李伯伯中风后，走路不方便……"几级楼梯使母亲说话不那么流利，"装了不到一年，李伯伯就没了……"

就算闭着眼睛，我也能在这暗沉沉的楼道里找到家门。母亲却像主人领着客人一样，让我觉得不舒服。这是我拒绝父母去接站的原因。

打开门我就笑了。尽管母亲已经多次预告过，父亲弄了个鱼缸，但我没想到鱼缸这么大，是落地的那种。老房子空间狭小，加上光线又不好，这家伙如同外星人入侵地球的座驾，散发着蓝晶晶的光。

父亲从鱼缸的背后猛地闪了出来，就像小时候在拐弯处等着吓唬我那样。

"哎哟！"倒是母亲被吓了一跳："老头子，发神经啊！"

从母亲喋喋不休的埋怨看来，在回家前，他们就已经开始争执了。这气氛我并不陌生。我猜母亲更在意父亲把钱扔进这个大鱼缸里。

父亲一句没还嘴。他的热情全在这鱼缸上。我还没来得及脱掉鞋子，他就忙叨叨地开始炫耀这些鱼。

"小妹，你看，这些鱼，红得多漂亮，他们说，叫发财鱼……"

鱼就几种，那些红色的发财鱼居多，有几条黑的、几条五彩的。水草倒是不少，绿绿的漂在水中，跟真的水草一样。父亲好像认识这些鱼，指着其中一条说，前几天还有点傻，不吃东西，今天倒精神了……这条最爱打架了……说着说着，母亲也加入了。她指着角落那条精瘦的发财鱼说："这个'满崽'，养不大的，肚子薄得像刀片。"

"嗯，这个'满崽'，白吃了我们那么多鱼食。"父亲用手指敲着鱼缸。

他们叫它"满崽"。我爆发出一阵大笑。父母也笑了。"满崽"正在削尖脑袋撬石子底下的食物残渣，毫不知情。

说起来，满崽现在怎样了？

母亲没了笑容。"你还记得满崽吗？"

在我给他们换的那张皮沙发上坐下去，父亲摆起了他那套工夫茶具。茶三酒四，一直像家训一样遵守。小茶盘上，三只小杯，三口人。

"小妹，满崽现在是孤儿了。"母亲一口喝光了那小杯里的茶。

我并不震惊。现在，天大的事都不能吓到我。在我看来，没有比离婚那天，在民政局门口，那女人揿着喇叭催我前夫上车那一幕更令人心惊肉跳。我的心肠患上了"硬化病"，病征在父母身上扩散。不止一次，母亲抹着眼泪对我说："哪怕有个孩子，都不会那么容易被拆散。"我报以恶狠狠地反驳："我最讨厌看到你们这个样子，有孩子就不会离婚？离婚跟孩子有什么关联？"很多事情，发生得突然，没有任何由头，像母亲这样活了一辈子还在找由头的人，太无知了。我希望有谁来反驳我，那样我就可以趁机大吵一架。可那个最喜欢反驳我的男人，已经离开了。

回家无非就是聊旧事，在这个一成不变的地方，我们聊起了那个满崽。

满崽是父亲的老同事杨叔叔的儿子。父亲当年因为成分不好，大学毕业后从江苏支边到了这个小城的地质局。杨叔叔的命运也一样，他来自广东湛江。第八地质局是我认得最早的几个字，印在父亲的每一件工作服上。杨叔叔比父亲大一些，老来得子，夫妇俩恨不得把身上的肉割给满崽吃。

记忆中，满崽不爱吃米饭，他只吃肉和零食。那年月没什么可吃的，杨婶婶手巧，用各种水果和蔬菜腌成美味的酸食，储在大大

病鱼

185

小小的醋坛子里，还会晒牛肉干、猪肉干、番薯干等。他家阳台上长年高挂着一只篮子，里边总会晾有吃的，我和满崽像猫一样，伸着长长的脖子打它的主意。杨婶婶在床底藏有一个瓦坛子，捉迷藏的时候被我们发现了，我们一勺一勺地挖坛子里边的东西吃。杨叔叔下班回来，看到床边横竖卧着两个小人儿，酒气冲天，瓦坛倾斜在地，里边酿的甜酒糟被挖得差不多了。

"那时才多大点？你四岁，满崽六岁半。"陈年旧事，讲不厌，也悄悄地消解了母亲和父亲的怄气。

"满崽就是老不吃饭，才会长成倭瓜丁的样子。他有没有一米六？"

"不会有，看起来比小妹还矮。"

早些年，杨婶婶生病去世，后来，杨叔叔也走了，剩下满崽。母亲说，他那形象，怕是一辈子也娶不到老婆了，可惜你杨叔叔一表人才，基因没能遗传下来……

杨叔叔的确一表人才，不过我知道母亲指的是他的外表，她一贯认为杨叔叔仅仅是个书生。二十世纪八十年代，国门开放，华侨终于可以返乡探亲，偷渡到印尼打工几十年的杨爷爷，年近八十，夙愿就是回来看看他的儿子。那年月，宿舍是那种统一分配的小两居室。杨叔叔硬着头皮找局长，想借用一楼那间值班房给老父亲住。老局长是退伍兵，最看不起杨叔叔这类书生，对他们一直沿用"臭老九"这个称呼，他没在杨叔叔的申请条上签字。杨叔叔只好求助于我父亲，让满崽到我们家阁楼借住几个月——我父亲在客厅搭了个阁楼，据说是预备老家来人住的，不过也没用几次，充当了杂物间。

父亲看不下老局长的霸道，力劝杨叔叔继续争取，华侨归国探亲是国家政策，要给好的待遇，再说，老华侨看到儿子生活条件那么差，怎么能放心？杨叔叔犹豫再三，放下面子去求老局长，依旧遭了冷拒。父亲一气之下，拎起一张报纸闯进局长办公室。那张《人民日报》上有一篇文章，呼吁对高级知识分子的重视。父亲将这张报纸作为武器，"威胁"老局长。可是，那个大老粗没被《人民日报》唬住，父亲失败而归。

还是母亲给父亲出了个点子——去跟局长说，要是不借，就揭发他擅自指挥地质局的车和职工为自己岳父搬家。这事情谁都不敢吭声。母亲说，一吓他，准保答应。果然，值班房的钥匙顺利到手了。不仅如此，老局长从此再不敢当面称呼他们"臭老九"，多少让这两个知识分子感到"扬眉吐气"。母亲为此得意了一辈子，这是她的"战利品"。

父亲和杨叔叔也有"战利品"。地质局宿舍几次搬迁，那件"战利品"都没被遗漏。算起来，四十多年的老东西了。在我一岁零几个月大的时候，还没住进单元宿舍，地质局的房子散落在郊区的一座山腰上。我们住的是一间平房，屋门口有菜地，屋背后有山泉，父母上下班要爬半小时山路。外婆从老家来带我，兼种菜、烧饭。有一天，父亲下班后邀请杨叔叔来收获成熟的葫芦瓜。走到菜地，回头朝屋里望一眼，两人顿时腿软——我独自坐在饭桌上，双脚垂落半空，离我不到五米远的门边，一条擀面杖般粗的金环蛇正昂起头，虎视眈眈。父亲说："那两条胖嘟嘟的小腿，在桌子下晃来晃去，我和老杨魂都吓飞了。"接下来父亲的描述，实在有点儿像给小孩子编的睡前故事，很是离谱。他说，他跟杨叔叔情急之下，只找到身边的一把扫帚和一条做菜园篱笆剩下的长竹片。用这两件

病

鱼

187

武器，竟把这条金环蛇抓住弄死了。"没有其他人帮助？""哪里敢喊，大气都不敢出一口。"父亲笨拙地比画着当时捕蛇的情景。要不是那条金环蛇四十多年来都被囚在那个玻璃缸里，谁会相信这两个手无缚鸡之力的书生，仅凭一把扫帚、一根竹片就捕到了一条毒蛇？他们甚至连智斗都谈不上。那条泡在米酒里的金环蛇已经比擀面杖还要粗了，颜色还鲜亮，蛇鳞还泛光，盘踞得安详，眼帘紧闭，看上去像在冬眠。杨叔叔生前跟父亲喝过无数顿酒，没钱的时候甚至喝过木薯酒，但从没打过这坛酒的主意。这坛蛇酒已经泡了四十多年，没喝过一口，酒已下降一大半，倒是被时间偷喝了去。

讲起这段经历，母亲都说万幸我那时什么都不懂，要是懂得害怕，可能就没命了。

出于好奇，我问母亲，满崽现在做什么？

母亲隔了好一阵才说："无业游民，没读好书，又不懂什么技术，帮饮食店送外卖也是有一搭没一搭，杨叔叔这辈子好没用，连儿子都帮不上……"

关于满崽的现状，母亲似乎不愿意多说什么。不过我也能想象得到。

晚饭的时候，大概因为自己一直引以为荣的女儿回家了，父亲脸泛红光，拍着母亲的肩膀，高兴地说："我这么一个没用的人，能养出一个有出息的女儿，这辈子是很满足了。"母亲撇了撇嘴。"当然啦，也有你刘利英的一份功劳。"父亲将酒杯碰了一下母亲跟前的那杯饮料。

还没到年夜饭，父亲就"嗨"起来了。我这个"有出息"的女儿，只好陪着父亲喝酒。我的酒量不比父亲差，跟前夫白手起家成立公司那一阵子，我们的酒量在各种饭局上练得上乘。赚钱之后，那男人给我父母买了一套房，因为我父母一直倔强地不肯搬离这个小城，没要，后来那套房子给了另外一个女人，我父母自责至今，在我提出给他们在小城买一套新房时，他们表现出了更为决绝的态度，受虐似的死守在马王巷。

深夜，我躺在睡过多年的那张旧床上，没什么心事，倒像是认床般难以入睡。辗转至后半夜，即将被睡虫咬痹之际，迷糊中看到床前一条黑影，窸窣挪近，我吓一跳，喊着坐起来。黑影也被吓出了声。原来是母亲。她怕我的被褥不够暖，想进来探探我的脚底，就像小时候那样。我亦记得这些细节。结果我们都被吓着了。

"妈，以后再不要做这些，会吓着你的。"

"哦。"

母亲讪讪地出去了。

我又彻底清醒。月光从窗帘的一角漏进来，悲伤也漏了进来。这些年独居，深夜里一丝动静都会引起警觉。不知不觉中，我已经成为这样一个讨厌的中年妇女，穿戴着用疑心缝制的猬甲，皮肤上长满了长短不一的刺，即便住在家这个地方也不能脱下。

第二天早上，我陪父母去购买年货，在"嗡嗡嘤嘤"的露天菜市场，走几步路，就会有一个人热情地过来攀谈。"宝贝女儿回家啦！""老孙，你女儿'捞世界'捞得很掂啊。"无一人直接对我发问，一如他们一贯对新鲜事物的态度——熟人的转述更可靠。当然，也有人会扫兴地问："女儿一个人回来？女婿呢？"父母从不告诉他们我离婚的事情，我猜那人多少已经知道了。母亲天真地认

病
鱼

为，他们对这里什么事都清楚，可对外边的事却一无所知。

在这个小城，除了回忆童年趣事会带来些许意思，当下，就如脚下所踏的地方，烂菜叶被脚碾压出的汁液和痰液搅拌在一起，黏糊得让人提不起一丝好感。我无聊地站在一个鱼档口，等着老板杀我们买的那条桂花鱼。忽然，母亲扯了扯我的衣角，示意我看旁边那个鱼档。我望过去，那群正在鱼池旁选鱼的人边上，有个身材矮小的人，一边朝人堆里挤，一边将一个夹子伸进一个人的衣袋里。不到一分钟，那夹子钳出了一叠钱。

不知道还有没有人看到这一幕。我张望了一下，本能地想要喊出声，没想到父亲狠狠地拽了我一下，低声说："别叫，是满崽。"

是他？我的心一沉。

那个背影如少年一般的他，动作麻利，得手后还不忙着离开，而是扯高了嗓子朝鱼老板嚷："给我一副鱼肠。"鱼老板无暇理会他，要是生意闲的时候，他会在篓子里翻捡出几副肠肚，像打发叫花子那样扔出去，可眼下他没工夫，他连手套都没戴，两只长年被水浸泡得惨白肿胀的手，一直在鱼池里捞来捞去。

见没人理会，满崽才转身离去。这下，我看到了他的脸，挂着一抹得意的诡笑。就像对着一面布满水汽的镜子用吹风机吹头发，不到几秒钟，那镜子就现出像来。小时候偷摸出一小块牛肉干，或者发现了藏在米缸里的几只柿饼，满崽就会这样笑着，分给我一点儿吃。

几乎是一瞬间，我成了满崽的同伙。我一直盯着那个人看，尽管口袋的里布像舌头一样伸到外边，他却毫不察觉。现在，他满意地挑到了一条白条鱼，那鱼挣扎着差点蹦出他的双手。

我们没法继续按计划前往香烛店去买祭拜用的东西。也许这些东西并没那么要紧。父母不见得会信什么，但是，过年过节，他们会在阳台设个供桌，烧香燃烛，朝西天方向深深拜下去。父母的故乡都不在这里，他们祖宗的坟茔就是空茫无边的西天。每一次跪拜，母亲都会朝天上唠叨："请老祖宗来我们家吃饭，坐坐，山长水远，老祖宗多喝几杯，保佑我们一家平安……"事实上，在我的记忆中，我家极少有亲戚来探望，过去有不少年节，我们跟杨叔叔家合过。

"妈，你知道满崽干这个？"走进马王巷口，周围得以安静下来，我问母亲。昨天我们聊起满崽的时候，不知基于什么心理，母亲并没提起。

母亲知道的。

其实满崽原先有工作。杨叔叔托人在医院给他谋了个急诊窗口挂号的工作。他也曾试着找对象结婚，姑娘们都对这个看上去还没发育好的小矮子深表怀疑。拖拉到三十多岁，杨婶婶在菜市场托人在郊区找了个女人，年龄倒也相仿，就是第一次见面就挺着个大肚子。两人将就着结了婚，女人的户口也从郊区迁出来了。孩子生下来没到两岁，女人就带着孩子跟别人跑了。据杨婶婶说，那女人受不了满崽上急诊夜班，孩子白天是有爹了，女人晚上却没了丈夫。后来，不知道被谁带坏了，满崽开始搞那些名堂，工作也丢了。

"开始偷东西？"我很怀疑。我断然认为，一个人即使离婚，自暴自弃，也不至于沦落到去偷东西的地步。

"吸毒。"母亲迅速地送出这两个字，好像怕这东西在她嘴里待久了。

"妈，你经常见到他？"

病
鱼

191

"偶尔。不过，这些买菜的人，口袋里不会装很多钱。"

已经走到地质局宿舍的铁门口了，楼梯扶手的钢管，不知道被谁缠上了些喜庆的红纸，看上去却更像是在悼念谁。母亲没再往下说，去掏钥匙开门。我回过头想让父亲先走，却看到那个一路沉默地跟在我们身后的父亲，眼中已经蓄满了泪水。

铁门一打开，我抢先冲进了那暗绰绰的楼道。

大年三十早上，母亲在阳台摆起供桌。无非就是把茶几端到了阳台上，铺上一块红布，上边放一只香炉，中间摆一只完整的白切鸡，两侧摆一碟水果、三杯茶、四杯酒。在茶几的下边，母亲特意用一个抱枕垫在小板凳上，那样，跪拜的人便不至于因为膝盖难受而草草了事。这一套，我闭着眼睛都能想起，这是我们这种离乡家庭跟逝去的亲人唯一的联系方式。

摆供桌是各司其职的。水果、茶、酒这些简单的东西，自然是父亲的任务。倒酒的时候，父亲叫我帮忙。他从杂物柜里抱出那只玻璃缸。"今天破戒，给老祖宗尝尝这宝贝。"他把缸口那些已经快霉烂的布条一圈一圈地松下来，费力地拔开塞子。奇怪的是，竟然没有浓烈的酒味蹿出来，是一种很奇怪的味道，比腥味淡，比酒味软，有点像从古井里冒出来的石头的味道。

母亲也从厨房出来看，围观什么仪式似的。

塞子一打开，父亲就朝里边喊了一句："喂，老友，你还在睡呢？"他敲敲缸壁，抖抖里边的酒，就像对待一个俘虏。接着又跑到厨房去，拿了一根磨刀棒，悄悄从瓶口伸进去，轻轻敲了敲那家伙的脑门。

母亲笑着拍打了一下父亲。

有那么一刻，我很担心，它会被父亲的恶作剧惹恼了，一个翻身，脖子一昂，吐信如飓风，就像神话那样，瞬间冲出，翻天覆地。

父亲让我把碗紧紧抵住缸口。"一滴都不能浪费，四十多年陈的大补酒哇！"父亲总是掩饰不住对酒的贪婪。

父亲的担心是多余的。这些酒，迟滞地、犹豫地从玻璃缸里逶迤而出。滑进碗里的那些金黄色的，仿佛不是液体，而是一条蛇，以盘踞的状态，渐渐扭化为一摊。我呆望着这摊奇怪的酒。

父亲迫不及待地用嘴去舔了一口。近乎本能地，我那套惯用的怀疑机制瞬间启动了，一下子把碗夺了过去："别喝，可能有毒。"

"傻瓜，哪里会有毒。当年我跟你杨叔叔一起，费九牛二虎的力气，给这家伙拔牙，又用高度双蒸米酒泡，几十年了，毒还藏在哪里？"父亲要我把碗还给他。

"会不会真有毒？是条毒蛇呢。"这么多年来，每隔一阵，母亲就会用布清洁这个玻璃缸，像给那条蛇洗澡，她却头一回想这个问题。

我把碗攥在手里。我没有研究过毒蛇泡酒是否有毒的问题，或许我得上网查一下。但我怀疑。

我只能说："当年条件那么差，没有一套完整的工具，说不定毒素没清理干净呢。"

看上去父亲有些不高兴了。他一直试图说服我。

这些酒，分别匀到了四只酒杯里。"只能敬祖先。不许喝。"我强势地命令父亲。

在供桌前，父亲并没有跪到母亲垫了抱枕的板凳上，他坐在

病鱼

193

了那上边。他坐了很长时间，直到我处理完几封公司邮件，一根蜡烛快要燃尽了。他跟母亲说，他把老杨夫妇都邀请回来了。母亲边烧纸钱边说："好啊。老杨，老姐姐，你们都回来啦。你们过得好吗？"父亲忽然笑了，他偷偷地瞄了我一眼，对母亲说："老杨刚才对我说了，那酒香啊，真带劲。他已经搞下两杯了，嘴里还黏着呢。"

母亲也笑了："那你就跟老杨喝一口吧。"

父亲冲母亲点点头，看都没看我，就把桌上的一杯酒吸进了嘴里。杯子被嘬得响亮。

我没有阻拦父亲。我料到，这杯酒迟早是要被喝下去的。

"嗯，真带劲，浓得嘴唇都黏牢了。老杨说得没错。"父亲心情畅快，是酒起的作用。

后来，父亲跪在了那张板凳上，像鸡啄米般拜了三下。

香火袅袅，加上母亲又在铁桶里烧起了纸钱、元宝，一阵暖意腾了起来。我抬头望望远天，还是那种阴阴的天色。

不知是因为气温低，还是水被污染了，鱼缸里一条发财鱼在一夜间，额头上长出了两个白脓包，而且左眼暴突。这个发现让父亲心情很不好。围着一条生病的鱼，父亲在鱼缸边转来转去。他说，这两个脓包很像他前些年做胃镜时看到的溃疡，要不给它吃点消炎药？母亲赶紧制止了他。鱼和人哪能一样？

水族馆卖鱼的那一家外地人，早早就打烊回家过年了。父亲大清早跑去敲门求助，房东告诉父亲，元宵节后才正常营业。这时，才正月初四，窗外稀稀拉拉地还传来鞭炮声。

我在网上搜索给鱼治病的方法。过滤掉一些有广告嫌疑的答案，我找到了最为科学的方案：在水里加入福尔马林溶液，同时用药饵给病鱼喂服呋喃西林。父亲立刻说要去找药店。他拿着我写给他的那张条子，一趟一趟地跑出去。小城不大，药店就那么几家，过新年，药店的门口统一贴着一张红纸条：东主有喜。这里的人，认为过年卖药，等于卖霉运。

最后一次，父亲说要到医院去碰碰运气。母亲听说父亲要到医院去，心里不情愿。我也立即阻止他。要不是看到父亲那么紧张，我对那条病鱼倒没那么上心，大不了扔掉再买。可是，父亲还是要往外跑。他抓起那顶绒帽子戴在头上，又跑出去了。这是今天他第五次跑出门了，他甚至没有睡他雷打不动的午觉。

大约四点，我和母亲就听到了楼下的铁门响。我猜父亲肯定又空手而归。医院哪里会给一条鱼挂号？又有谁会给一条鱼开药？我这样想着的时候，门打开了，满崽像只瘦猴一样从我父亲身后窜出来。

"嗨，刘阿姨。小妹。"满崽就像昨天才从这里走出去一样。实际上，父亲和母亲只有到菜市场才能遇到他。

母亲回过神后才小跑到门边，在鞋柜里忙不迭地乱翻。她翻出了一双男式棉拖鞋，犹豫一下，又放回去。她嘟囔着说，这双太大了，你穿小妹的吧。于是，她又翻出一双粉红色的。

母亲低头弯下身去，将那双粉红色的棉拖鞋摆到满崽脚边。满崽不知所措地搓起了手。"不用不用，我赤脚，有袜子。"母亲制止了他。

事后我们才知道，父亲到医院给鱼挂号，碰巧看到满崽。他无所事事，在挂号窗口陪旧同事聊天，烤电暖器。听说父亲要开药，

病

鱼

满崽积极地帮他找熟人，才开到了福尔马林药水和呋喃西林。

"福尔马林一定要兑水配比才能用。"仅凭满崽这句话，父亲就毫不犹豫地把他领了回来。

满崽一直在小口小口地喝茶。我和他几乎没有对视过。自他从玄关走进客厅，我的心里就密密地长起了刺。

父亲和母亲不断逗满崽说话，就像他还是那个过家做客的小孩子。

"满崽，你们小时候真是很淘气的。你带着小妹，用火柴棍把孙大娘的门锁堵死了。她站在楼道骂了一个下午，她那口宁波话，没几句能听懂的……"母亲学了几句，逗得我们都笑了。

那些趣事，我和满崽听得有味，好像说的那两个孩子是别人似的。

父亲给满崽又斟满了一杯茶，顺手敲了敲他的后脑勺。"你这捣蛋鬼，放屁就爱站到人跟前，一抬手，一枪，大屁就响了。"

父亲的手做出一个手枪的姿势。

"是这样。"满崽忽然站起来，屁股一撅，左手叉腰，右手往天空举出一个"八"字，"噗！"他给屁配了个音。

这个即兴表演，让整个房间的气氛轻松了很多。

"我们还以为你将来会当兵呢。问你长大了想当什么，十次有十次都说，要当兵，要当警察。"母亲笑着说。

说到这个，满崽忽然不笑了。

"我老爸死都不让我参军。高中毕业那年，我打算去街道报名，老爸把户口本锁起来了。那个暑假，我天天到西江钓鱼，差一点就跳了河了。我记得很牢。老头子脾气，死倔的。"满崽说完从衣兜里掏出一包烟，也没征求我们的意见，"嗒"的一下，清脆的火苗就蹿了上来。火苗在空中颤动着，有那么几秒钟。烟点得不是很利索。

父亲从茶几底下摸出一只小杯子——那是父亲平时一个人在家抿酒用的，放到满崽跟前。满崽顺手往杯里弹了一下。没成灰。

"你老爸老妈，这辈子最疼你了。"母亲叹了口气。

"哼。"满崽从鼻孔里哼出了一句。

我不明白为什么满崽会对参军这件事耿耿于怀。从他的表情看，他是在抱怨杨叔叔。这种表情，我在公司员工的脸上看得多了，他们总是会抱怨别人，却从不在自己身上找原因。

"搞笑得很，你也太不切实际了，你什么体格啊？"自从满崽进来之后，这几乎是我跟他说的第一句完整的话。

坐在身边的母亲碰了我一下。

满崽一声不吭，又把烟伸进杯子里弹了一下。一截烟灰掉了下来。

"满崽，要接受自己的命运，爱惜自己的命运。你老爸是个读书人，有见识，值得尊重。只是没能遇上好时候。"

"孙叔叔，什么才是好时候？"

我父亲摊开两手，明明白白地告诉他："现在就是啊。"

"哼哼。"那是两声冷笑。

父亲接下去还想给满崽讲些道理，就像从前对我那样。不过，我认为父亲开场的方向就不正确。遇到这类人，我会先在他身上挑出一百个毛病，彻底打垮他，然后再帮他重新建立正确的人生路径和信念。在给员工培训时我总会说："命运本身就是一道错误的试题，人来到这个世界就是为了修改它。"这几乎是我的口头禅，也是给他们灌服的心灵鸡汤。

可是，满崽没给我们机会。"我老爸……没用。"满崽的声音忽然低了下去，低得像是在呻吟，又像是吐烟那么轻。他把那根没

病

鱼

197

抽完的烟，搁到杯口上，转身走去看鱼缸里那条病鱼了。

那根烟自顾自腾云驾雾，没人敢把它掐灭，也不知何时燃尽的。

福尔马林的气味实在太刺鼻了。直到满崽将清水兑进脸盆，那气味才减轻一些。

现在，满崽脱下了那件黑色的外套。那是一件仿皮外套，买它的人大概只冲着它发亮的威风。他把毛衣袖子撸得高高的。鱼缸比他还高半头。父亲给他端来了木板凳。他踩上去，同时将鱼捞伸进去。没想到，那条恹恹的病鱼，在鱼捞伸进去的瞬间立即开始振奋，它左右闪躲，拼命逃离。不仅仅是它，鱼缸里的鱼都被惊动起来，四处乱窜。一度，我们甚至找不到那条病鱼。满崽只好将鱼捞取出来，等待机会。

我们站在鱼缸前，几乎屏住了呼吸。我瞄了一眼满崽，他的脸都要贴到水面上了。

鱼捞再次下水的时候，果断、准确，眼看就要罩住那条病鱼了，没想到，那条瘦小的"满崽"突然蹿了出来，直接撞进鱼捞里。鱼捞一抖，病鱼就趁机挣脱了出去。

"哎呀。"我们不约而同地叫。

"这个'满崽'！"母亲长叹一声。

"这个坏蛋！"父亲又加了一句。

满崽自始至终没吭一声，目不转睛地盯着那条"满崽"，仿佛眼睛里能伸出一只钩子，将它牢牢钩住。

在我们意识到尴尬的时候，鱼捞已经再次下水。那条"满崽"不知道受了什么刺激，一直跟在病鱼的后边，仿佛刚才自己的举动激发了它的好胜心。就像玩游戏一样，它使那条病鱼几次虎口脱险。

最后一次，鱼捞直接朝"满崽"罩过去，"满崽"为求自保，射箭一般躲到了假山背后，鱼捞一个回马枪，迅捷地反扑病鱼。失去"保护神"的病鱼终于被擒。

"哈哈，'满崽'！跟我斗？"满崽将病鱼捞上来，狂妄地笑了。

父亲鼓起了掌，母亲也跟着拍手。

我看着满崽脸上那得意的笑容，瞬间产生了一种胜利的轻快感。

"满崽，你过得还好吧？"辅助满崽给病鱼喂药的时候，我没话找话说。

满崽将那片呋喃西林掰成了两半，小心地塞进病鱼的嘴里。"嗯，马马虎虎吧，你呢？"他回答得有点漫不经心。

"我？嗨，一般般吧。"我故作轻描淡写，压抑着自己的那些优越感。实际上，这些年来，优越感就像我的口红或者眼影，掩饰着我的虚弱，它们不能缺少，出门前我总是会下意识地检查，有没有将它们遗漏在化妆台上。

满崽抬起头来，扫了我一眼。

"你肯定很好，买这么豪华的鱼缸。"他又打量起了那只硕大的鱼缸，蓝晶晶的，像外星人座驾的天外之物。

已经沉淀下去的那种紧张，忽然又升了上来。我没再继续这个话题。

喂好了药，满崽又检查了一下鱼的眼睛。"嗯，我想，应该给它这只眼涂点四环素眼膏。"那语气，倒像是个医生了。我开始相信他，从药柜里找出一管四环素眼膏给他。

这时，母亲在阳台叫了我一声。她正用一只网袋做一只简单的鱼篓。父亲在工具箱里找出了一根铜丝，绕成三圈，将网袋撑成椭

病

鱼

199

圆形。现在，母亲要用线将网跟铜丝固定起来，需要我为她穿针。

"爸，你不进去看看？"我一边穿针一边问父亲。

父亲侧过身朝客厅望了一眼，拒绝了我的安排。"没事，不是外人。"

母亲也顺势朝客厅张望了一眼。朝我摇摇头，示意我小点儿声。

我一直待在阳台。等到这只鱼篓做好，拿进客厅的时候，满崽已经穿上了那件发亮的黑外套，抱着双手赏鱼。

"啊？你把它放回去啦？"父亲和母亲几乎异口同声。

满崽不知道发生了什么，点点头，眨巴着小眼睛，望着我们三个。

"你怎么那么笨，那下次还怎么喂药？"我着急地嚷了一句。

看到母亲手上的鱼篓，满崽才明白过来。"你们，又不早说。"

"你真是没脑子，这还用说？"我像训斥公司里一个做错事的员工。

满崽没说话，小眼睛骨碌骨碌一直在转，好像在找自己的脑子。

父亲和母亲一直在为做了一只那么妙的鱼篓却派不上用场而感到可惜。

那条病鱼跟它的同伴会合，劫后重生般欢快。

空气里，有那么一些微妙。很多微妙的时刻，如果都能散发出福尔马林那股呛鼻的气味，我们怎么会忽略它？或者说，如果没有类似福尔马林那么刺激的气味，我们怎么会闻得到它？

满崽说要到厨房里洗手，那条病鱼弄得他手上黏糊糊的。他半晌都没出来。

我蹑手蹑脚走近厨房门口，却被正要走出门的满崽撞了个正着。"你以为我会干什么？"满崽变了个人似的，冷笑着问我。

我一时反应不过来，愣在门口。

满崽盯着我看了几秒，忽然回转身，在灶台的刀架上，准确地抽出了一把刀。他的动作那么准确利落，仿佛此前经过了练习。

我本能地朝客厅奔去，没几步，就被满崽控制住了。

"你以为我会这样，是吗？"

水果刀架在我的脖子上，满崽另一只手绕住我的脖子，就像电视新闻或者警匪片里的那些劫匪一样。

我的叫声尖得像把刀。我得承认，这是我一生中最为惊心动魄的一次经历，胜于任何一次。每当我闭上眼睛，回想那个情境，那种浓郁的恐怖很快就会遍布四肢。

满崽架着我，把我拉到客厅，命令眼前那两个簌簌发抖的老人，只要乖乖拿钱出来就好了。

我已经不听指挥的脑子，还能搜罗出钱放在哪个地方。"妈，床头柜里，我的钱包。"

大概是吓傻了，母亲一步都没挪开，只是口中喃喃有词，眼睛一秒也不肯离开我。

"满崽，你想干什么？有话好商量。"父亲克服了他的恐惧，终于敢跟满崽谈判了。"满崽，你这样是犯法的，快放下刀。"父亲的话带着颤音，一点震慑感也没有。

不过，满崽竟然有些害怕。他一度将刀从我的脖子上拿开，在空气中胡乱挥舞。"不许说话，再说话我杀了她。"

我的脖子被他勒得很痛，其间，我还试图挣扎，越挣扎，他的力气越大。他其实并没那么矮，至少跟我一般高。

母亲从口袋里掏出一个红包。那是她刚才在阳台跟父亲一起准

病
鱼

备的，当时她悄悄地对父亲说，满崽还单身，还是孩子，要给的。

满崽愣了一下，随即又挥了挥手上的刀。"蒙小孩吗？统统都拿出来！"

这时，站在对面的父亲忽然开口了，他几乎是哀求着说："让我换下小妹，她去拿钱，行吗？"父亲不知道是朝谁哀求，他的目光看向的地方，是两双同样恐惧的眼睛。

父亲真的朝我们走过来了。我绝望地吼叫了一声，用尽了全身的力气，幅度很大地挣扎了一下。随即，我被一阵巨大的刺痛笼罩，那刺痛，砍断了我所有的神经。我挣脱了。

不是我挣脱了。在医院里，那个来录口供的警察说："犯罪嫌疑人逃脱了，你们是认识的吧？你认为那家伙会躲到哪里？"

"差一点就刺到动脉了。"每天来送汤的母亲，说到这儿都会抹眼泪。

实际上，拆线的时候，我看到了伤口，没那么危险，那把刀插进了我的肩膀跟脖子的连接处，病历上称为"右斜方肌"。

"小妹，以后再遇到这种情况，千万千万不要挣扎。这次万幸了。"父亲一说这话，立即被我母亲打了一下："哪里还有以后？"

"我就是害怕啊，很害怕，很害怕。"想起那一幕，我哭得稀里哗啦的，就像是受了天大的委屈。

出院之后，我得在家继续休养一段时间。那天，父亲和母亲支支吾吾地说要出去看一个老朋友。我猜他们是要去看满崽。我坚持要一起去。

除了斜方肌那个五厘米深的伤口，他并没给我留下什么，也算不上什么阴影，就像开车被人追尾了，或者下楼梯不小心摔重了。我母亲说，就当逃过了一劫，因为这事发生得毫无由头，甚至有点无厘头。不是的，一贯擅于寻找由头的母亲，跟我一样清楚，要不是那条病鱼，怎么会发生这些事？

我们的关系有点奇怪。父亲对那个把我们领到探视室的警察说："我们是他的亲戚。"

说是即将送到蒙山去。那里有个监狱，既服刑，又戒毒。

探视规定不超过十五分钟。满崽的道歉多次堵住了父亲和我的嘴巴。我以为我们最终会以沉默结束这次见面。后来满崽说起了杨叔叔，冷场才缓解。

"老爸其实并不是那么……没用，他曾经勇敢过。"满崽咧开嘴笑了。

我母亲连声赞同。她替父亲简单讲了一下那个快讲烂了的捕蛇故事。

"嗯，我指的不是这个。老爸只跟我一个人说过，他跟老妈结婚不久，跟着单位造反派去斗一个人，他用了最大的力气，踹了那人一脚，踹到台下去了。他还学给我看，他是怎么踹的。"满崽的脚抽动了一下："老爸说，要不是那一脚，我恐怕也不能来到这个世界上，我们家也就不存在了。"

父亲整个身子战栗了起来，我们都没留意，他什么时候开始哭的。我听过很多关于父亲和杨叔叔的旧事，这一件我却从未听到过。父亲哭得一点预兆也没有，是否因为也记起了他也曾伸出过的那一脚？我实在不敢往下想。

母亲却表现得出奇地平静，一直在轻轻拍打着父亲的背。

"真的，老爸说，老天爷看到他那一脚了，所以，我注定成了这个样子……老爸给我讲这件事情，是为了跟我道歉。"满崽的眼睛红红的，嘴巴扁了扁，但是没有哭出来。

等到父亲好不容易平息下来，警察提醒我们时间到了。我和母亲拉起了父亲。

警察没让满崽把我们送出门外。站在门边，他忽然想起了什么，对父亲追出了一句："孙叔叔，我曾经努力地改变过的，那个，命运。"那两个字——命运，听起来是那么生涩，仿佛这是他最难把握的发音。父亲走在最后，不知道该对他说些什么，只是伸手跟他握了握。满崽拍拍父亲的手臂，说："孙叔叔，你们多保重身体。"那表情，就像在跟一个兄弟告别。忽然，父亲猛地一下子把满崽拉近，一下子把满崽抱了起来。这两个动作很连贯，但看得出来，父亲是很费劲的。父亲喘着粗气说："我以前，经常这样抱你。"

被举离地面的满崽，脑袋伏在父亲的肩膀上，他全身耸动着，发出了奇怪的哭声。父亲在他的耸动下，彻底丧失了力气，他一点一点地让满崽滑了下去，滑到了他的胸前，直到满崽双脚落到地面。

仅仅喂过一次药，那条病鱼竟然就好了。父亲指着一条鱼，说："你看，它完全没事了。"我不确定父亲是否指对了，那些病征消失之后，这些鱼长得几乎一模一样。我能认出来的，只有那条"满崽"，腹部薄得像刀片。它经常落单，在一个固定的角落转来转去，偶尔也会追着一串水泡跑远一点。它那么瘦小，让人难以想象，在扑向鱼捞的那个时刻，它曾经那么勇敢。那几乎是它最勇敢的一次了。

八段锦

一个上午了，宝芝堂门口闹哄哄的，好事者、无事者，走了一拨又来一拨，他们抱着手臂看那四个工人，如何骑在一架梯子上合力把大门上方的大铜葫芦摘下来。

"一二三，嗨嗬嗨。"小孩子们还以为是过年舞狮子，人骑着人地去抢那悬在门头处的红包。

那大家伙稳稳地落到地面的时候，周围响起了掌声。

"少说也有八百斤！"几个人去摸，却弄了满手灰。

"铁实疙瘩的？空心的？"有人用手去敲，那东西却纹丝不动。

傅医生从宝芝堂里跨出门槛，围观者自觉闪出了一条道，穿堂风便像找到熟人，直接扑向傅医生，那一身丝绸唐装飘动了起来。

"辛苦各位了，大热天的，请到里边喝碗凉茶。"傅医生朝各位抱拳。好像一上午的苦力，少不了这些围观者。那些看够了的人，三三两两跨进医馆，熟门熟路的。

剩下四个工人，围着那只大家伙，满脸通红，裸着上身，肩膀、手臂、肚皮、脑门，都留下与那家伙"搏斗"的黑印。他们像四个

八
段
锦

205

猎人，正等着雇主的赏银。

傅医生两掌交叠，朝那四人作了揖，说："辛苦了，辛苦了，请到里边喝碗凉茶，收银处会给你们结算，请，请。"

四人听明白了，边揩汗边跨进了宝芝堂。

傅医生背着手，盯着葫芦慢慢走了两圈。这大家伙自从医馆开张挂上去就没动过，悬壶济世，25 年了。住在葫芦中的那个神医"壶公"，想必闷得慌了吧。

傅医生伸出手去，拧那与他齐胸高的葫芦嘴，好像那地方一打开，他就能看到"壶公"。他多次梦到过他，相貌各不同，时胖时瘦，但都满脸红光，一说话，还吐着芳香的酒气。傅医生想钻到葫芦里，跟那老翁一醉方休。他不奢望像神话中那个费长房，钻到葫芦里十余天学得神仙方术，出来后为民治百病，流芳百世。他只是想，在这只密密实实的大肚子里，过几天没有尘世纷争的日子，喝喝酒，下下棋，壶中一日，梧城千年，对于傅医生来说，这就是神仙过的日子了。

世道艰难，古风泯灭。唉，傅医生最近郁闷着呢。

昨天，就在傅医生站的这个位置，小金毛举着把长铁锹，凶巴巴地朝宝芝堂乱吼乱叫。店员跑进去告诉傅医生，小金毛果真来闹了！傅医生淡定，不作声，开完处方上最后一味药，搁下笔才出去。小金毛站在葫芦底下，一见傅医生，随即大声威胁："你再不答应，我老大说了，就把你这大葫芦拆了，把你的宝芝堂烧了！"说完，跳着脚，用长铁锹朝那葫芦狠狠敲了几下，那大家伙闷闷地响了几声，像一口久没开声的老钟。小金毛还想张口说什么，不料一阵剧烈的咳嗽，眼睛里也像钻进了什么东西，他边咳边揉着眼睛，铁锹也掉到地上了。傅医生仔细一看，那葫芦被一阵烟尘笼罩，阳光将那些烟尘照得颗粒毕现，正往小金毛身上倾泻。

傅医生回想昨天那情景，又好气又好笑。哼，闷葫芦不发威，你把它当病猫？！

要不是小金毛敲那几下，傅医生也不会想着把这大家伙卸下来做清洁。打造这只大铜葫芦的老铁匠现在已经退休，儿子继承父业，扩充了店面。不过，如今店面已经不打铁了，改做宝石加工，将一些人造宝石做成各种饰物，远销到我国台湾地区及新加坡等东南亚国家。不知道从什么时候开始，梧城一窝蜂开始做这样的生意，据说也能赚到"宝马"。

老铁匠退休后时常到宝芝堂，找傅医生看风湿性关节炎，以及打铁时落下的职业病——肌腱炎。老铁匠每次走到大门口，都骄傲地指着门头上的葫芦说："瞧瞧我的手艺。这家伙多威风，五百六十三斤八两，几十年了，还这个样子，长生不老，里边住着神仙呢！"这是老铁匠这辈子的代表作。傅医生总会表扬他："是啊，几十年了，也要看看出自谁的手。你看看，你这手脚，也跟它差不多硬朗，没问题，还可以再用几十年。"如此，刚到医馆前还满腹牢骚、哼哼唧唧的老铁匠便舒坦了，仿佛服了一剂妙药。这是傅医生赢得广泛口碑的一门绝活。他是病人眼里的一位好郎中，也是好人，医五脏六腑，也医精神气象，既能对症下药，也喂食心灵参汤。

四个工人取了工钱，又返回到门外，合力将那只大家伙抬到边上一辆三轮车上，运往马王街的金碧宝石加工店。老铁匠答应清洁、翻新这只大家伙，他跟他儿子说，这是售后服务，免费，要翻新得像宝石一样亮。恰好，当日店里有个来自台湾地区的商人来谈

八段锦

合同，见到这个大家伙，眼睛一亮，他跟小铁匠说，如果赠送这只葫芦，就在订货单数后再加个"0"。小铁匠没想到父亲的手艺过了几十年还能升值，心动了，盘算着自己是否应该进军古董市场。

墙上少了那只庞大的家伙，却没显得空荡。那葫芦印子雪白，占去了旧墙的一半，很是霸道，就连好不容易爬上去的一条百足虫，也不敢越进那印子一步，只是不甘心地在那道深黑的边界探头张望。

清晨七点整，宝芝堂对面的小广场上，录音机通过小喇叭播放着轻柔舒缓的古琴音乐。傅医生站在队伍的最前端，带领不断加入进来的人们，缓缓地打一套八段锦。

双手托天理三焦
左右开弓似射雕
调理脾胃须单举
五劳七伤向后瞧
摇头摆尾去心火
两手盘足固肾腰
攥拳怒目增气力
背后七颠百病消

一招一式，随着录音机里的男中音念着口诀，气息平缓，予人安详。

坚持好些年了，傅医生每天都做得认真。他个头不高，但身材保持得很好，不胖又不瘦，体态笔直，加上他总爱穿一身丝绸做的唐装，在人群中闪闪发光，就像一面挂在墙上的锦旗，特别引人注目。赵阿姨最喜欢站在傅医生的后边，跟着一招一式地练习，她说："傅医生的两只袖子口，一动起来，会送风哩。"

来小广场跟傅医生练八段锦的这些人，几乎都是宝芝堂的常客。与其说他们相信傅医生的医术，不如说他们信奉傅医生的医德。医馆里有一面墙，挂满了黄的、红的锦旗，"德医双馨、妙手回春""良医有情解病，神术无声除疾""妙灸神针医百病，德艺双馨传四方"……这些并非自制，全是患者送的，无一张无来历，老黄历般记录着宝芝堂的历史。

很多年前，傅医生的师傅说，中医是一种信仰，祖传不祖传的，倒在其次，信则灵，对信者，交付一片丹心，对不信者，也万勿勉强恶视。傅医生牢记师傅这番话，以一片诚意对待病人，用自己的心跳去感受病人的脉搏。那些到宝芝堂给傅医生号脉的病人，愁眉苦脸的、絮絮叨叨的、萎靡不振的，只要傅医生的三指一搭上他们的手腕，他们就不由自主地安静、沉默下来，仿佛那三指一下驯服了他们体内疾病这只妖怪。

傅医生的手跟他这个人一样，无论哪个季节都是温的。谁也没有看到过他大悲大喜、大怒大乐。人们不懂得怎么形容傅医生的个性，只会笼统地说，傅医生这个人呀，修养好，没有脾气。跟着傅医生做八段锦多年的那个老孙头，老顽童似的，练习到第七节，喜欢去捣乱，领着几个老头老太太跑到前边去，看傅医生练那招"攒拳怒目增气力"。只见傅医生睁圆了眼睛，直愣愣盯着前方某处，看定，握紧的拳头缓缓往前一冲，把空气打了个内伤。看着傅医生那"发怒"的样子，那些老人都笑了，怎么看那眼睛也不是"怒目"呀，倒像吃糯米粑粑一下被噎住了。任他们怎么取笑，傅医生当然也不会生气，他抿着嘴巴，也微微笑着，一如往日。

通常，打完八段锦，他们还要打一套简易的二十四式太极拳。不过，近来宝芝堂对面开了一家洗车店，每天早上八点，员工们准时集合到小广场，在一阵狂轰滥炸的音乐声中，跳骑马舞。那音乐一响起，就冲散了八段锦的队形，太极拳也打不成了，老人们只好提前散去。

八点的时候，傅医生已经把录音机、小喇叭等家当收拾好了，腾出了位置。他坐在宝芝堂的花窗前，给自己沏了一壶清茶，慢慢呷着。不时，透过窗格子看向小广场。那群统一穿着黑衬衫、蓝色牛仔裤的年轻人，两腿纷纷呈外八字形张开，上身一扭一颠，真如每人胯下都骑着一匹马，在广场上奔来奔去，或者权当自己开着各种豪车，从东边飙到西边。他们那么年轻，可能连马都没摸过。

傅医生低下头，拈起一块薏仁糕，捏了一小块放到嘴里，喝一口清茶，不用嚼，那糕就化在茶水里了。再抬头看出去，他就找到了小卉。她那么快就学会了骑马舞，才不过半个月的工夫，她完全像变了一个人。烫了一大把卷卷的头发，腰上低低地系着一根皮带，稍微一舞动，就露出雪白的肚皮。

半个月前，小卉还穿着宝芝堂的旗袍工装，娉娉婷婷地站在药柜前，将煎好的汤药灌进一次性杯子里，打好包，写上病人的名字，等候病人来取。她低着头做这些的时候，额角的两缕头发垂到两颊，真像一个古代的淑女。当初，傅医生招到这个文静的女孩，就想，要是自己有这么一个女儿该多好。后来，他甚至想把自己的医术传授给她，像从前教儿子那样教她背诵："阴虚火旺宜知柏。目病滋阴杞菊堪。七味力专分附桂。耳聋磁石一两参。济生肾气六味需。车牛桂附四般俱。若除牛膝车前子。八味名传治症殊……"当然，他最想的是，让儿子娶她，不过，这个想法是华佗再世也不可能创造的奇迹——他的儿子在德国已经娶了个德国女人，弃医从白领了。最终，小卉还是离开了宝芝堂。当然，她不是第一个辞职的，在她之前，已经走了两个伙计。走的时候，小卉很轻地坐在桌子前，久久说不出一句话。傅医生让小卉伸出手来，给她号脉。小卉垂下头，眼睛看着地面，似乎害怕这手的接触。傅医生的三指准确地摸到了滚珠一般的脉动。他长出一口气，看看小卉："脉象很好，已经调理清楚了，没再发作吧？"小卉点点头，头又埋下了几寸。这是小卉感到难为情的地方。曾经有半年时间，傅医生免费给她号脉、用药，治好了她常年的痛经。如今她却要跳槽了，去给车子洗澡，一辆车子提成百分之三十。在这里，帮病人煎一剂药才两块五。

傅医生明白小卉的心思。生意不好做，傅医生也不强留小卉。她还年轻，她应该"跳槽"，跳去练骑马舞。

小卉鼓起勇气站起来，跟傅医生告别。转身前，她犹豫了一下，从包里掏出一叠单子，小心翼翼地放在桌子角上。

"傅医生，这些，您收好吧……傅医生，我走了……"

傅医生瞄了一眼那叠单子，慢慢站了起来，很有风度。他本来想要跨出的那只脚，又收了回去，只站定在凳子前，客气地对这女孩说："好的，不送，慢行。"就像对待来看病的人一样。

不记得从什么时候开始，陆续有人拿着这些红的、绿的处方单来找傅医生，他们提出交 20 元或者 30 元的挂号费，让傅医生诊断之后，将处方写在这些单子上。"别签名盖章。"他们的要求都一

八段锦

211

样。自从医疗改革之后，病人都被"赶"到医保指定医院看病。这些人既信赖傅医生的医术，又依赖医院的福利，他们到医院走关系，"偷"出医院的空白处方单，只要将傅医生开的处方写到这些处方单上，然后再返回医院找相熟的医生签个字，就可以刷卡消费了。那些医院的医生倒也不担心会出问题，一来他们信任傅医生，二来中药横竖是吃不死人的，属于零风险操作，医生们轻松赚得人头费，至于医院嘛，也乐得个客似云来，互惠互利，暗自默契。

那些默默伸到傅医生跟前的处方单子，傅医生一概装看不见，他依旧只收八块诊金，在宝芝堂那张淡褐色的处方单上开处方，签下自己的大名，盖上自己的印章，管他们是在自己药房开药还是到哪个医院走后门。他堂堂正正开医馆，每一味药，分量多少，如何搭配，先下什么后下什么，都是宝芝堂傅少杰的手法，是姓傅的。

脸皮比较厚的病人，做出比病痛更可怜的表情："您就行行好，做做善事吧，下次我还来。"

傅医生捋一捋胡子，面色不改。"我行医治病，就是做善事，您慢行。"一副没有人情可讲的客气样。

不过，也有些懂得钻营的，想出了个好点子，他们将20元或30元偷偷塞到药房伙计的手上，请他们将傅医生开的药方誊写到医院的处方单上，因为他们实在看不懂傅医生那些奇奇怪怪的字。这些小把戏，傅医生看在眼里，不动声色，对那几个伙计既不揭发，更不给予惩罚，相反，对他们还特别地好，嘘寒问暖，令他们实在难为情，也就不忍心再收了。

小卉留下的那叠单子，被傅医生锁在桌子右下角最后一格的抽屉里。市中医院、市红会医院、市人民医院、市总工会医院……像集邮一样，全齐了。

傅医生喝淡了那道清茶，陆续地，就有人上门看病了。

几乎每一个跨进宝芝堂的人，都会感到似乎哪里不对，就像他们身体出现的不适一样。顿一顿，他们才想起来，门外头那只大宝葫芦没了。他们进来头一句话，总是会问："咦，宝葫芦哪去了？"

那个陆经理今天又来了，他一进门，就心急火燎地冲到傅医生桌前。

"傅医生，您把那宝葫芦卖人啦？"

傅医生刚给一个苦瓜干似的老人号完脉，三指一离开老人的脉搏，老人又开始皱起眉："哎哟，我已经整整四天没睡着觉了，眼睛一闭上，就有人来拉我的脚，一拉，眼睛又睁开了。哎哟，是不是小鬼奉命来拉我，要我去陪阎王爷那死鬼了，哎哟……"老人不知道哪里疼痛，说话时夹着习惯性的呻吟。之前的一番望闻问切后，傅医生心中已经有了药方，他摸摸老人阔阔的短袖下那把伶仃瘦骨，说："你那么瘦，阎王爷不要你去陪，好歹养养胖，把肠胃调理调理好，能帮他挡挡酒，喝几大盅才行。"好像他是阎王爷的心腹，他说了算。

那老人平时爱喝酒，大概前段时间去喝孙子满月酒，一高兴喝多了，加上吃得肥腻过多，消化不良，肠胃积滞，引发神经衰弱，失眠多梦。老人一提起喝酒就来劲儿，跟小孩一样，向傅医生吹嘘起自己年轻时如何如何了得，一吹起来便口舌生津，滔滔不绝，跟之前那张苦瓜脸判若两人。

傅医生静静地听着，也不打断他，偶尔抬眼瞥一下旁边那个精

213

神饱满、年轻的陆经理。

　　陆经理今天倒没带包，空着手。出梅以后，他隔几天就会跑到宝芝堂来，即使每次傅医生总是像晾那些中药一样把他晾在一边，也不会晒干他的主意。只要想起几个星期前小广场上那壮观的场面，他的激情就不会减弱。当时小广场上有近百个小斗柜，整齐地排着，就像在举行一次沉重的集会。斗柜上嵌着的一只只铜把手，在阳光的照射下，像老年人浑浊黯淡的眼睛，半眯着。那些不知道存放了多久的中药，吸收过梅雨季节的潮气，散发出一股深山老林里的生涩气息。渐渐地，耐受不住高温的虫虱，从斗柜里钻了出来，迈着蹒跚的脚步，俘虏般，告别这久居的温床，往广场四周阴凉处散去。陆经理当时就想，是时候了，只要乘胜追击，这固执的老头儿，迟早会被俘虏的。他还记得当日这老头儿背着手，闪闪发光地站在太阳下，睥睨着他，说："我这些药，是要吸收阳光的，植物嘛，总是要定期进行光合作用的。"他心里暗自发笑，嘿，这些看起来比他还老的草药，还要做保养呢，像车子一样。老头儿，看你还能犟多久！不过，他在表面上还不能笑，这老头儿拥有满墙的锦旗，比起现在群众药房里那些自称包治疑难杂症的医师，这老头儿是最值得付出耐心的。

　　像傅医生这种规模的医馆，在梧城不下二十家，自从医疗改革之后，这些医馆有关闭的，有改行做保健按摩或养生饭馆的，更多的被药店收购了。百货商场旁边那家超市般大的群众药店里，这些中医师就像新进的一味味药，被收纳到侧厅的一个个"小抽屉"里。每个"小抽屉"大概有四五平方米吧，里边只容一桌一椅、一凳一小床，一张门帘权当一扇门，帘子上贴着名牌：某某某，专治疑难杂症，或者某某某，专治糖尿病、痛风。门帘一掀开，只见一个穿着群众药店白色工装的老头儿，凝神静气，在给人号脉。乍一看，这医师跟隔壁那间坐着的蛮像，仔细看，才看清楚，这位胡须是花白的，而隔壁那位呢，是全白的。

年轻的陆经理作为群众药店的拓展部经理，铁了心要"拓展"宝芝堂。他的目的就像"决明"，他的耐心就像"续断"，他的野心就像"远志"，这些中药名，是他这么多天以来，长时间坐在宝芝堂里，一遍一遍读着小斗柜上的标签学到的，他尚不清楚这些中药的功效，但它们就像一本本励志书，足以勾起他的兴趣。

苦瓜干老头终于结束了他的絮叨。他抓起傅医生早就开好的那张处方，屁股终于离开凳子，到里边的药房抓药去了。没有病人再坐到傅医生的桌子前。大厅里稀拉地坐着几个人，他们看好了病，并没有离开的念头，就坐在排椅上闲聊。都是些熟客，他们知道，12点一到，药还没煎好，就会有一个店员给他们端来免费的热稀饭和淡馒头，当然还可以向店员讨几块咸萝卜干。

陆经理坐进那张凳子之前，将坐垫换了一面。他没像前几次那样，打开包，取出那些合同，硬要傅医生看。也没像之前最后来的那次那样，在傅医生数次插话之后，还坚持将他亲自拟订的那些他认为很有吸引力的合同条例背诵、解释给傅医生听。他今天想出了一个"良方"，他要跟这老头谈谈摘下来的咱们那只宝葫芦，谈谈咱们医馆的历史，那些辉煌的，当然，也是一去不复返的历史。是的，他已经开始用"咱们"了。

傅医生倒没有前几次那么讨厌这个年轻人。他看起来跟自己的儿子一般大。傅医生快两年没见过儿子了。儿子结婚后只回来过两次，每次都带着那个蓝眼珠的太太。每次，他都劝父亲，关掉医馆随他到德国，实在闷得慌可以在屋前的草坪上种草药。傅医生去看过那修葺得整齐的草坪，充其量只能种点车前草、金银花、艾草之类的，事实上，很多药材需要生长在深林、石缝，甚至悬崖边，儿子已经忘记了这一点。跟这个年轻人一样，他们都劝他关掉医馆，就好像医馆是一个肿瘤，这些年轻人就像手术医生，诊断后下结论：割掉，割掉才没有后患。他们根本不知道，阴阳不平衡、五行不调和、气血不畅通，割掉肿瘤也只是一时之快。他们还年轻，身体这部机器还运行得顺畅，还不懂得珍惜身体的每一个零件，等他们老了才会明白，即使一颗牙齿的脱落，也是在演习一次永别。永别，不是一次次在车站或者飞机场，像他每次送别儿子出门那样，永别，是指他那次站在火葬场，目送老伴被推进去，转眼成灰，身体、发肤、脉象、声音、气息……这些可以望闻问切的一切都荡然无存。永别仅仅是指这个。他们还不理解。

傅医生一阵一阵地恍惚。也不知道自己今天怎么了，竟然跟这个年轻人谈起了心。他像一个患者，如同那个苦瓜干老人，向陆经理诉说起医馆的很多麻烦事情。

"咱们药房可以保证，将您的医术发扬光大。"

傅医生有点困惑，定定地看着他，沉默不语。

"哦，我说的是，呃，群众药房，是一间医保定点药房，可以拯救咱们的宝芝堂。"陆经理着急了，又补了一句，"我可以发誓。"

"小伙子，你知道，我活到今天，听到过的誓言有多少？"傅医生自问自答："就像天上的星星那么多。"

陆经理顿时脸红了，尴尬得手脚都不知道该放哪里。

"来，小伙子，把手放上来。"傅医生用手点了点桌上的小垫子。

陆经理的手刚一放上去，就被傅医生的三指制住了，仿佛被点了穴般，大气都不敢出，也不敢拿眼睛去看傅医生。

傅医生侧着耳朵，好像在倾听什么，眼睛望向某个遥远的或者不存在的地方。

足足三分钟。陆经理觉得比默哀还难受。他被傅医生那坚定的三指以及那庄重的神态吓住了，仿佛做了亏心事的人，害怕诡计从自己的手腕处迫不及待地跳出去。

"嗯，数脉，像一个团的急行军路过。小伙子，你心火旺盛，大概经常感到口干？容易口腔溃疡？尿是不是特别黄？偶尔梦遗？"

陆经理手搓着大腿，脑袋转了一圈，确认那些正在药房和收银处穿着旗袍的女孩子没有听到。

傅医生笑了，觉得他那心浮气躁的样子，很像儿子在看股票时的神情。

这一次，破天荒地，傅医生答应跟陆经理到群众药房去"考察"一下。中午时分，医馆里安静得只能听到药在瓦罐里"咕嘟咕嘟"地"梦呓"。傅医生没想到，群众药房排队收银的队伍那么长，人们欢声笑语不断，其间夹杂着刷卡的"嘀嘀"声。在这里，没有苦瓜干似的老人，也没有哼哼唧唧、病恹恹的患者，那些买好药兴冲冲走出门的人，就像买到年货一样，有的手上还拎着一袋米，或者一壶油。

穿着白色西装，化着浓妆的导购小姐，正在一排排货架边推销哪种牌子的药比较显效，这几天做促销买一送一的到底是哪一种……傅医生正看得傻眼，突然，对面一个六七十岁的老太太，举

八段锦

起手上满满的一篮子，中气十足地问道："这种牌子的卫生巾是不是买三送一？"

要不是陆经理把傅医生带到侧厅去看那些"小抽屉"，傅医生还以为这里是超市。

傅医生双手交叉在胸前，将门帘上的医生介绍一张张看过去，不时发出轻笑。忽然，从一张帘子里传来了响亮的讲话声。傅医生站到帘外，仔细听了听，忍不住笑出来了。这声音对于深夜还待在车子里的驾驶者、出租车司机，或者被隐疾折磨得彻夜难眠的人来说，再熟悉不过了。梧城著名的"零点医生"柳大夫，每天晚上 12点准时出现在广播里，操着浓重的乡音，为观众解答着尖锐湿疣、皮肤性病、不孕不育和各种"不举"的问题。傅医生本着与同行交流的专业精神，曾经认真地听过一次，便知这位大夫的医术实在是短斤缺两。后来，那帘子一掀，出来个脸色黄黑的妇女，傅医生随即看到了那个著名的"零点医生"，几乎跟车站、旅馆门口广告牌上那人无异，仿佛他刚从画上走下来。

侧厅里隔有六只"小抽屉"，里边有的有人，有的没人。陆经理解释说，有的医生喜欢上"全钟"（全天坐诊），有的喜欢上"隔日钟"（隔天坐诊），当然，也有例外的，如果临时有病人来挂号，可以通过电话联系医生应诊。

"傅医生，您喜欢哪种坐诊方式？"

"岂有此理，这像什么话！"

傅医生话音未落，便一甩手，疾步往门口走去。陆经理还没回过神来，他已经通过了那道电子感应门。他的步伐那么轻盈，任谁也看不出他的岁数。

打烊之后，傅医生并没有像过去那样，锁好木门后跨上电瓶车回家。他昂着头，在看墙上的锦旗。很奇怪的是，那些病人他居然还能叫得出名字，甚至记得他们的病症。他找了根棍子，将那些荣誉一个个取了下来，用一块半干的毛巾擦去上面的灰尘，然后，小心地将它们卷起来，用一个布袋装好。做完这些，他又想了良久，再走到药房的一个柜子前，蹲着马步，将抽屉逐个打开，翻来翻去，翻出一些同样是布满了灰尘的小册子。其中有一本比较新的，他吹了吹，打开，只看到"许珍"这两个字，傅医生顿时像个沙子堆的人一样，被人从哪个地方一戳，塌到了地面上。

　　这是夫人许珍四年前留下的遗产。一场车祸使这个小学都没念过的小市民，肉身的价值达到了55万元之多。保险公司那个人让傅医生保管好这个小册子，那上面记录着夫人许珍与这个世界两清的账目。夫人许珍永远都不知道自己死了还能挣到那么多钱，她生前是个勤俭节约的人，两块五一斤的番茄她嫌贵，会去一块五一斤的番茄里挑选"优质"的。发生车祸前，她还在琢磨着怎么才能筹到一大笔保证金供儿子留学。后来，儿子拿着55万元去了德国，用光了许珍的生命价值。

　　傅医生坐在地上，松懈、佝偻，才真正像一个67岁的老人。

　　傅医生并不痛恨医疗保险制度。说起来，他还因为夫人许珍享受过保险的福利，但是，有什么办法吗？第二天，他刚从布袋子里抱出那捆红的、黄的锦旗，想展示给那个社保局局长看，动作很快便被阻止了。后来，他又掏出昨天晚上翻了很久才找到的那叠处方单，捋直了，指着上边那个名字说："廖成杰，男，53岁。您看，我给市长看过病，市长还请我到他家吃过一顿饭呢。"局长感兴趣

219

地拿起一张即将要断成两半的处方看。"廖——成——杰。"然后，他侧过身去问旁边的秘书："是雷市长的前两任吗？"那秘书摇摇头，手指掐算了一下："呃，大概前六任吧。"

"局长，我不是一个喜欢炫耀的人，可是您看看，这些锦旗，足以证明我的医疗水平。这是我的执业许可证，1988 年发的。"

"傅老医生啊，我当然知道您，那只大葫芦都快成梧城的一道风景线了，游客观光总要跑到那里跟葫芦合影。"

傅医生点点头说："那些人都喜欢对着镜头喊，田七。其实田七真正的名字叫三七。"

"啊，您果然是认真的老中医。"

他们又闲扯了好几句，关于中药和如何养生。

"局长，请您给我颁发那种绿色的牌匾吧。"傅医生终于憋不住说出了这句话："就是群众药房门口那种。"

局长一听，一乐，笑了。其实他早就明白，这老先生跟那些来找他的人一样，都是来申请"医保定点医疗机构"的。据说他来过好几趟了，这是他第一次接待他。见他之前，他翻了翻放在过期文件柜里的那份申请资料：近半年来，每天的患者平均不到 20 人，医疗队伍除了这个 67 岁的老人外，便无第二人，光靠那些药柜、几十只药煲，如何成"机构"？

"老先生啊，你当那牌匾是裁缝店缝出来的锦旗？这是要严格按照国家规章制度审批的啊。打个比方，有人做了一套警察制服穿在身上，即使做得连扣子都一模一样，被抓到也要坐大牢。同样的道理，制度跟制服一样，是不能乱做的。"

傅医生想再仔细问问那些制度，突然门外闪进一个影子，那人急匆匆地走到局长耳朵边，说了几句，局长松弛的肚皮不自觉地挺了挺，神情严肃，朝傅医生点了点头，便迈开短腿，跟着那人快步出去了。傅医生一动不动地站在原地，听着短腿的脚步声渐渐消失，才俯下身去收拾那些被他摊开在会议桌上的东西。

傅医生并没有直接回宝芝堂。昨天晚上，他就决定今天休息一天。他在宝芝堂的木门上贴了张"东主有喜，歇业一天"的纸条，这是老传统了，过去的商店，无故歇业都会贴上这么一句。他让店员在宝芝堂"盘点"那些干净得一目了然的账，自己到骑楼城转了转。

骑楼城十分热闹，大大小小的商铺都在搞活动，人们顶着大太阳，不甘心漏掉捡便宜的机会。拐角处一个服装店响着嘹亮的喇叭声，几乎抢去了所有商铺的风头，一个男人站在桌子上兴高采烈地扯开嗓子喊道："老板娘跑了，老板娘跑了，清仓大甩卖，清仓大甩卖……"

傅医生觉得耳朵快聋了。

"这时候应该听点什么音乐？"傅医生自言自语，又好像那些药柜子里住着许多听众。已经连续四个晚上，打烊后他都一个人逗留在宝芝堂里。药材的香味浸润着他，他像一瓶已存放多年的老酒。事实上，他刚才自斟自饮了三两米酒，已经微醺。

傅医生打开那台录音机，八段锦的熟悉古琴音犹如轻烟，在厅堂里缭绕。傅医生舒展着身体，他没有跟着那男中音一招一式地做。他放开了自己的手和脚。他跳起了舞，胡乱地转圈、蹬腿、扭摆，觉得自己像个腾云驾雾的仙人。转晕了，力气快花光了，他才坐到椅子上喘气。八段锦的音乐不知道什么时候停的。傅医生听到

八段锦

自己脉搏的声音，像一支刚上足发条的秒针在"突突突"地跳动。

又过了一会儿，傅医生真的听到了一阵急促的声音，不是脉搏的，而是那木门被拍响了。

那个小金毛又出现了。跟他身后拖着的那个笨重的家伙相比，他显得更加干瘦，塌着肩膀。傅医生一眼看过去，觉得他有几分像西天取经的孙猴子。

小金毛将那只造型奇特的箱子往身前一放，傅医生才看清楚，那硬壳箱子被改造过了，箱子上绑着两道尼龙绳，用来固定一根铁杆，顺着铁杆往箱子底部看，就找到了跟铁杆相连的两只滚轮。这只自制的拉杆箱，被小金毛拖拉了一路，尼龙绳已经有点松了。

经过两个晚上踩点，小金毛发现傅医生打烊后喜欢独自留在医馆里。他想，只要单挑，就没什么可怕的了。他摆出一副没得讨价还价的霸道嚷着："老头，这箱药酒今天我就摆在这里了。我老大说了，你答应也得买，不答应也得买。"

"哼，我说过多少遍了，几颗枸杞泡的酒，也配称药酒？坑谁也坑不了我！我这里打烊了，走开。"傅医生刚才的好心情被小金毛破坏了，很是不爽。

"不买我就不走。告诉你，老头，我老大的耐心可是有限的，知道不？"

"你老大是谁？叫你老大来说。"傅医生好像听到自己在河对岸喊话的声音。

"不该问的别问，我早就警告过你了，要是不买，我老大带人来拆了你的破医馆！"

"谁敢拆！"傅医生怒了，一拍桌子，睁大双眼，右手自然地

222

攥成了拳头，看起来就要朝小金毛伸过去的架势。

小金毛条件反射地双脚一跳，跳出一两米外，稍微定了定神，发现傅医生的拳头并没有伸出来，仅仅是个虚假动作而已，他随即狠狠朝前冲去，直冲到桌子边，几乎要撞上傅医生了。

傅医生微微闪了一下身。

小金毛并没有对傅医生展开人身攻击，而是改变策略了。他开始用手去翻桌上的东西，翻得乱七八糟，在他将一块重重的镇纸扔到地上的时候，傅医生终于忍无可忍，一把抓住了小金毛的手腕。傅医生顿时觉得自己像捏住了一根冰冷纤细的竹笛，就像夫人许珍生前喜欢摆弄的那根短笛一样。夫人许珍去世之后，傅医生偶尔会将笛子从盒子里取出来，摸摸，弄弄，睹物思人。那根"竹笛"在傅医生的手心里反抗着，傅医生用尽力气扣牢，即使那么使劲，他还是摸不到小金毛的脉搏，仿佛它细弱得根本不存在，又仿佛它被冻住了。

正在傅医生想下一步该怎么办的时候，小金毛另外一只拳头朝傅医生的胸口捶了过去。一阵疼痛，傅医生跌坐到桌子后边那张椅子上。那根"竹笛"从傅医生手里滑了出来。

"老头，你找死啊！"小金毛甩甩手腕，做了个准备动作，然后从屁股后的裤袋里掏出那把一直插着的锤子。他环顾四周，很快选定了收银台。"老子今晚就拆了你这破医馆！"

小金毛开始砸收银台。这是他来之前计划好的第二方案——要是那硬老头还是不肯出钱买药酒，他就抢钱！夜深人静，对付一个老头，他跟自己说："抢不成就别出来混了。"

那阵疼痛过后，傅医生站起来，一步一步朝小金毛走去。在一丛金发下，傅医生用眼睛找到了小金毛额头上的那个头维穴，他知道，只要自己的拳头往那个地方擂过去，小金毛必倒地晕厥。他熟知人体各个穴位，可这事情他从没干过。这一次，傅医生攒足了力气，攥起拳头，可还没等伸出去，那铁锤就朝他挥了过来，他本能地一闪，又本能地用手去抓那把铁锤。如同神仙附体一般，他竟成功地握住了那把铁锤。他像抓住了一根救命稻草，拼尽全力，夺到了那把铁锤，顺势就挥了过去。

他不知道有没有找准那个穴位，因为很快，血就掩盖住了那个地方。

小金毛并没有倒地晕厥，他跟傅医生一样，被吓呆了，直到疼痛叫醒了他，他才开始号叫。他用手慌张地捂着头："杀人啦，医生杀人啦……"

小金毛夺门而去，边跑边叫嚷："快报警啊，医生杀人啦……"

直到那声音消失，傅医生才发现自己流泪了。像一个刚被医生"宣判"了"死刑"的病人一样，哭得很凶。

快两个月了，宝芝堂的木门一次也没打开过。人们再也没见过傅医生。那些早上七点等着打八段锦的老人，连续好些天等不到傅医生，纷纷改到运河边晨练去了。宝芝堂那几个店员，等不到傅医生开门，跑去求小卉将他们引荐到洗车店。洗车店的老板娘很乐意接收他们，因为她说，他们身上散发的药材味道，让她觉得很有安全感。正如他们早就看到的，他们新的一天，是从那一场热烈奔放的骑马舞开始的。

最初，人们猜傅医生是被谋杀了，被那个从没出现过的老大谋杀了，因为他一消失，那个总是来纠缠他的无赖小金毛也没影了。直到警察在郊区的云龙桥头发现了傅医生的电瓶车，他们又觉得不是那么一回事。有人说，傅医生生意做不下去了，索性骑着电瓶车到郊外，跑到深山隐居起来，跟他那些需要做光合作用的药材一样，风餐露宿。又有人说，傅医生是为了躲债，把电瓶车丢到云龙桥头，造成跳河自杀的假象，其实是跑路了，说不定现在已经在德国的大草坪上种草药了……总之，傅医生这个人，就在梧城消失了，两个月、三个月、四个月……时间越久，人们越觉得他其实还活在这个世上，在某个地方，又重操旧业。

有一天，老铁匠忽然发现，那只从宝芝堂拆下来翻新、保养的大家伙竟然不翼而飞了。他跑去问儿子。儿子闪烁其词，答非所问。追问了好几次，儿子才告诉老铁匠："那家伙带着那家伙溜了。

"啥？怎么溜的？"

"钻进葫芦里，跟着神仙飞走了。"

老铁匠尝试着把这件怪事告诉他的老工友，那个已经活到85岁的老头立即觉得老铁匠受骗上当了，"神神道道的，三岁小孩都不会相信！"可老铁匠决定相信儿子的话。他活了一辈子，逐渐知道什么怪事都必须接受。在梧城这个小地方，时间就像吊瓶里的点滴，一点一滴推进血管里，稍微推快一点，人就会感到不适，直到时间在自己的血管里循环为止。

八段锦